北京文物与考古系列丛书

北京龙泉务辽金墓葬发掘报告

北京市文物研究所 编著

科学出版社

北京

内 容 简 介

　　本报告是北京市文物研究所2005年配合门头沟区水担路工程建设中配套搬迁用地而进行的考古发掘项目。龙泉务墓地是一处辽金时期的平民墓地，面积8万余平方米，在此次发掘中我们发现并清理辽金墓葬22座。墓葬内出土的器物均以组合形式出现，有陶器、瓷器、石器、铜钱等遗物，数量丰富，是一批较为重要的实物资料。本报告是北京地区迄今发现的有关辽金时期平民墓葬资料比较丰富的考古学专刊。报告按考古单位，以图文形式科学全面地对墓葬资料予以介绍，便于学者进行更深入的研究。

　　龙泉务辽金墓葬文物的出土，是解决北京地区辽金时期考古学文化编年的重要资料，为研究北京地区辽金时期的丧葬习俗、文化内涵提供了珍贵的实物资料，对解决北京地区辽金时期墓葬的分期与断代具有重要的意义。

　　本书可供考古学、历史学等学科研究者及高等院校相关专业师生阅读、参考。

图书在版编目（CIP）数据

北京龙泉务辽金墓葬发掘报告／北京市文物研究所编著.—北京：科学出版社，2008
　ISBN 978-7-03-023391-2

Ⅰ.北… Ⅱ.北…Ⅲ.① 辽墓－考古发掘－发掘报告－门头沟区② 金墓－考古发掘－发掘报告－门头沟区 Ⅳ.K878.85

中国版本图书馆CIP数据核字 (2008) 第177230号

责任编辑：王光明　王　钰
责任印制：赵德静 ／ 装帧设计：北京美光制版有限公司

科学出版社出版
北京东黄城根北街16号
邮政编码：100717
http://www.sciencep.com

北京市京津彩印有限公司印刷
科学出版社发行　各地新华书店经销
*
2009年1月第　一　版　开本：889×1194　1/16
2009年1月第一次印刷　印张：16 3/4
印数：1—1 600　字数：461 000

定价：328.00元
（如有印装质量问题，我社负责调换）

北京文物与考古系列丛书

主　编　宋大川

副主编　朱志刚

编　委　夏连保　张治强　李　华　郭京宁

　　　　董育纲　郭力展

北京龙泉务辽金墓葬发掘报告

　　《北京龙泉务辽金墓葬发掘报告》就要付梓了，这是一部很有价值的考古发掘报告。北京是辽代的陪都，是金代的首都，是政治、经济和文化中心，两百多年的历史文化在此地有着深厚的积淀。岁月的流逝，抹去了曾经的辉煌，把封存的历史埋在了太行山东麓和燕山南麓的这片扇形平原，留下了无数的秘密。

　　2005年，北京市文物研究所在门头沟区的龙泉务村进行考古发掘，在5个多月的时间里，勘探发现了大面积的辽代瓷窑遗址，发掘了20余座辽金墓葬。对于龙泉务瓷窑遗址，我所于20世纪90年代初曾做过考古发掘，并未发现同时期的墓葬。在北京地区，辽金墓葬时有发现，但这样集中、这样大面积的发现尚属首次。因此，这部发掘报告的意义和价值就突显出来。

　　永定河在龙泉务村东，南北向流经这片台地；台地的西面是山岭，属太行山余脉。这些辽金墓葬就分布在永定河到山前这片狭长的台地上。值得探讨的是，这些墓葬均为南北排列，而此种墓葬形制多为汉文化的表现。尤其是在辽金时期的北京，这种南北向的墓葬形制几乎成为我们判断汉文化习俗的标尺之一。考古学是要梳理和证明文化传承脉络的，龙泉务辽金墓葬那个时代的文化意义不仅仅是墓葬形式描述和随葬器物的分析，也应该是研究者讨论的目的。

　　龙泉务村发现的辽金墓葬大多为单室小墓，结构简单、粗糙。因此，平民墓葬的推论是有道理的。这些墓葬就在龙泉务村边，在辽金时期，这些生活和工作在龙泉务瓷窑的生人能够与近在咫尺的死人和谐共处于同一个狭小的地理空间，合理的推论是，这些墓葬的主人应该是村民抑或也有在此地工作过的窑工。这次考古发掘资料的公布，使人们可以在丧葬习俗的研究领域里，对北京地区辽金时代的京西族源文化以及瓷窑烧制的社会活动进行有益的探讨。

使考古工作者兴奋的是，在这些平民墓葬中，出土了一些精美的白瓷，这些瓷器的烧制年代也跨越了辽金两个时期。以往学者们的认识是，龙泉务瓷窑分细瓷和粗瓷，主要是粗瓷，亦有少量高档白瓷。这些平民墓葬里为什么随葬有在当时都是十分珍贵的白瓷器物呢? 这会是亦是村民亦是窑工的龙泉务人普遍的密藏吗? 在辽金时期，龙泉务大规模的烧陶制瓷是社会经济的重要活动，这有别于草原民族传统的社会经济形态。如何从这些墓葬现象以及出土的精美瓷器中探讨当时社会经济的状况，恐怕比对这些墓葬本身的研究更具有历史意义，这也许就是考古学的启示作用吧。

　　李华同志担任此次龙泉务辽金墓葬的发掘领队，他花了三年的心血写就成这部发掘报告，这是他人生的重大收获，我表示衷心的祝贺。需要说明的是，熊永强同志参加了这次发掘，并做了资料的初步整理。这是他的最后一次考古发掘，他年轻的生命火炬因工作而灿烂。这部发掘报告是历史的记录，也是文化探索的开始。当我们阅读这部报告时，或许能用心看到报告后面的那些人和那些事。

宋大川

2008年5月

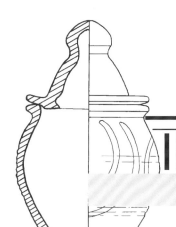

目　录

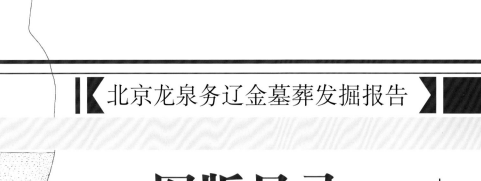

北京龙泉务辽金墓葬发掘报告

图版目录

CONTENTS

插图目录

CONTENTS

CONTENTS

北京龙泉务辽金墓葬发掘报告

第一章

概论

第一节　地理环境

门头沟区位于北京市西部，系北京市辖区，距市区25公里。区境北部与昌平区、河北省怀来县为邻；东部与海淀区、石景山区接壤；南部与丰台区、房山区相连；西部与河北省涞水、涿鹿县交界（图一）。地理坐标为东经115°25′至116°10′7″，北纬39°48′34″至40°10′37″。辖域东西长约62公里，南北宽约34公里，呈扇形，总面积1445平方公里，山地面积约占99.1%。

区域处于太行山余脉与燕山南麓接合部，地处华北平原向内蒙古高原过度地带，地势西北高、东南低，呈阶梯倾斜状，相对高差为2230米，平均坡降为3.72%。境内土壤属地带性褐土，分为山地草甸、山地棕壤、褐土三大类。境内气候属中纬度大陆性季风气候，四季分明，由于地形坡势较大，西部山区与东部平原气候差异明显。境内自然资源丰富，以矿产、水利、森林为主，其中煤的蕴藏量最为丰富[1]，据文献记载早在元代时已开始开发和利用，元至元二十四年（公元1287年）元世祖忽必烈在西山设立煤窑坊，管理大峪寺、马鞍山煤炭事宜[2]。

区域内两大河流永定河与清水河呈人字形分别以南北和东西贯穿全境。由于水源充沛，滋润着京西腹地——门头沟地区，这里气候适宜，最宜人类居住、生息、繁衍。如在前桑峪村距今约11万年前就有早期人类的遗迹；约一万年前的东湖林人在清河谷生息、繁衍；约六千年前的沿河城地区先民就开始使用石斧、石凿等工具；永定镇卧龙岗村的新石器遗址；清水镇的商代贝币窖藏遗址；军庄镇的燕国兵器遗址；斋堂镇、王平镇、永定镇的汉代兵器等文化遗址；龙泉务村的辽金瓷窑遗址以及元明清时期的遗址、遗存[3]等。这些丰富的历史文化遗存，充分证

---

[1] 赵万里校辑《元一统志》（中华书局，1966年版）卷一"土产"条下云："石炭煤出宛平县西四十里大谷山，有黑煤三十余硐，由西南约五十里桃花沟有白煤十余硐。"

[2] 《元史》卷八十九·志三十九《百官五》中"西山煤窑场，提领一员，大使一员，副使二员，俱使二员，俱受微政院札。至元二十四年置。领马安山大峪寺石灰没要办课，奉皇太后位下"。

[3] 参阅《北京市门头沟区志》，北京出版社，2006年。

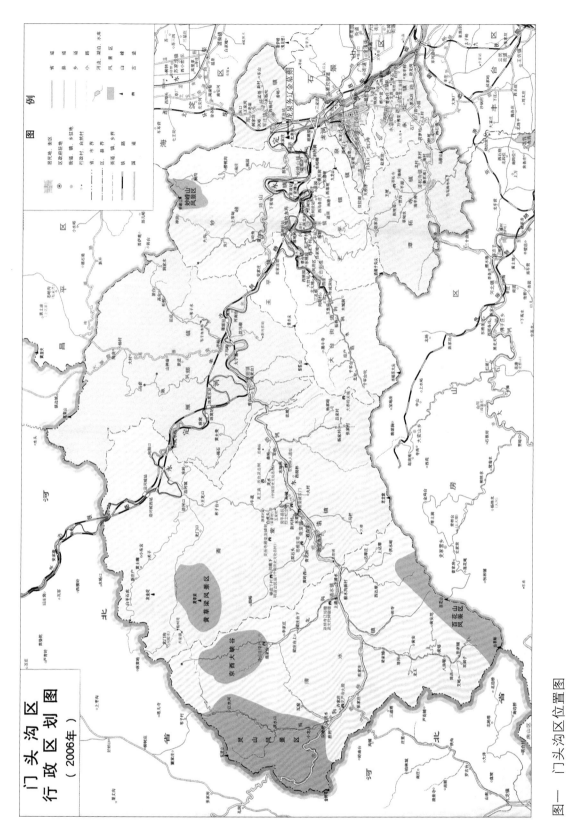

门头沟区
行政区划图
（2006年）

图例

图一　门头沟区位置图

明了在门头沟地区人类活动、繁衍的足迹。

同时京西地区山清水秀，风景宜人，寺院众多，因而成为郊游、避暑、进香拜佛的佳处，史料就有金代金章宗、金熙宗及明代正统和成化年间两朝皇帝经常到西山、金山仰山避暑、游山、进香礼佛等[①]的记载。

第二节　建制沿革

文献记载，北京在帝尧时曰幽都，帝舜时为幽州地，夏商时皆为冀州地。周亦置幽州。自夏、商、周、秦以来被开发，汉、魏晋、南北朝时期逐渐成为北方的边镇；到唐代，已经成为国家东北隅的重要城市；唐末五代战乱之后，正式成为契丹所建辽王朝的五京之一；金代时期则将国都——中都，设立于此；元、明、清时期皆为京都，成为政治、经济、文化的中心。就此门头沟区作为古幽州的一部分，在几千年的历史变迁中，门头沟区区域名称、隶属变化频繁，可以说，在绝大部分时间里，它不是独立的，在相当一段时期内是分属两个县或是某县的一部分。但同时在境内也曾设有县置的行政区。

夏商西周时期，区域隶属幽州[②]。

春秋战国时，地属燕国。燕昭王二十九年（公元前283年），设上谷、渔阳、右北平、辽西、辽东五郡，区域大部分属上谷郡，东南分属渔阳郡。秦代，区域大部分属上谷郡，东端属广阳郡蓟县[③]。

西汉本始元年（公元前73年），广阳郡为广阳国。区域东部属广阳国蓟县，西部属上谷郡沮阳县地[④]。东汉建武十三年（公元37年），广阳国入上谷郡，区属上谷郡。永年八年（公元96年）复置广阳郡。区域东西分属广阳郡蓟县和上谷郡沮阳县[⑤]。

三国魏改为燕郡。晋为燕国。区域属蓟。北齐天保七年（公元556年）十一月，置怀戎县，区域东部仍属蓟县，西部属怀戎县[⑥]。唐天宝元年（公元742

---

① 顾祖禹：《读史方舆纪要》卷十一·北直二，中华书局，2006年。

② 《史记》卷四《周本纪》。

③ 《史记》卷六《秦始皇本纪》、卷七《项羽本纪》、卷八《高祖本纪》。

④ 《汉书》卷二十八《地理志八下》："广阳国。高帝燕国，昭帝元凤元年为广阳郡，宣帝本始元年更为国……县四：蓟，故燕国，召公所封。"

⑤ 《后汉书》卷一百二十三·志第二十三《郡国五》："高帝置，为燕国，昭帝更名为郡。世祖省并上谷，永元八年复。"

⑥ 顾祖禹：《读史方舆纪要》卷十一·北直二，中华书局，2006年。《辽史》卷四十·志第十《地理志四》："玉河县。本泉山地。刘仁恭于大安山创宫观，师炼丹羽化之术于方士王若讷，因割蓟县分置，以供给之。在京西四十里。"

北京龙泉务辽金墓葬

发掘报告

年），析蓟县置广宁、广平二县，区域大部分属广平县，部分属怀戎县。三载（公元745年）二县俱省。至德年间（公元756～758年）后复析置广平县。建中二年（公元781年），析蓟城置幽都县[①]。光启年间（公元885～888年），分属怀戎县置矾山、永兴二县，区域属广平县和矾山。唐末，刘仁恭以武力控制幽州地区，设玉河县，区域除西北沿河城地区属矾山县外，余均属幽州玉河县[②]。玉河县即今门头沟区城子一带。

后晋天福元年（公元936年）石敬瑭割燕云十六州贿辽，玉河县属辽[③]。辽开泰元年（公元1012年），置宛平县，宛平县始于此。改幽都府为析津府，玉河县仍属之[④]。

北宋宣和四年至七年（公元1122～1125年），收南京，改为燕山府，玉河县属宋[⑤]。

金贞元元年（公元1153年），玉河县并入宛平县，区域属宛平县[⑥]。

元至元九年（公元1272年），中都改为大都，为元之京都。宛平县、大兴县同为都城郭县。至元二十一年（公元1284年），立大都路总管府，辖宛平县[⑦]。区域属之。

明代改大都为北平府。后又改称北平。永乐元年（公元1403年）升为北京，改府为顺天府。辖宛平。宛平县辖六乡，其玉河乡的名称仍然存在[⑧]。区域属宛平县。1980年夏在永定河西岸，龙泉务村辽金瓷窑遗址北出土《大明璋国忠颜公墓志铭》[⑨]记载："正统十二年（公元1447年）夏五月十二日葬于西山忠毅公之墓。"志、史记载相合无误。

清顺治八年（公元1651年）至同治三年（公元1864年）期间，为防止水患，将宛平县丞迁至门头沟[⑩]。龙泉务村原名称之为务里村。

新中国成立初，1952年9月在门头沟设立京西矿区，1958年9月成立门头沟区至今。

① 《新唐书》卷三十九·志第二十九《地理三》。
② 顾祖禹《读史方舆纪要》卷十一："玉河县废县，在府西四十里，本蓟县地。五代时刘仁恭置。"上页注⑥中，辽亦为玉河县，今废。
③ 《新五代史》卷八《晋本纪第八》："（天福元年）十一月丁酉，皇帝即位，国号晋。以幽、涿、蓟……武、襄州入于契丹。"
④ 顾祖禹《读史方舆纪要》卷十一："宛平县附郭。在城内西北隅。本蓟县地，唐建中二年析置幽都县。"
⑤ 《宋史》卷九十·志第四十三《地理六》："（北宋）宣和四年，改燕京为燕山府，又改郡曰广阳……领十二县……玉河、香河赐名清化。"
⑥ 《金史》卷二十四·志第五《地理上》载："大兴府……贞元元年更今名……县十……大兴……宛平。本晋幽都县，辽开泰元年更今名。有玉泉山行宫。"
⑦ 《元史》卷五十八·志第十《地理一》。
⑧ 《明史》卷四十·志第十六《地理一》。
⑨ 包世轩：《门头沟考古二则》，《北京文物与考古》第二辑，北京市文物研究所，1991年。
⑩ 《清史稿》卷五十四·志二十九《地理一》。

第三节　发掘经过及报告编写

一、发掘经过

2005年，北京市门头沟区重点工程水担路工程在修建时，部分标段南北贯穿辽金瓷窑遗址区和龙泉务村。该瓷窑遗址区为北京市市政府1993年公布的第一批地下文物埋藏区。为了减少遗址保护区遭受过多的破坏，并且配合水担路配套搬迁用地（龙泉务村西北80亩地）工程顺利进行。后经有关部门批准，北京市文物研究所组织文物勘探队伍（洛阳市汉魏古城考古勘探队），对该标段内瓷窑遗址区以及搬迁配套用地（80亩地）进行详细、科学的考古勘探。

龙泉务村80亩地田野考古勘探工作于2005年3月18日开始，至2005年6月2日第一阶段暂告一段落。第二阶段于2005年8月全部普探完毕。两次勘探面积达8万余平方米。经过钻探，共发现古墓葬126座，其中辽金墓葬22座，明清墓葬104座。

北京市文物研究所随即组成龙泉务考古队，于2005年5月2日开始田野发掘工作，由李华任领队并负责，参加田野发掘工作有李华、熊永强、刘凤亮、孙建国、刘乃涛、邹晓天、张志伟、范伟、金俊波、杨秀海及门头沟区博物馆副馆长齐鸿浩和门头沟区文物保管所所长刘德才等。国家文物局副局长张柏、研究员刘兰华、文物研究所所长宋大川及齐心、王清林、朱志刚、黄秀纯等亲临现场指导工作。

首先对一期勘探出的32座古墓葬进行科学的抢救性考古发掘。先后依次清理发掘了05MLM1～M31，其中辽金墓22座，明清墓葬10座。在本报告中，重点报道辽代时期墓葬，10座明清墓葬同第二阶段发掘的94座明清墓葬简报已发表，详见《北京文博》2007年第四期。

发掘时，我们严格按照《田野考古操作规程》进行，由上至下、由晚及早的逐层清理发掘，以便不漏掉任何遗迹现象。在发掘清理过程中，每天都要对发现的遗存进行文字、绘图和照相的记录，并对出土遗物按单位统一编号，分开存放。

二、资料的整理及报告编写

龙泉务墓地发掘工作结束后，2005年11月30日，龙泉务考古队将出土文物及资料运至北京市文物研究所房山琉璃河考古工作基地。2006年元月开始对所发

北京龙泉务辽金墓葬

发掘报告

掘的墓葬、瓷窑遗址及出土遗物展开系统全面的整理工作。整个工作在整理人员有限、时间又紧的情况下，按部就班，有条不紊的进行：

首先，我们一一核对发掘资料的文字记录、图表、照相记录、出土遗物，检查是否有误或遗漏等情况；

第二步，对出土器物进行清洗、拼对、修复，并对部分遗物进行拓片等其他工作。同时对出土遗物按单位登记造册、上架、分开存放；

第三步，对墓葬形制、出土遗物进行分类研究；

第四步，对出土遗物标本进行照相、绘图及器形特征描述；

第五步，查阅北京市门头沟区的自然地理环境、历史背景以及与报告编写有关的各方资料；

最后，整理工作于2007年12月基本告一段落。以这次龙泉务辽金墓的发掘收获和研究成果形成了报告的初稿，经过多次的商讨和修改，于2008年7月定稿。

第二章
墓葬介绍

　　北京龙泉务辽金墓葬位于门头沟区龙泉镇龙泉务村西北约200米处，附近地势略高，西北两面环山（太行山余脉之妙峰山系脉）；东与龙泉务村辽金时期瓷窑遗址毗邻，永定河自北向南依龙泉务瓷窑遗址区东侧蜿蜒而下；南接龙泉务村（图二；图版一）。现存地貌西北高东南低，呈阶梯状分布。墓地南北长约500米，东西宽约230米，总计约11.5万平方米的狭长区域内，永定河西畔的二、三阶台地上。20余座辽金墓葬皆分布于此（图三）。

　　发现的22座辽金时期墓葬基本没有被盗过，虽然大部分墓葬局部被20世纪50年代、70年代两次土地平整和农耕所破坏，但是墓葬内随葬器物保存基本完整。因此使我们获得了一批较丰富的实物资料，遗物有陶器、瓷器、石器、铜钱等。同时，首次在北京地区发现墓室外带有祭台的辽金时期墓葬，为研究辽金时期的埋葬习俗又补充了新的资料。另外，墓葬的墓向均为磁方向，皆是从墓道向墓室方向测量。下面按单位介绍每座墓葬的详细情况。

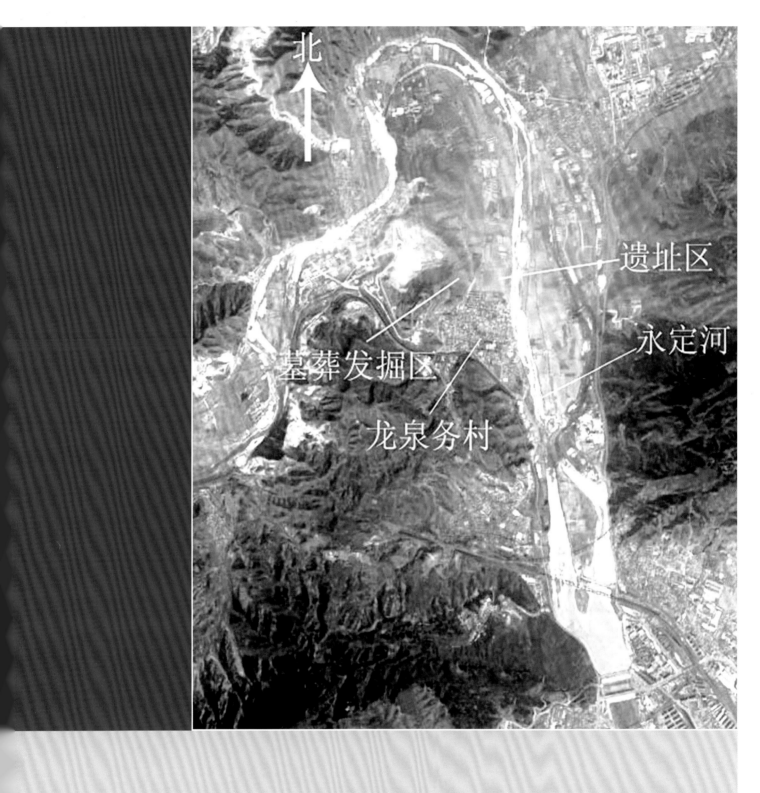

北　　遗址区

墓葬发掘区　　永定河

龙泉务村

图版一　北京市龙泉务辽金墓葬位置航拍图

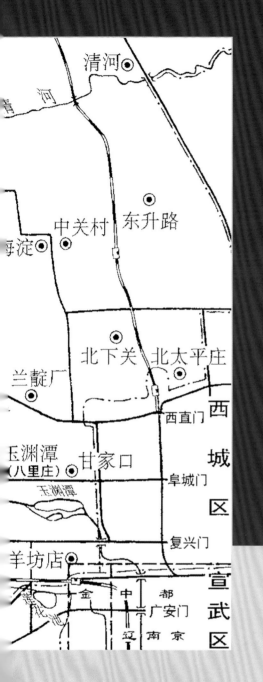

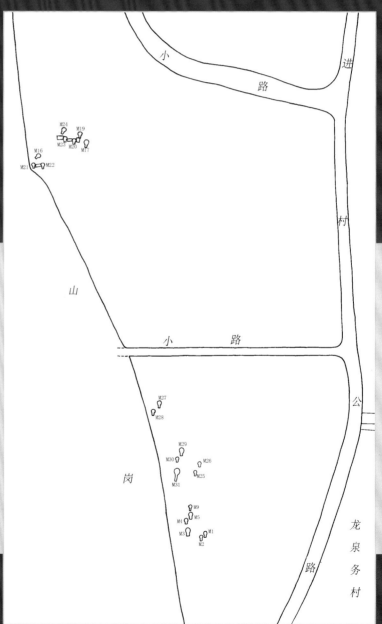

图三　北京市龙泉务辽金墓葬分布图

第一节　M1

　　M1位于墓地的南部，西邻M2。该墓坐北朝南，墓向为185°。 开口于地表扰土层下，墓口距地表0.68米。

一、墓葬形制

　　M1为圆形单室砖券穹隆顶墓，整座墓葬由祭台、墓道、墓门、墓室四部分组成（图四、图五；图版二）。墓室全部用沟纹砖砌筑，顶部已塌陷，其构筑方法是：先从地表下挖一个前面带有近似长方形阶梯状墓道的圆形土圹，然后用规格为32.5厘米×16厘米×5.2厘米不等的沟纹砖（饰五道粗沟纹和多道细沟纹）营建墓室。在墓室内北部置砖砌棺床。墓室券砖与土圹之间缝隙用黄褐色花土回填，该墓未见封土。

图版二　M1全景

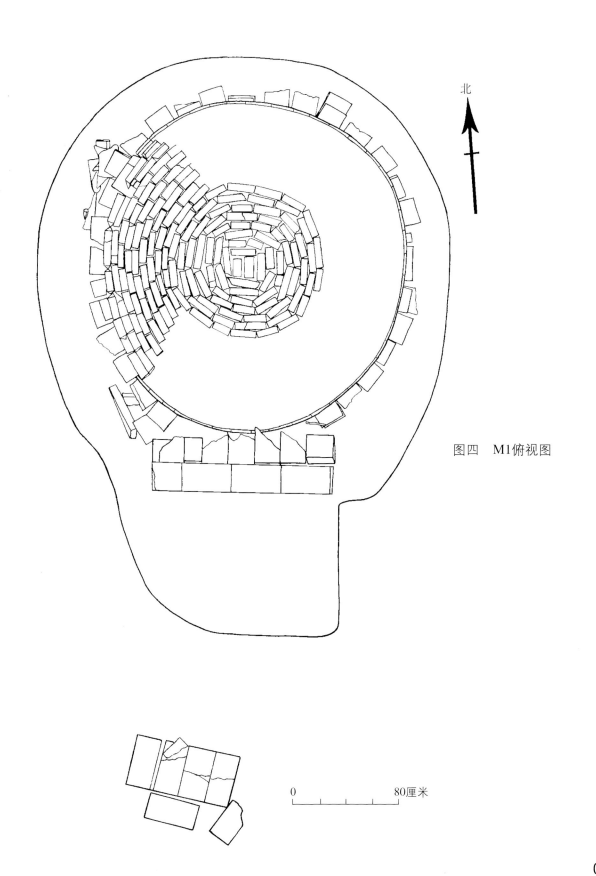

北

图四　M1俯视图

0　　　　　　　80厘米

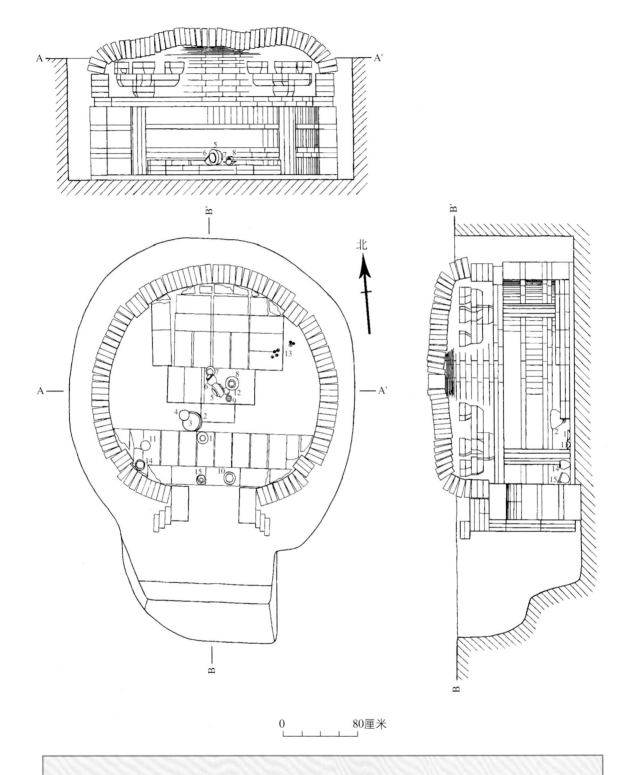

发掘报告

北

0   80厘米

图五　M1平、剖面图

1、3（叠压2）.白瓷盘　2、4、11.白瓷碗　5、6、9、12、14、
15.白瓷罐　7、10.白瓷器盖　8.白瓷盏托　13.铜钱

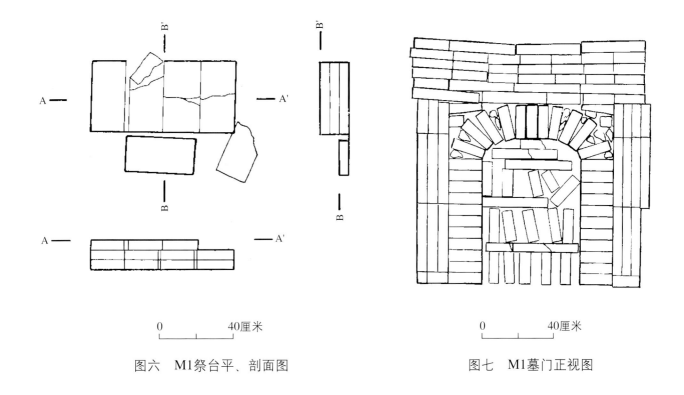

图六　M1祭台平、剖面图　　　　　图七　M1墓门正视图

祭　台　位于墓道南端，北距墓道0.76米。平面呈长方形，用四块长方形勾纹砖并列纵砌两层，前面横砌一块呈阶梯状。南北长0.58、东西长0.76米（图六）。

墓　道　位于祭台与墓门之间，直对墓门，内填黄褐色花土。平面呈不规则形，南窄北宽，墓道南北长1、东西宽0.95～1.62、深1.29米。内修筑一步台阶，面宽0.4、高0.53米。

墓　门　位于墓室的南端，仿木式结构，正面做出拱形券门，券的左、右和上部做出立颊、壁面、门檐。券脚直接砌在墓地平面上，左右两翼用青灰砖叠压平砌。券门高0.76、宽0.54、进深0.36米。券门两侧立颊各用三排青灰砖竖立砌制，自内向外每列外错。券门之上叠压平砌四层青灰砖做出壁面，其上又平砌两层做出门檐与券门、立颊构成整个门楼。墓门高1.25、东西宽1.19米。券门内用青灰砖一顺一丁叠压砌制封堵（图七）。

墓　室　位于墓门北端，平面呈圆形，直径1.4米。按四角方位，用青砖砌出方形倚柱，高0.74米，柱头之上砌筑两层青砖阑额。柱子因皆位于四角，所以柱头阑额之上都筑有内转角铺作一朵，为平口跳，平口跳之上筑华拱，左右出泥道拱，泥道拱上再托内层替木，华拱托外层替木，呈一斗三升式拱托顶部。顶部用砖块叠压错缝券制，因券制粗糙、又经多年的雨水浸泡及地表农耕影响，已塌陷，高低不平，从此现状可推测该墓原为穹隆顶形；周壁笔直，倚柱之间阑额至下皆用一顺一丁青灰色沟纹砖（图八）叠压砌筑；墓底用青砖纵横平铺。墓室残高1.34米。

015

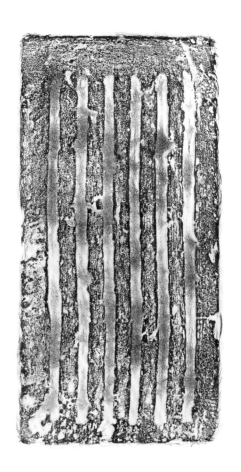

0　　　4厘米

图八　M1墓砖

二、葬具葬式

棺床　位于墓室的北部，砖砌，平面呈长方形。南北宽0.96、东西长1.39、高0.15米。在棺床南侧用青砖纵横砌筑祭台，南北宽0.36、东西长0.93、高0.1米，与棺床构筑成"山"字形。棺床之上葬置碎烧骨块，因墓主人是火化后入葬的，故其年龄和葬式不明。

三、随葬器物

M1因墓顶和封门砌筑粗糙，造成缝隙漏水，致使墓内渗满淤泥，部分器物亦散乱于其中。经清理，出土器物共15件，其中瓷器14件（含素胎烧瓷器2件），铜钱7枚。分别置于棺床之上和墓室的前半部。

（一）瓷器

14件。器形有罐、碗、盘、盏托等。

罐　6件。

M1∶6，敞口内敛，口部略变形，卷沿，束颈，丰肩，腹斜弧收，圈足，内底凸起，外底略乳突，足口外撇。白胎，胎略厚质细，胎质中夹杂有黑色斑点，胎底施一层化妆土。口内壁与外壁挂牙白釉，外壁施釉不到底，釉层厚薄不均匀，莹润有光泽。口径7.6、腹径11.5、底径4.9、高10.45ⅰ10.7厘米（图九，1；图版三，1）。

M1：14，敞口内敛，斜沿，束颈，溜肩，鼓腹斜收，平底，器表有拉胎痕，下腹见有刮削痕迹，灰白色胎，略厚，质粗，素胎烧制。口径8.5、腹径11.2、底径4.3、高11.2厘米（图九，2；图版三，2）。

M1：5，直口微敞，矮领略束，折肩，深直腹，下腹折收，圈足，足口里墙外撇，内底残留三个支垫痕。白胎，质细胎略厚，胎质中夹杂有黑色斑点，胎底施一层化妆土，器表有凸起的小颗粒状。内外挂白釉，挖足内未施釉，釉层厚薄不均匀，莹润亮泽。口径10.9、上腹径15.1、下腹径13.6、底径7.9、高10.6厘米（图九，3；图版三，3）。

M1：15，盘口内敛，束颈，腹微鼓斜收，平底，桥形耳黏贴于口腹处，器表有火烧痕迹。土黄色胎，质粗，素胎烧制。口径8.1、腹径10.3、底径10.8厘米（图九，4；图版三，4）。

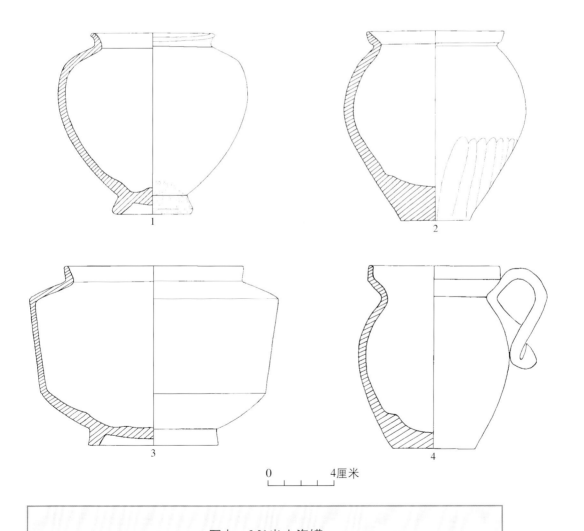

0   4厘米

图九　M1出土瓷罐

1. M1：6　2. M1：14　3. M1：5　4. M1：15

1. M1：6

2. M1：14

3. M1：5

4. M1：15

图版三　M1出土瓷罐

M1：9，带盖，直口，矮领，丰肩，腹斜弧收，圈足，足口外撇，外底乳突，内壁饰五周凸弦纹。白胎略厚质稍粗，胎质中夹杂有黑色斑点，胎底施化妆土。口内壁与外壁挂白釉，外壁施釉不到底，釉色亮、有光泽。器盖帽形，白胎质稍粗，胎质中夹杂有黑色斑点，器身涂抹化妆土，帽沿上侧施酱釉，釉厚薄不均，沿下为素胎。罐口径3.5、腹径5.6、底径2.7、高6.4厘米；盖径4.8、高3.6厘米；通高8.7厘米（图一〇，1；图版四，1）。

M1：12，直口，矮领，溜肩，鼓腹斜收，圈足，腹部饰一周凹弦纹。白胎，质略粗胎稍薄，胎质中夹杂黑色斑点，内外壁皆施化妆土。口内壁与外壁挂白釉，外壁饰釉不到底，釉色亮泽光润。盖为帽形，帽沿上饰一周凸棱。白胎质稍粗，胎质中夹杂有黑色斑点，胎底施一层化妆土。罐口径3.6、腹径5.6、底径2.7、高6.4厘米；盖径9.3、高3.9厘米；通高8.8厘米（图一〇，2；图版四，2）。

　　M1：7，塔形，沿略上翘，微变形，沿上内侧饰一周凹弦纹。白胎，质略粗，胎质中夹杂黑色斑点，胎底施一层化妆土。沿以上挂白釉，其余均为素胎，釉色莹润光泽。盖径9.3、通高3.9厘米（图一〇，3；图版四，3）。

　　M1：10，塔形，盖面隆起，有钮座，宽平沿，子口垂立。白胎质细密，胎质中夹杂有黑色斑点。盖沿以上挂牙白釉，余无釉，釉色莹润光泽。盖径11.3、高3.8厘米（图一〇，4；图版四，4）。

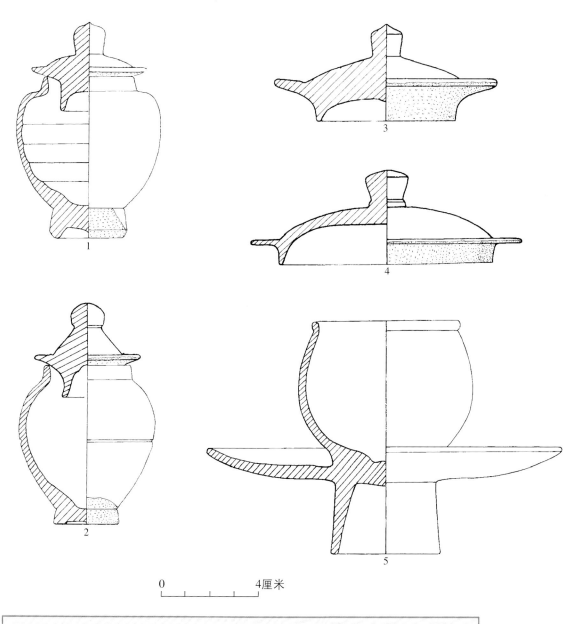

0　　　　　　　4厘米

图一〇　M1出土瓷器

1. 瓷罐（M1：9）　2. 瓷罐（M1：12）　3. 器盖（M1：7）　4. 器盖（M1：10）　5. 盖托（M1：8）

1. 瓷罐 (M1：9)

3. 器 盖 (M1：7)

4. 器 盖 (M1：10)

2. 瓷 罐 (M1：12)

5. 盏 托 (M1：8)

图版四　M1出土瓷器

盏 托　1件。

M1：8，盏身作罐形，平口，圆唇，小鼓腹。托呈盘状，高圈足，足底乳凸。白胎，胎略厚，质细腻，胎质中夹杂有黑色斑点，盘内有凸起的小颗粒。内外挂白釉微泛青，釉层厚薄不均匀，挖足内未施釉，釉色莹润光泽。盏口径6.2、托盘径14.8、底径4.6、通高9.4厘米（图一〇，5；图版四，5）。

北京龙泉务辽金墓葬

发 掘 报 告

盘　2件。

M1：1，五瓣荷叶口形，浅折腹，圈足底，挖足过肩，足底里墙外撇，内外底均残留三个支垫痕。胎薄质稍粗，含杂质大，挂白釉泛青灰色，釉色莹润光泽，内满釉，外壁施釉不到底。口径12.5、底径4.4、高2.3厘米（图一一，1；图版五，1）。

M1：3，敞口，唇沿，浅弧腹，圈足，挖足过肩，足口刮削，外敛内敞，内底残留四个支钉痕，外底乳突，口下饰两周凹弦纹。胎厚质稍粗，胎质中夹杂黑色斑点，胎底施一层化妆土。内外满白釉，釉厚，施釉不均匀，足底无釉，釉色光亮莹润。口径18.4、底径6.2、高3.9厘米（图一一，2；图版五，2）。

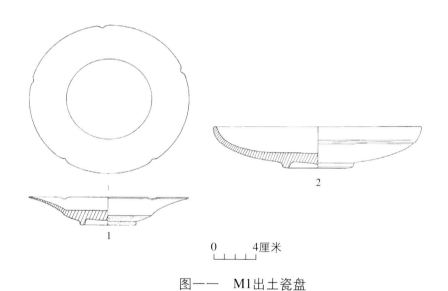

0　　4厘米

图一一　M1出土瓷盘

1. M1：1　2. M1：3

1. M1：1

2. M1：3

图版五　M1出土瓷盘

碗 3件。

M1∶4。敞口，沿稍撇，浅弧腹，圈足，足口外敛内略敞，外底乳突，内底为圆乳钉状。胎薄质粗，胎质中夹杂黑色斑点，内外挂白釉，施釉不均匀，釉泛青灰色，莹润有光泽。口径11.4、底径3、高3.5厘米（图一二，1；图版六，1）。

M1∶11，敞口略残，浅弧腹，圈足，足口外敛内敞，内底为乳钉状，且残留三个支垫痕。胎薄质略细，胎质中夹杂有黑色斑点。内外挂白釉，釉厚，施釉不均匀，釉色莹润光泽。口径10.8、底径3.7、高3.3厘米（图一二，2；图版六，2）。

M1∶2，敞口微敛，深斜腹，小圈足，挖足过肩，内底较平，外底乳突，足口里墙外撇，内底残留四个支钉痕。胎厚质稍粗，夹杂黑色斑点。胎底施一层化妆土，挂牙白釉，釉色莹润光泽。口径20.5、底径7.2、高8.3厘米（图一二，3；图版六，3）。

（二）铜钱

7枚。

宋元通宝 1枚。

M1∶13-1，小平钱，隶书，顺读，方穿，郭略阔，"通"字略瘦，"元"字第二笔左上挑，另俗称"宋通元宝"。重3.4克，外廓径2.5、厚0.1厘米（图一三，6）。

嘉祐通宝 1枚。

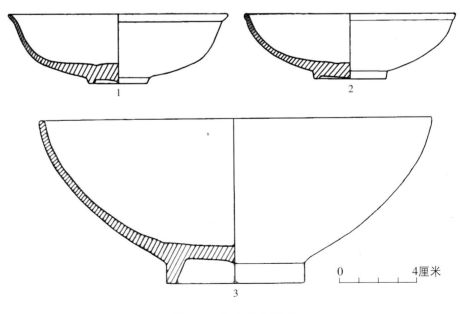

图一二 M1出土瓷碗

1. M1∶4 2. M1∶11 3. M1∶2

0   4厘米

1. M1 : 4

2. M1 : 11

3. M1 : 2

图版六　M1出土瓷碗

M1：13－2，小平钱，真书，顺读，方穿，郭略阔，光背，肉厚，背穿左侧字迹不清。重5.2克，外廓径2.6、厚0.14厘米（图一三，3）。

元符通宝　1枚。

M1：13－3，小平钱，行书，旋读，方穿，穿壁外方内圆，"通"字略小。重3.2克，外廓径2.4、厚0.12厘米（图一三，2）。

祥符通宝　1枚。

M1：13－4，小平钱，真书，旋读，郭阔，背面磨郭。重4.4克，外廓径2.6、厚0.11厘米（图一三，1）。

天禧通宝　2枚。

M1：13－5，小平钱，真书，旋读，方穿，郭略阔，光背。重4.3克，外廓径2.5、厚0.11厘米（图一三，4）。

元祐通宝　1枚。

M1：13－6，小平钱，钱文篆、楷两体，旋读，方穿，字体较小，背穿右上有一星。重3.6克，外廓径2.4、厚0.11厘米（图一三，7）。

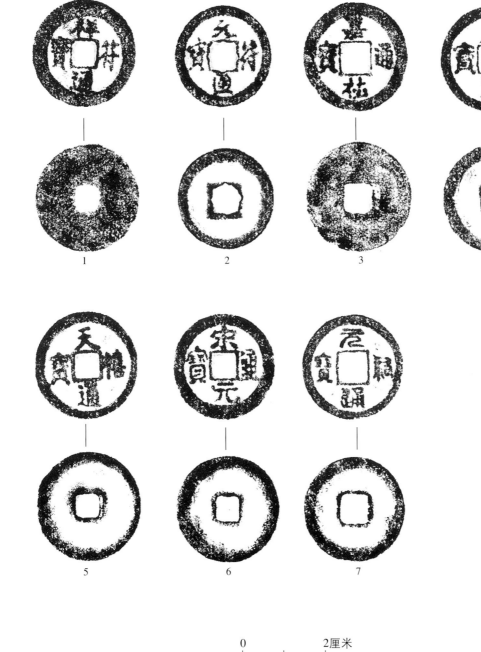

0　　　　2厘米

图一三　M1出土铜钱

1. 祥符通宝 (M1：13-4)　2. 元符通宝 (M1：13-3)　3. 嘉祐通宝 (M1：13-2)

4. 天禧通宝 (M1：13-5)　5. 天禧通宝 (M1：13-7)　6. 宋元通宝 (M1：13-1)

7. 元祐通宝 (M13-6)

第二节　M2

M2位于墓地南部，东邻M1（但位置稍向南错），西邻M5。坐北朝南，墓向210°。开口于地表扰土层下，墓口距地表0.5米。

一、墓葬形制

M2为圆形单室砖券墓，整座墓葬由墓道、墓门、墓室组成（图一四、图一五；图版七）。墓室全部用规格为36厘米×18厘米×5.5厘米的沟纹砖砌筑（图一六），顶部已坍塌，墓门内为砖、石混砌封堵。其构筑方法是：先从地表下挖一个前面带有近似长方形阶梯状墓道的圆形土圹，然后用砖营建墓室，在墓室内北部置砖砌棺床。墓室券砖与土圹之间缝隙用黄褐色花土回填。该墓未见封土。

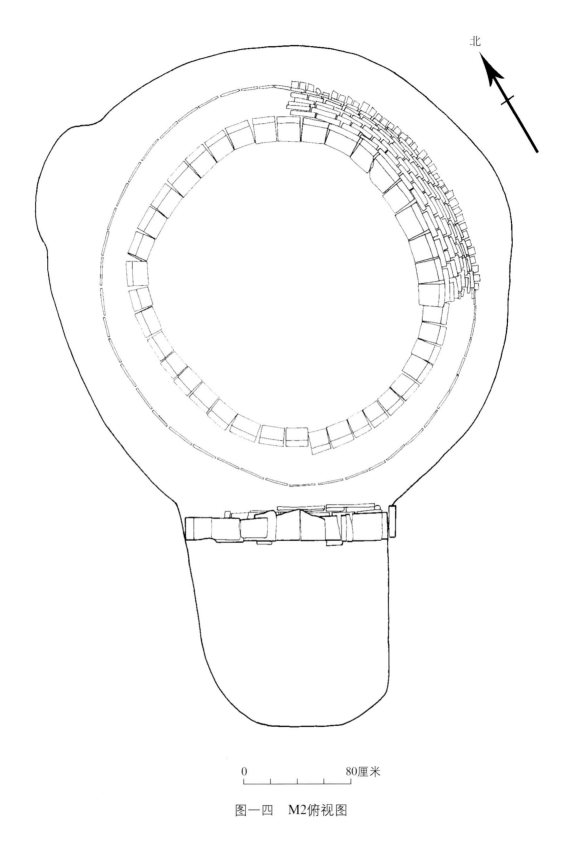

发 掘 报 告

北

0   80厘米

图一四　M2俯视图

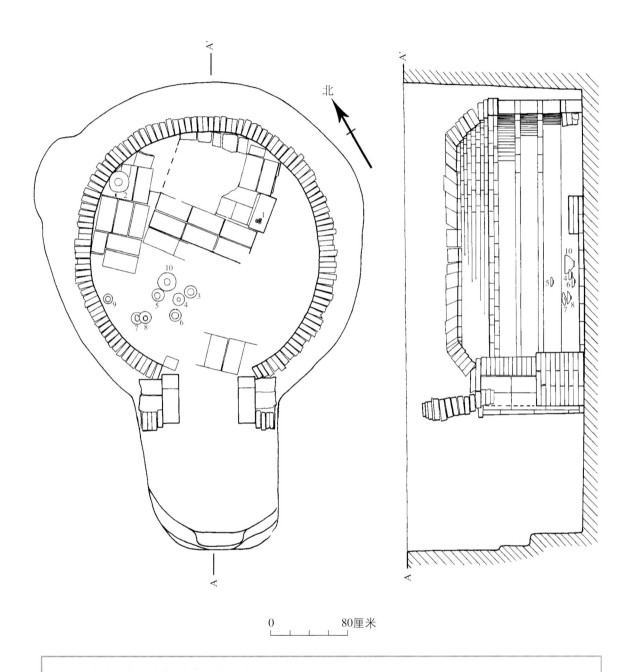

北

0   80厘米

图一五　M2平、剖面图

1.铜钱　2～7、9.白瓷盘　8.白瓷碟　10.白瓷碗

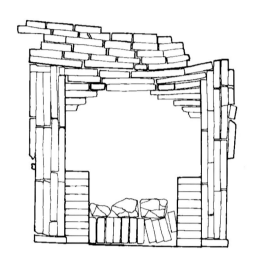

<table>
<tr><td>0　　　4厘米</td><td>0　　　　　　　80厘米</td></tr>
</table>

0　　　4厘米　　　　　　　　　　　0　　　　　　　　80厘米

图一六　M2墓砖　　　　　　　　图一七　M2墓门正视图

墓　道　位于墓门的南端，平面近似长方形，墓道壁整齐，底部南端略高内填黄褐色花土，土质疏松，含较多乱砖块及石头。上口南北长1.36、东西宽1.5米；下口南北长1.18、东西宽1.48、深1.87～1.9米。内修筑一步台阶，台阶面宽0.56、进深0.13、高0.54米。

墓　门　位于墓室南端，平面呈长方形，券门已被破坏，仅残留立颊、门檐壁面及券门部分翼墙：左右两翼用砖叠压平砌，门宽0.62、进深0.5、残高0.5米，内用青灰砖侧立一层，之上用石块叠压砌制封堵；券门两侧立颊各用四排青灰砖并列竖立砌制，每列外错；其上用九层青灰砖叠压错缝平砌门檐及壁面与立颊、券门构筑筑成整个墓门。墓门面宽1.5、通高1.72米（图一七）。

墓　室　位于墓门北端，平面呈圆形，直径2.4～2.5米。周壁规整，用青灰色沟纹砖一竖一平叠压砌筑，砌至1.1米时开始起券；墓顶用青灰色沟纹砖叠压错缝券制，呈犬牙状，已坍塌；墓底用青砖纵横平铺。墓室残高1.5米。

二、葬具葬式

棺　床　位于墓室内的北部，平面呈长方形，南北宽1.24、东西长1.33、高0.15米。用青灰砖叠压纵横平砌三层，仅残留北、东、南三面，其余均被盗扰破坏。棺床之上葬置碎烧骨屑，因墓主人是火化后入葬，故其葬式、年龄不明。

三、随葬器物

由于墓葬坍塌，且历经多年雨水渗漏，所余随葬器物多已漂离原位，没于泥土中。经清理，出土遗物共13件，其中瓷器9件，铜钱4枚。

（一）瓷器

9件。器形有碗、碟、盘，皆轮制。

碟 1件。

M2:8，敞口略残，浅弧腹，圈足。内底为圆乳钉状，且残留四个支垫痕，外底乳突，足口里墙外撇。胎薄质稍粗，胎质中夹杂黑色斑点。内外挂白釉，外壁施釉不到底，釉层厚薄不均匀，釉色亮光润泛灰。口径10.5、底径3.2、高3.4厘米（图一八，1；图版八，1）。

盘 7件。

M2:3（同M2:6），唇口，浅弧腹，圈足，足口里墙外撇，器表见有刮胎痕。胎薄质略粗，白胎，胎质中夹杂黑色斑点，胎底施一层化妆土，而且有凸

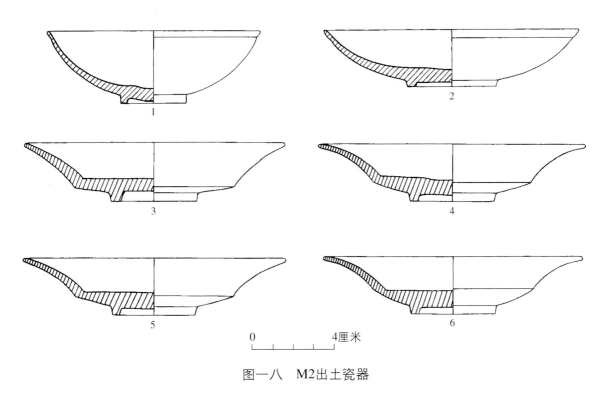

0   4厘米

图一八　M2出土瓷器

1.白瓷碟（M2:8）　2.白瓷盘（M2:6同M2:3）　3.白瓷盘（M2:4）

4.白瓷盘（M2:5）　5.白瓷盘（M2:7）　6.白瓷盘（M2:9）

起的小颗粒。内外满白釉，挖足内未施釉。釉厚，釉色亮且施釉不均匀。口径12.6、底径4.4、高2.7厘米（图一八，2；图版八，2）。

M2：4，敞口，浅折腹，矮圈足，坦底，挖足过肩，足口外敛内撇，器表有刮胎痕，足底残留三个长条形支垫痕迹。胎薄质稍粗，胎质中夹杂黑色斑点，内底有凸起的小颗粒。白胎，内外满白釉，釉层厚薄不均匀，釉色稍莹润光泽。口径12.7、底径4.2、高2.4厘米（图一八，3；图版八，3）。

M2：5，敞口，浅折腹，圈足，足口外敛内略敞，内底略凹，器表有刮胎痕，足底残留三个长条形支钉痕迹。胎薄质稍粗，胎质中夹杂黑色斑点，器壁有凸起的小颗粒。白胎，内外满白釉，釉层厚薄不均匀，釉色莹润光泽。口径13.2、底径4.3、高2.7厘米（图一八，4；图版八，4）。

M2：7，敞口，浅折腹，矮圈足，坦底，足口外敛。胎薄质稍粗，胎质中夹杂黑色斑点，器表有凸起的小颗粒状。内外满白釉，釉层厚薄不均匀，釉色亮泽光润。口径12.7、底径4、高2.7厘米（图一八，5；图版八，5）。

1. 白瓷碟（M2：8）　　　　　　2. 白瓷盘（M2：3）

3. 白瓷盘（M2：4）　　　　　　4. 白瓷盘（M2：5）

5. 白瓷盘（M2：7）　　　　　　6. 白瓷盘（M2：9）

图版八　M2出土瓷器

M2：9，敞口，浅折腹，矮圈足，坦底，足口外敛内略撇。胎薄质稍粗，胎质中夹杂黑色斑点，器表有凸起的小颗粒，内外满白釉，釉层厚薄不均匀，釉色光润、亮。口径12.7、底径4.2、高2.7厘米（图一八，6；图版八，6）。

M2：2，侈口，浅弧腹，圈足底，足口外敛内撇，器表有轮制时的刮胎痕，口沿下饰一周凹弦纹，内外底均残留四个长条形支垫痕。胎厚质稍粗，胎质中夹杂黑色斑点，胎底施一层化妆土。内外挂白釉，挖足内无施釉，釉层厚薄不均匀，釉色莹润稍黯淡。口径18.7、底径6.1、高4.2厘米（图一九，1；图版九，1）。

碗 1件。

M2：10，敞口，深弧腹，圈足，足口里墙略撇，外壁饰一周凹弦纹与四道细弦纹，内外底均残留四个长条形支钉痕。胎厚质略粗，胎质中夹杂黑色斑点。内外皆满白釉，挖足内未施釉，釉层厚薄不均匀，釉色黯淡泛灰。口径22.4、底径6.9、高7.8厘米（图一九，2；图版九，2）。

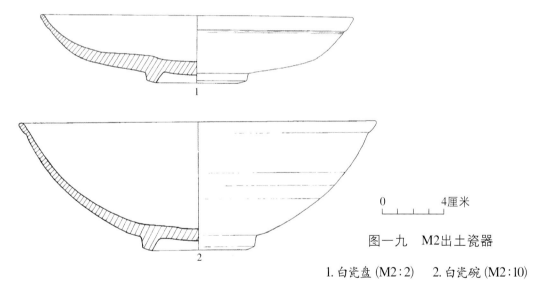

0 —— 4厘米

图一九　M2出土瓷器

1. 白瓷盘（M2：2）　　2. 白瓷碗（M2：10）

1. 白瓷盘（M2：2）

2. 白瓷碗（M2：10）

图版九　M2出土瓷器

（二）铜钱

4枚。

元丰通宝　1枚。

M2：1-1，小平钱，行书，旋读，方穿，"通"字略小，背郭缘较宽。重4克，外廓径2.5、厚0.12厘米（图二〇，1）。

绍圣元宝　1枚。

M2：1-2，小平钱，隶书，旋读，方穿，背郭缘略宽，"元"字第二笔左上挑，背穿左下有月。重3.5克，外廓径2.5、厚0.11厘米（图二〇，3）。

熙宁元宝　1枚。

M2：1-3，小平钱，真书，旋读，方穿，郭略狭，"宝"字偏小。重3.7克，外廓径2.5、厚0.11厘米（图二〇，4）。

天圣元宝　1枚。

M2：1-4，小平钱，真书，旋读，方穿，郭略狭。重3.4克，外廓径2.5、厚0.11厘米（图二〇，2）。

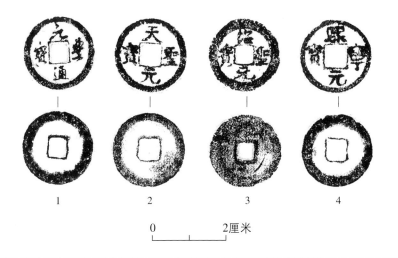

0　　　　　2厘米

图二〇　M2出土铜钱

1. 元丰通宝（M2：1-1）　2. 天圣元宝（M2：1-4）
3. 绍圣元宝（M2：1-2）　4. 熙宁元宝（M2：1-3）

第三节　M3

　　M3位于墓地的南部，北邻M9，西南邻M4。坐北朝南，方向180°。开口于地表层扰土层下，墓口距地表0.34米。

　　M3为圆形单室竖穴土圹墓，整座墓葬由墓道、墓室两部分组成（图二一）。

　　墓　道　位于墓室的南端，长方形竖穴土圹式，南窄北宽。内填黄褐色花土，土质疏松。墓道南北长1.31、东西宽1.38～1.74、深1.5米。内修筑两步台阶，第一步台阶宽0.19、高0.18米；第二步台阶宽0.53、高0.48米。

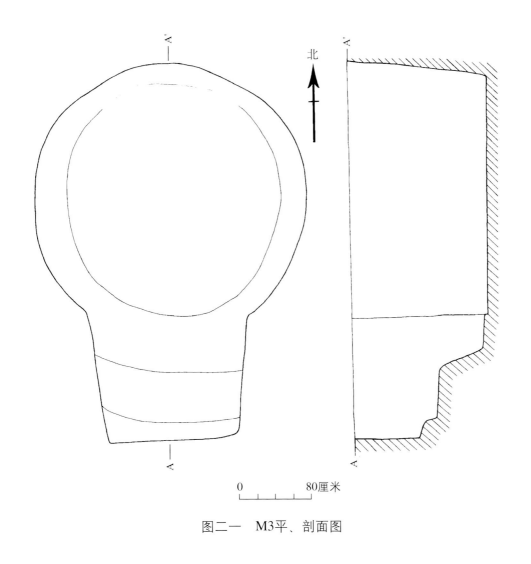

北

0 　　　　　80厘米

图二一　M3平、剖面图

墓　室　位于墓道北端，平面呈圆形，口略大于底，直径为2.53～2.68米，墓底距墓口1.5米。在墓室底部，紧靠墓壁内侧周围有一南北高差为0.04米的圆形土台，宽0.23～0.35米，可能为券筑墓室而修建的。墓室内填黄褐色花土，土质疏松，内夹杂有较多青灰色沟纹砖块、白灰颗粒等，未见遗物和其他遗迹现象。

　　因该墓被严重盗扰，未发现随葬器物。同时根据填土内所包含的砖块和白灰颗粒，以及墓室内底部周边发现的圆形土台，鉴于此种情况，推测该墓也应为圆形单室砖券墓葬。

第四节　M4

　　M4位于墓地南部，东北邻M3，但位置稍后错，南邻M5。坐北朝南，方向190°。开口于地表扰土层下，墓口距地表0.65米。

一、墓葬形制

　　M4为圆形单室砖券墓，整座墓葬由祭台、墓道、墓门、墓室组成（图二二、图二三；图版一〇）。墓室全部用沟纹砖砌筑，墓门内用石块叠砌封堵。

图版一〇　M4
全景

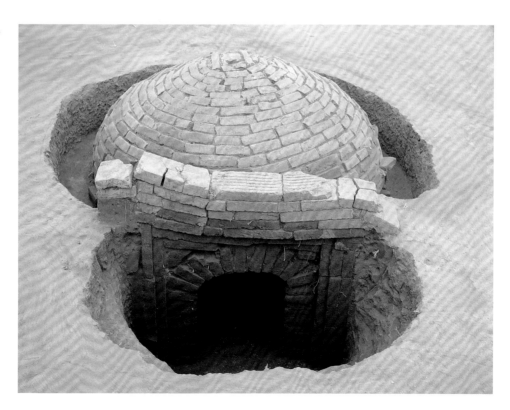

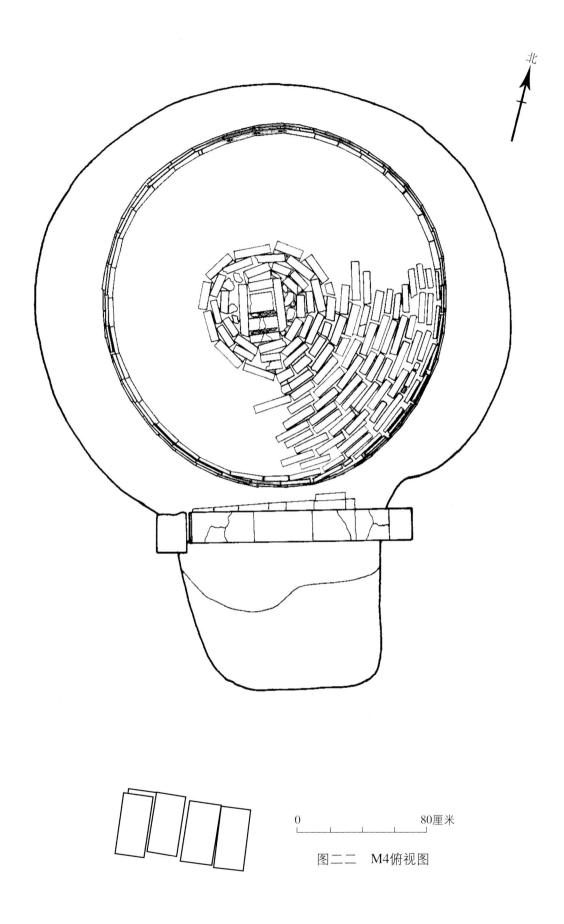

0　　　　　　　　　　　80厘米

图二二　M4俯视图

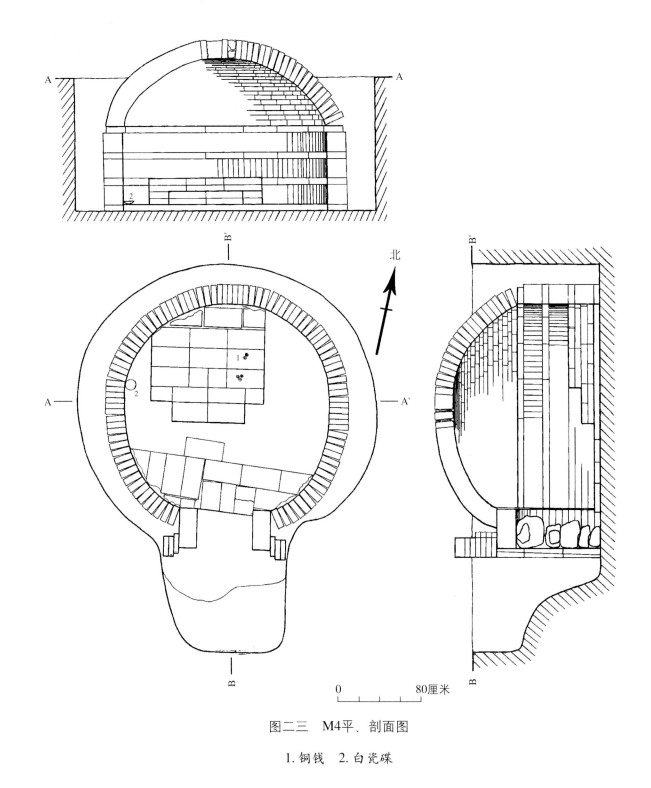

图二三　M4平、剖面图

1.铜钱　2.白瓷碟

其构筑方法是：先从地表下挖一个前面带有近似长方形阶梯状墓道的圆形土圹，然后用砖营建墓室，墓室内北部置砖砌尸床。墓室券砖与土圹之间缝隙用黄褐色花土回填。该墓未见封土。

　　祭　台　位于墓道南端，北距墓道1.25米。平面呈长方形，用四块勾纹砖并列纵砌两层，南北宽0.36、东西长0.72、高0.1米（图二四）。

墓　道　位于祭台与墓门之间，与墓门直对，内填黄褐色花土。平面近似长方形，南窄北宽。墓道南北长0.94、东西宽0.6～1.2、深1.21米。内修筑一步台阶，台阶壁略呈倾斜状直通墓底，面宽1.2、高0.74米。

墓　门　位于墓室的南端，正面做出拱形券门，券脚直接砌在墓地平面上，左右两翼用青灰砖叠压平砌至0.6米时起券。券门高0.8、宽0.54、进深0.36米，内用不规则形青石块叠压砌制封堵。券门两侧立颊各用三排青灰砖并列竖立砌制。券门之上叠压平砌六层青灰砖做出门檐壁面与券门、立颊构成整个墓门。墓门通高1.38、东西宽1.19米（图二五）。

墓　室　位于墓门北端，平面呈圆形，直径1.86～1.96米。周壁笔直，用青灰砖一竖一平叠压砌筑，砌至0.78米时开始起券；墓顶用青灰色沟纹砖（图二六）叠压错缝券制；墓底用青砖纵横平铺，墓门内未见铺地砖。地面到室顶高1.37米。

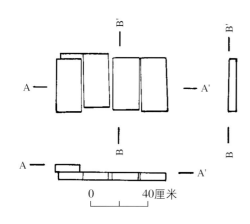

0　　　　　40厘米

图二四　M4祭台平、剖面图

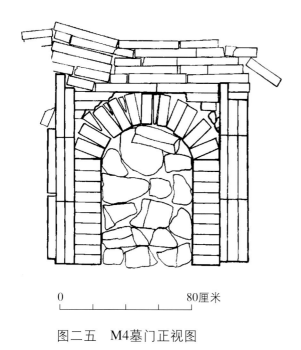

0　　　　　80厘米

图二五　M4墓门正视图

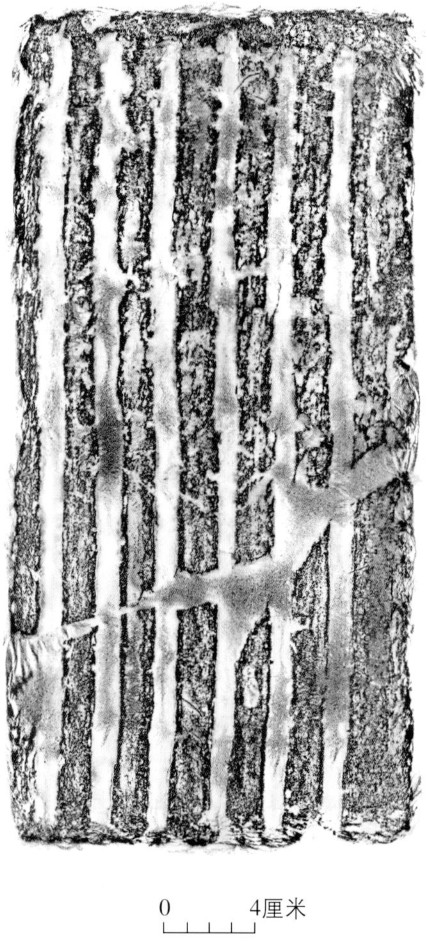

0　　4厘米

图二六　M4墓砖

二、葬具葬式

棺床 位于墓室内北部偏西，平面呈"凸"字形，纵剖面呈台阶状。整个棺床用青砖叠压平砌而成，南北长1.08、东西宽1.08、高0.12～0.24米。棺床之上未见用棺痕迹，仅葬置碎烧骨屑，由于墓主人是火化后入葬，故其葬式和年龄不明。对于棺床前端凸出部分，我们认为很可能是墓室内设置的祭台。

三、随葬器物

墓葬虽保存较好，但经过多年的雨水渗漏，墓室内淤泥也厚达0.6米。经清理，出土器物共4件，其中瓷器1件，铜钱3枚，分别放置于棺床西侧与棺床之上。

（一）瓷器
仅有1件碟。

碟 1件。

M4：2，敞口略残，浅弧腹，圈足，内底为圆乳钉状，且残留两个支垫痕，外底乳突，足口里墙外撇。胎薄质稍粗，白胎，胎质中夹杂黑色斑点。内满釉，外壁施釉不到底，釉层厚薄不均匀，釉色亮、泛灰。口径10.4、底径3.1、高3.4厘米（图二七；图版一一）。

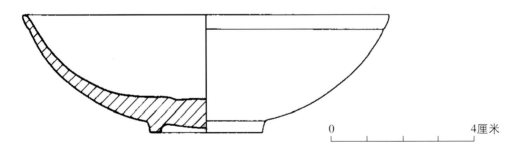

图二七　M4出土瓷碟（M4：2）

图版一一　M4出土瓷碟（M4：2）

（二）铜钱

3枚。

宋元通宝 1枚。

M4：1-1，小平钱，隶书，字体清晰，顺读，方穿，正背郭阔狭不一，"元"字第二笔左上挑，背穿上部有覆纹。也称"宋通元宝"。重4.5克，外廓径2.5、厚0.18厘米（图二八，1）。

至和元宝 1枚。

M4：1-2，小平钱，真书，旋读，方穿，正背郭缘阔狭不一，"宝"字偏大。重3.2克，外廓径2.4、厚0.12厘米（图二八，3）。

天圣元宝 1枚。

M4：1-3，小平钱，钱文篆、楷两体，旋读，方穿，正背郭缘阔狭不一。重3克，外廓径2.5、厚0.11厘米（图二八，2）。

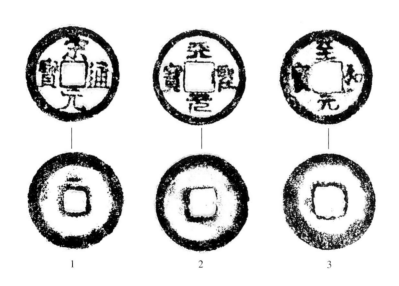

0   2厘米

图二八　M4出土铜钱

1.宋元通宝（M4：1-1）2.天圣元宝（M4：1-3）3.至和元宝（M4：1-2）

第五节　M5

M5位于墓地的南部，北邻M4，东邻M2。坐北朝南，方向为185°。开口于地表扰土层下，墓口距地表0.35米。

一、墓葬形制

M5为圆形单室砖券墓，残存部分由墓道、墓室组成（图二九；图版一二）。墓室用青灰色沟纹砖块砌筑，但已被破坏，仅留墓室底部部分券砖，其余已荡然无存。构筑方法为：先从地表下挖一个前面带有不规则形阶梯状墓道的圆形土圹，然后用砖营建墓室，墓室券砖与土圹之间缝隙用黄褐色花土回填。该墓未见封土。

图版一二　M5全景

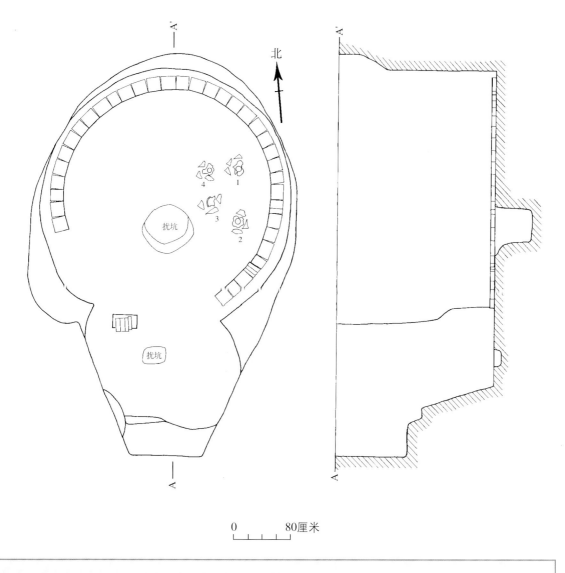

北

0 _____ 80厘米

图二九　M5平、剖面图

1.白瓷盘残片　2、3.白瓷碗残片　4.白瓷罐残片

墓　道　位于墓室的南端，与墓门直对，内填黄褐色花土。平面呈不规则形竖穴土圹式，南窄北宽，内填黄褐色花土，土质疏松。墓道南北长1.63、东西宽2.2、深2.2米。内修筑两步台阶，第一步台阶宽0.42、高1米；第二步宽0.14、高0.2米。

墓　室　位于墓门北端，平面呈圆形，直径2.84米。残留部分用青灰砖二顺一丁叠压错缝砌筑，残高2.2米。墓室内未见铺地砖和其他遗迹现象，同时在墓室中部发现一圆形土坑，口大底小，直径为0.46～0.66米，可能是墓葬遭破坏时所留。墓室内填土为黄褐色花土，土质疏松，内含较多沟纹砖残块等。

二、出土器物

该墓因被严重盗扰，出土遗物仅见白瓷片，可辨器形有盘、碗、罐等，已无法复原。

盘 1件。

M5：1，侈口，浅曲腹，矮圈足，足口里墙外撇，内底残留有4个条形支垫痕。胎厚质稍粗，内外施白釉，器表施釉不到底，釉层厚薄不均匀，有气泡，挖足内未施釉。底径6.05、残高1.6~2.1厘米（图三○，1）。

碗 2件。

M5：2，侈口，撇沿，浅曲腹。胎厚质稍粗，胎质中夹杂有黑色斑点，通体施白釉。复原口径21.8、残高3.75厘米（图三○，3）。

M5：3，敞口，浅弧腹，矮圈足，足口外敛内略敞，挖足过肩。胎厚质粗，胎质中夹杂有黑色斑点。内施白釉，器表施釉不到底，釉色泛青并且有凸起的小颗粒。底径6.5、残高1.95厘米（图三○，2）。

罐 1件。

M5：4，圈足，足口里墙外撇，挖足过肩。胎厚质稍粗，内外挂白釉，挖足内未施釉。底径3.7、残高1.9厘米（图三○，4）。

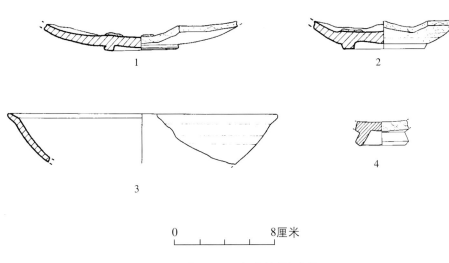

1   2

3   4

0   8厘米

图三○　M5出土瓷器残片

1. 白瓷盘残片（M5：1）　2. 白瓷碗残片（M5：3）

3. 白瓷碗残片（M5：2）　4. 白瓷罐残片（M5：4）

第六节 M9

M9位于墓地的南部，南邻M3。坐北朝南，墓向185°。开口于地表扰土层下，墓口距地表0.66米。

一、墓葬形制

M9为圆形砖券单室墓，整座墓葬由祭台、墓道、墓门、墓室组成（图二一、图三二；图版一三）。墓室全部用规格为（31～35）厘米×17厘米×（5～5.5）厘米

图版一三 M9全景

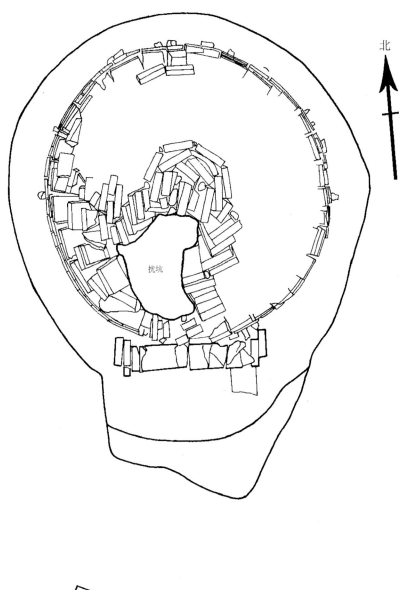

北

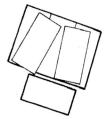

0   80厘米

图三一   M9俯视图

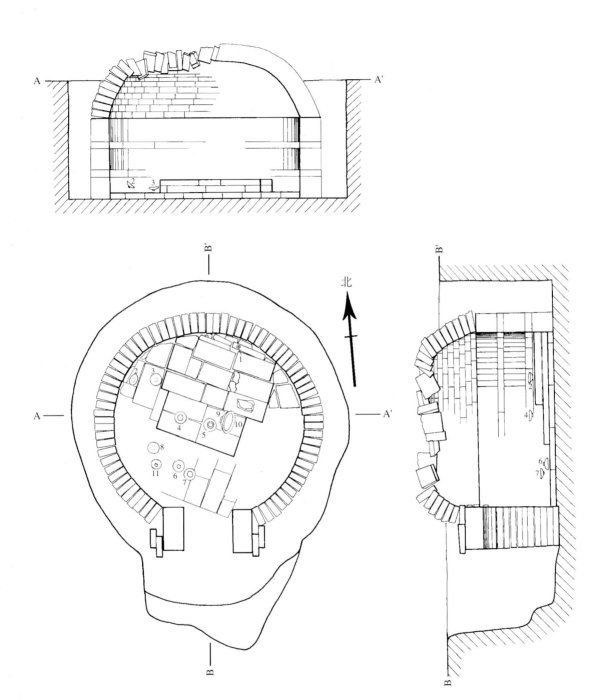

0　　　　80厘米

图三二　　M9平、剖面图

1.铜钱　2.白瓷碟　3～9、11.白瓷盘　10.白瓷碗

不等的沟纹砖（图三三）砌筑，墓门内用石块叠砌封堵。其构筑方法是：先从地表下挖一个前面带有不规则形阶梯状墓道的圆形土圹，然后用砖营建墓室，在墓室内北部砌置棺床。墓室券砖与土圹之间缝隙用黄褐色花土回填。该墓未见封土。

祭台　位于墓道之南，稍向西错，北距墓道0.82米。平面呈"凸"字形。用青灰色勾纹形叠压平砌四层，南侧横砌一层。南北宽0.54、东西长0.54、高0.05～0.15米（图三四）。

墓道　位于祭台与墓门之间，与墓门直对，内填黄褐色花土。平面呈不规则形，南窄北宽。墓道南北长0.7、东西宽0.9～1.4、深0.95米。内修筑一步台阶，高0.2米。

墓门　位于墓室的南端，正面做出拱形券门，券脚直接砌在墓地平面上，翼墙用沟纹砖叠压平砌，至0.62米时起券。券门高0.84、宽0.43、进深0.37米。内用不规则形青石块叠压砌制封堵。券门两侧立颊各用两排青灰砖并列竖立砌制。券门之上门檐壁面已被破坏，残留一层平砌青砖。与券门、立颊构成整个墓门，墓门残高0.89、东西宽0.98米(图三五)。

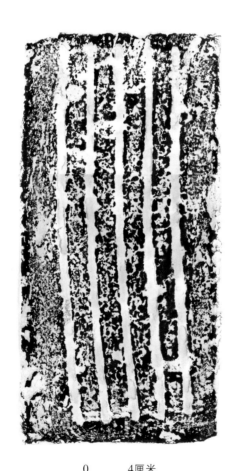

0　　4厘米

图三三　　M9墓砖

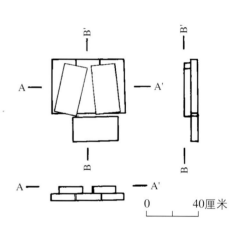

0　　40厘米

图三四　　M9祭台平、剖面图

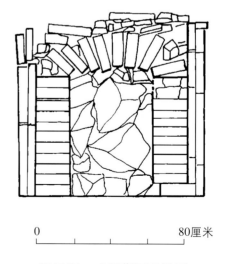

0　　　　　　80厘米

图三五　　M9墓门正视图

墓　室　位于墓门北端，平面呈圆形，直径1.5～1.66米。周壁笔直，用青灰砖一竖一平叠压砌筑，砌至0.68米时开始起券；墓顶用青灰砖叠压错缝券制成圆形穹隆顶，且已塌陷；墓底用青砖纵铺一层，墓门内未见铺地砖。墓室残高0.97～1.17米。

二、葬具葬式

棺　床　位于墓室内北部偏西，斜对墓门。平面呈方形，纵剖面呈台阶状。整个棺床用青砖叠压平砌而成，南北长0.96、东西宽0.92、高0.05～0.12米。棺床之上未见用棺痕迹，仅葬置碎烧骨屑。

三、随葬器物

由于墓顶塌陷，局部被破坏，经多年的雨水渗漏，墓室内渗满淤泥，随葬品均埋于淤泥之中。经清理，出土遗物共11件，其中瓷器10件，铜钱1枚。

（一）瓷器
10件。器形有碟、盘、碗，皆轮制。

碟　1件。

M9：2，唇口略残，浅弧腹，圈足，足口里墙略外撇，内底为乳钉状，且残留四个支垫痕。胎薄质稍粗，胎质中夹杂黑色斑点。内满白釉，外施釉不到底，釉层厚薄不均匀而且有气泡，釉色光润、亮，泛青灰。口径10.5、底径3.6、通高2.8厘米（图三六，1；图版一四，1）。

盘　8件。

M9：3，唇口，浅曲腹，圈足，足口外敛内略敞。胎薄质稍粗，白胎，胎质中夹杂有黑色斑点，胎底施一层化妆土。内外满白釉，釉厚不均匀而且有气泡和凸起的小颗粒，釉色莹润有光泽。口径12.4、底径4.2、高2.7厘米（图三六，2；图版一四，2）。

M9：4，唇口，浅曲腹，圈足底，足口外敛内略敞，器表有刮胎痕。胎薄质稍粗，白胎，胎质中夹杂有黑色斑点，胎底施一层化妆土。内满釉，外局部施釉不到底，挖足内无施釉，釉厚不均匀有气泡，釉色莹润有光泽。口径12.6、底径4.2、高2.9厘米（图三六，3；图版一四，3）。

M9：5，唇口，浅曲腹，圈足，足口外敛内略敞。胎薄质细，白胎，胎质中夹杂有黑色斑点，胎底施一层化妆土。内外满白釉，釉厚不均匀，釉色莹润、亮。口径12.2、底径4.2、通高2.8厘米（图三六，4；图版一四，4）。

M9：6，唇口，浅曲腹，圈足，足口外敛内略敞。胎薄质细，白胎，胎质中夹杂有黑色斑点，胎底施一层化妆土。内外满白釉，挖足内无施釉，釉厚不均

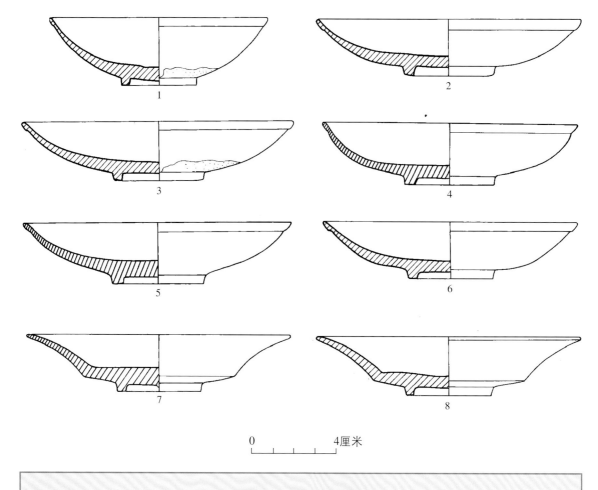

图三六　M9出土瓷器

1. 白瓷碟（M9∶2）　　2. 白瓷盘（M9∶3）　　3. 白瓷盘（M9∶4）　　4. 白瓷盘（M9∶5）
5. 白瓷盘（M9∶6）　　6. 白瓷盘（M9∶8）　　7. 白瓷盘（M9∶7）　　8. 白瓷盘（M9∶11）

匀，釉色莹润、亮。口径12.9、底径4.3、高2.8厘米（图三六，5；图版一四，5）。

　　M9∶7，侈口，浅折腹，矮圈足，坦底，足口外敛内敞，外底乳突。胎薄质稍粗，白胎，胎质中夹杂有黑色斑点。内外满白釉，釉层厚薄不均匀有气泡，釉色莹润光泽。口径12.7、底径3.9、高2.6厘米（图三六，7；图版一四，7）。

　　M9∶8，侈口，浅曲腹，圈足，足口外敛内略敞。胎薄质细，白胎，胎质中夹杂有黑色斑点，胎底施一层化妆土。内外满白釉，挖足内无施釉，釉厚不均匀有气泡，釉色莹润、亮。口径12、底径4、通高2.7厘米（图三六，6；图版一四，6）。

　　M9∶11，侈口，浅折腹，矮圈足，坦底，足口外敛内敞。胎薄质稍粗，白胎，胎质中夹杂有黑色斑点，胎底施一层化妆土。内外满白釉，釉层厚薄不均匀有气泡，而且有微许凸起的小颗粒，釉色莹润光泽。口径12.3、底径4、通高2.7厘米（图三六，8；图版一四，8）。

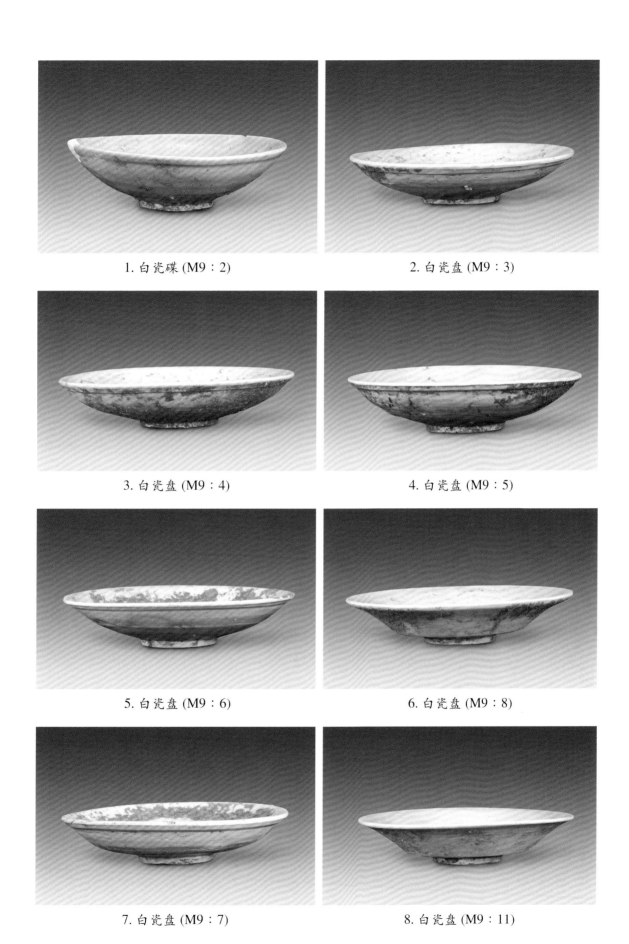

1. 白瓷碟（M9：2）

2. 白瓷盘（M9：3）

3. 白瓷盘（M9：4）

4. 白瓷盘（M9：5）

5. 白瓷盘（M9：6）

6. 白瓷盘（M9：8）

7. 白瓷盘（M9：7）

8. 白瓷盘（M9：11）

图版一四　M9出土瓷器

M9:9，唇口，浅曲腹，圈足，足口外敞，内底略凹且残留四个支垫痕，外底乳突。胎厚质细，白胎，胎质中夹杂有黑色斑点，胎底施一层化妆土。内外满白釉，挖足内无施釉，釉厚不均匀有气泡，釉色莹润、亮。口径18.3、底径6.2、通高4.5厘米（图三七，1；图版一五，1）。

碗 1件。

M9:10，侈口，深弧腹，圈足，挖足过肩，足口外敛内撇，内底略凹，且残留四个支垫痕。胎厚质略粗，白胎，胎质中夹杂黑色斑点。内外满白釉，釉层厚薄不均有气泡，釉色光亮、泛灰。口径22.6、底径7.2、高7.8厘米（图三七，2；图版一五，2）。

（二）铜钱
1枚。

开元通宝 1枚。

M9:1，小平钱，隶书，顺读，郭略阔，肉薄。重2.7克，外廓径2.5、厚0.1厘米（图三八）。

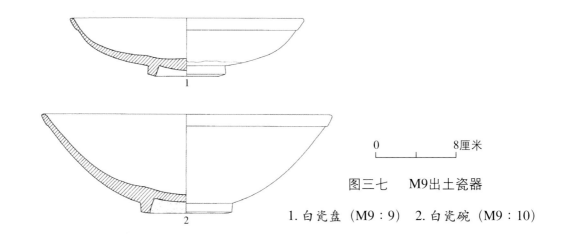

0   8厘米

图三七　M9出土瓷器
1. 白瓷盘（M9:9）　2. 白瓷碗（M9:10）

1. 白瓷盘（M9:9）

2. 白瓷碗（M9:10）

图版一五　M9出土瓷器

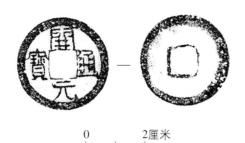

0   2厘米

图三八　M9 出土开元通宝（M9∶1）

第七节　M11

M11 位与墓地的最北端。坐北朝南，墓向190°。开口于地表扰土层下，墓口距地表0.3米。

M11为砖石混砌圆形单室墓，整个墓葬由墓道、墓门、墓室组成（图三九）。其构筑方法是：先从地表下挖一个前面带有一近似长方形阶梯状墓道的圆形土圹，然后墓室全部用不规则形石块砌筑，墓门则用青灰色沟纹砖券筑，内用青砖叠压平砌封堵。墓室周壁与土圹之间缝隙用黄褐色花土回填。该墓被严重破坏，未见封土。

墓　道　位于墓室的南端，内填黄褐色花土，土质疏松。平面近似长方形，南窄北宽，壁直整齐。墓道南北长0.9、东西宽1.1～1.28、深1米。内修筑一步台阶，台阶宽0.28、高0.36米。

墓　门　位于墓室南端，南接墓道，已被破坏，仅残存两侧部分翼墙，用青砖叠压平砌。墓门残高0.82、宽0.44、进深0.4米。内残留两层平砌青灰色沟纹砖，外又侧立叠砌三层青灰色沟纹砖封堵墓门。

墓　室　位于墓门北端，平面呈圆形，直径2.18米。顶部已被破坏，周壁残留部分用不规则形石块错缝平砌，自底向上内收。残高0.7～0.76米。墓室内未见棺床、尸骨和随葬遗物。

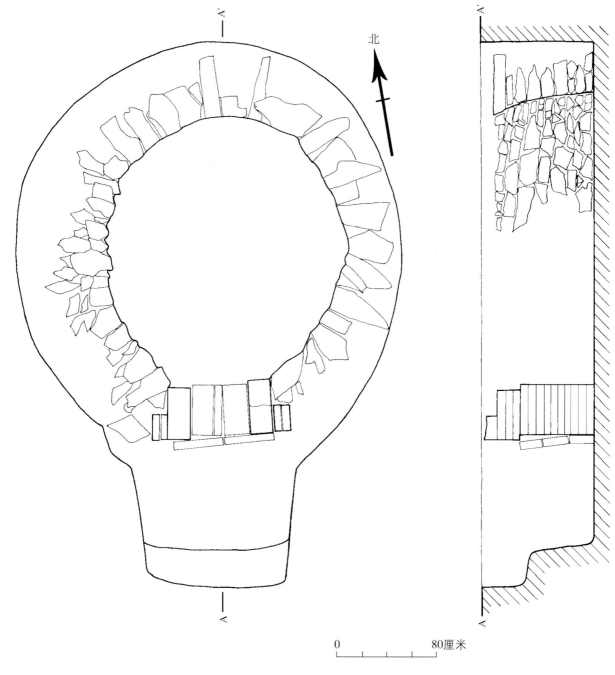

北

0   80厘米

图三九   M11平、剖面图

第八节　M16

M16 位于墓地北部偏西，南邻M22，西南距M21约3米。坐北朝南，墓向212°。开口于地表扰土层下，墓口距地表0.6米。

一、墓葬形制

M16为圆形单室砖券墓，整个墓葬由祭台、墓道、墓门、墓室组成（图四〇、图四一；图版一六）。墓室全部用规格为27.5厘米×18.5厘米×5.5厘米的粗沟纹砖（图四二）砌筑，墓门内用青砖叠压平砌封堵。其构筑方法是：先从地表下挖一个前面带有一近似长方形阶梯状墓道的圆形土圹，然后用砖营建墓室，在墓室内北部砌制棺床，棺床之上砌置砖棺。墓室券砖与土圹之间缝隙用黄褐色花土回填。在墓室的土圹口部内侧用青石块围绕墓室砌筑一周。

图版一六　M16全景

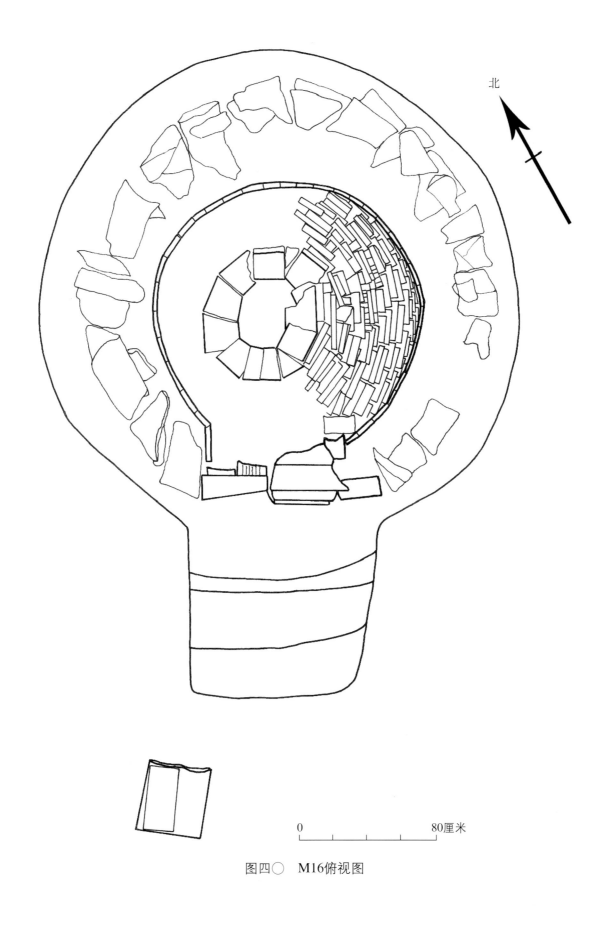

发 掘 报 告

北

0   80厘米

图四〇　M16俯视图

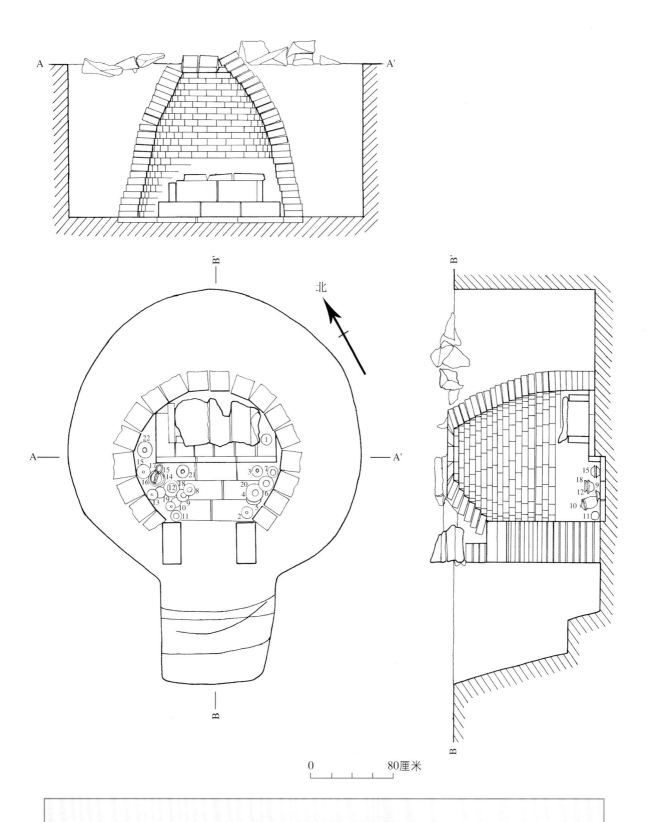

图四一　M16平、剖面图

1. 白瓷碗　2、3、5（被4叠压）. 陶罐　7、8、10、11、13. 陶罐　4、20. 陶灯碗

6、12、18（被12叠压）、19. 陶盆　9、20（被5叠压）. 陶钵　14. 陶三足盆　15（被14叠压）. 陶釜

16（被15叠压）. 陶熨斗　17. 陶剪子　21、22. 陶器盖

祭　台　位于墓道端，直对墓道，北距墓道0.33米。用砖、石砌制两层，南北长0.4、东西宽0.38、高0.25米（图四三）。

　　墓　道　位于祭台与墓门之间，与墓门直对，内填黄褐色花土。平面近似长方形，南窄北宽，东西壁规整，南壁稍斜。墓道南北长1.08、东西宽0.86~1.08、深1.4米。内修筑一步台阶，高0.3、面宽1.18米。

　　墓　门　位于墓室的南端，正面做出拱形券门，下宽上窄，券门高0.9、底宽0.5、进深0.38米，内用青砖叠压平砌封堵。左右两翼用青灰砖叠压平砌，慢收呈拱形。券门两侧与土圹之空隙用砖块填实。券门之上用青砖平砌六层筑成门檐壁面。整个墓门高1.4、东西宽0.96米（图四四）。

　　墓　室　位于墓门北端，平面呈圆形，直径1.2~1.4米。周壁倾斜，用青灰砖叠压错缝平砌券制错收至顶，内外壁均呈犬牙状。墓顶局部破坏。墓底用青砖并列错缝横铺一层，墓门内未见铺地砖。墓室残高1.34~1.38米。在墓室的外围，墓口内侧用不规则形青石块砌筑一周，同时墓顶高出原地表。

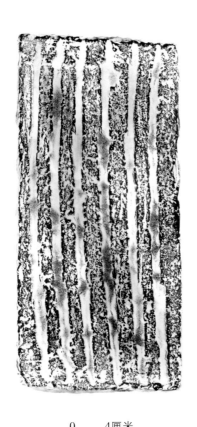

0　　4厘米

图四二　M16墓砖

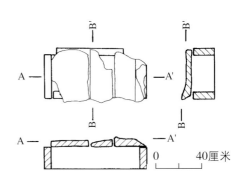

0　　40厘米

图四三　M16祭台平、剖面图

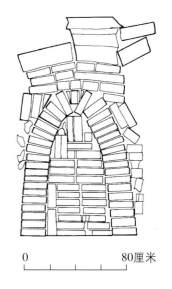

0　　80厘米

图四四　M16墓门正视图

二、葬具葬式

棺床 位于墓室内北部，直对券门。平面呈长方形，土筑，台面用青砖平铺一层，南壁用青砖侧立砌筑封边，南北宽0.68、东西长1.14、高0.12米。

砖棺 位于棺床之上，平面呈长方形，四壁各用一块青砖侧立砌筑，顶部用三块不规则形石板封盖，棺内葬置碎烧骨屑。棺长0.89、宽0.44、高0.26米（图四五）。

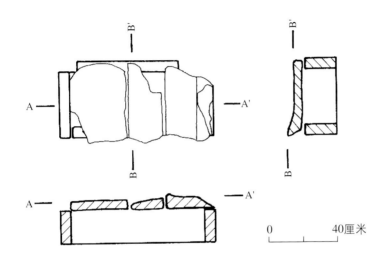

图四五　M16砖棺平、剖面图

三、随葬器物

由于墓顶破损，又经多年雨水渗漏，墓室内渗满淤土，随葬品均被埋于淤泥之中。经清理，出土器物共22件套，其中陶器21件套，分别置于墓室内墓门东西两侧；瓷器1件，放置于棺床之上砖棺的东侧。

（一）陶器

21件（套）。器形有三足盆、釜、甑、钵、盆、罐、器盖、小灯碗、熨斗和剪。皆泥质灰陶，轮制。

罐 7件（套），其中M16：8残，不能复原。

M16：2，敞口，方唇，束颈，腹微鼓曲收，小平底，腹部饰弦纹。口径9.6、底径5.6、高13.25厘米（图四六，1；图版一七，1）。

M16：5，敞口，平沿，尖圆唇，束颈，鼓腹斜收，小平底。下腹饰有凹弦纹。口径10.5、底径5.5、高13.4厘米（图四六，2，图版一七，2）。

M16：7，敞口，口部变形，平沿，束颈，鼓腹斜收，小平底。腹部饰弦纹，器表涂红彩，已剥落。口径10.1～10.4、底径6、高13～13.8厘米（图四六，3；图版一六，3）。

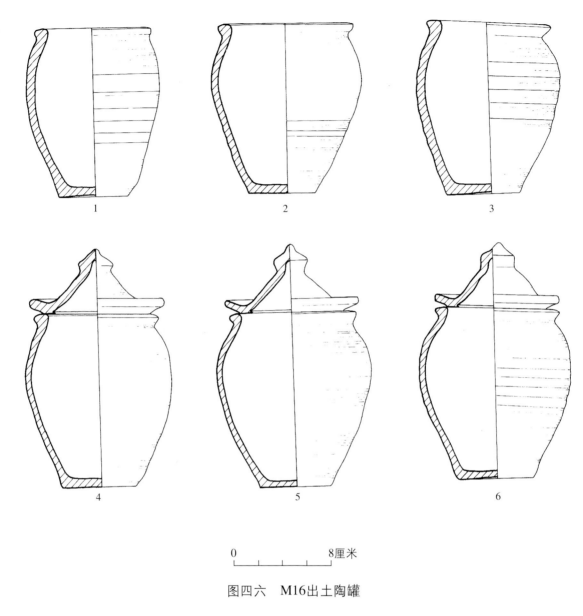

0　　　　8厘米

图四六　M16出土陶罐

1. M16：2　　2. M16：5　　3. M16：7　　4. M16：3　　5. M16：10　　6. M16：13

　　M16：3，带盖，平口，尖唇，束颈，腹略鼓，下腹内收，小平底，腹部饰凹弦纹。圆形钮盖，钮顶凸起，盖沿上翘，盖口内缩。盖径10.8～11.1、罐口径10.3、腹径9.1、底径6.1、高13.5～13.75厘米。通高18.7厘米（图四六，4；图版一七，4）。

　　M16：10，带盖，平口，尖唇，束颈，鼓腹斜收，小平底。圆形钮盖，钮顶凸起，盖沿上翘，盖口内缩。盖径11、罐口径10.5、腹径12.7、底径5.8～6.2、高13.5～13.8厘米。通高19.1厘米（图四六，5；图版一七，5）。

　　M16：13，带盖，敞口，尖唇，束颈，腹微鼓曲收，小平底。圆形钮盖，钮顶凸起，盖沿上翘，盖口内缩。盖径10.2、罐口径10.2、底径6～6.2、高13.2～13.6厘米。通高18.6厘米（图四六，6；图版一七，6）。

1. M16 : 2

2. M16 : 5

3. M16 : 7

4. M16 : 3

5. M16 : 10

6. M16 : 13

图版一七　M16出土陶罐

盆　4件。

M16:6，敞口，方圆唇，平沿，浅腹斜弧收，小平底略内凹。口径12.9、沿径13.8、底径6.4、高4厘米（图四七，1；图版一八，1）。

M16:12，敞口，方唇略内凹，平沿内卷，斜腹壁，平底略内凹。口径14.4、底径7.2、高4.8厘米（图四七，2；图版一八，2）。

M16:18，敞口，平沿，方唇，斜腹壁，肩部一凸棱，小平底略内凹。口径14.7、底径6.9、高4.6厘米（图四七，3；图版一八，3）。

M16:19，平口，沿上饰两道凹槽，方唇，浅腹，斜壁，小平底略内凹。口径16.2、底径6.6、通高3.8厘米（图四七，4；图版一八，4）。

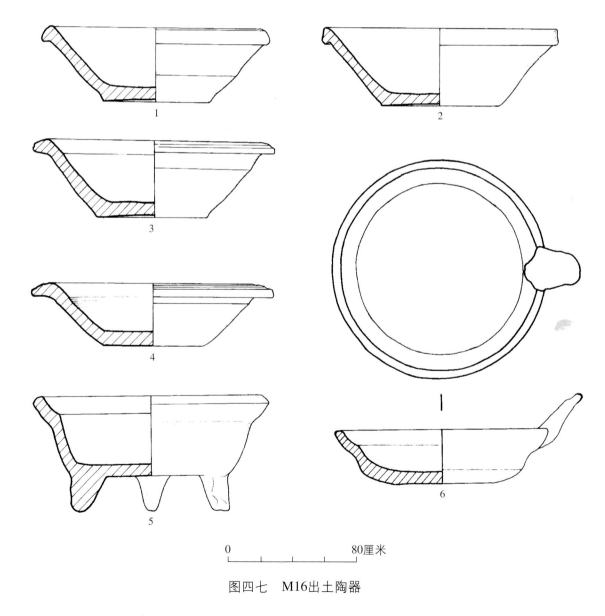

0　　　　　　　80厘米

图四七　M16出土陶器

1. 盆(M16:6)　2. 盆(M16:12)　3. 盆(M16:18)　4. 盆(M16:19)　5.三足盆(M16:14)　6. 熨斗(M16:16)

1. 盆 (M16：6)　　　　　　　　　2. 盆 (M16：12)

3. 盆 (M16：18)　　　　　　　　　4. 盆 (M16：19)

5. 三足盆(M16：14)　　　　　　　

6. 熨斗(M16：16)

图版一八　M16出土陶器

三足盆　1件。

M16：14，侈口，双唇，浅腹略弧，平底，下附三个锥形足，内壁涂朱。口径14.4、底径9、足高1.8、通高6.9厘米（图四七，5；图版一八，5）。

熨　斗　1件。

M16：16，敞口，双唇，束腹，大平底。一侧黏贴扁柄，内壁涂朱。口径12.9、底径6.2、盘高3.2、柄长4.8厘米（图四七，6；图版一八，6）。

M16：21，圆形钮，钮顶凸起，盖沿上翘，盖口内缩，器表饰红彩，已剥落。盖径11.1、高5.1厘米（图四八，1；图版一九，1）。

M16：9，带盖，侈口，双唇，束腰，平底。圆形钮盖，钮顶凸起，盖沿上翘，盖口内缩。钵口径10.7、底径7.1、盖径11.7厘米。通高7.7厘米（图四八，2；图版一九，2）。

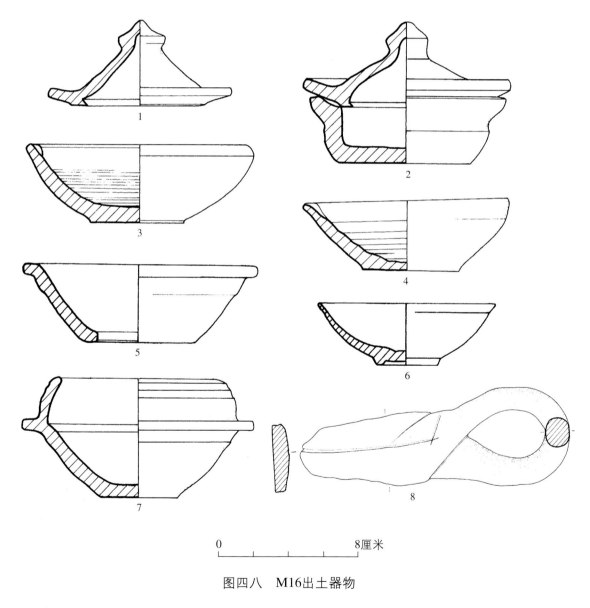

0   8厘米

图四八　M16出土器物

1. 陶器盖(M16：21)　2. 陶钵(M16：9)　3. 陶灯碗(M16：4)　4. 陶灯碗(M16：20)
5. 陶甑(M16：22)　6. 白瓷碗(M16：1)　7. 陶釜(M16：15)　8. 陶剪(M16：17)

1. 器盖 (M16：21)

2. 钵 (M16：9)

3. 灯碗 (M16：4)

4. 灯碗 (M16：20)

图版一九　M16出土陶器

灯　碗　2件。

M16：4，敞口内敛，弧腹壁，浅腹，下腹内收，小平底，一侧有短流。灯碗内底有旋涡纹。口径12.9、底径5.6、高4.2厘米（图四八，3；图版一九，3）。

M16：20，略变形，敞口，斜弧腹，小平底，一侧有流，内饰圆涡纹（图四八，4；图版一九，4）。

甑　1件。

M16：22，敞口，平沿，方唇，斜腹壁，肩部一凸棱，平底穿孔。口径13.5、孔径4.8、底径6.35、高2.3厘米（图四八，5；图版二○，1）。

釜　1件。

M16：15，缩口，鼓腹，腹中沿外出，下腹内收，小平底。上腹涂朱，且饰两周凹弦纹。口径8.7、腹径12.8、底径4.5、高6.5厘米（图四八，7；图版二〇，2）。

剪 1件。

M16：17，用泥条捏塑而成，"O"形把，剪身前窄后宽，正面刻划刀线。通长14.7厘米（图四八，8；图版二〇，3）。

（二）瓷器
1件。

碗 1件。

M16：1，敞口，浅腹，斜收，圈足，足口外敛内敞，内底为圆乳钉状。胎厚质细，白胎，胎质中夹杂有黑色斑点。内外挂白釉，足底口无施釉，釉厚不均匀，釉色亮、光润。口径11、底径3.9、高3.2厘米（图四八，6；图版二〇，4）。

1. 陶甑 (M16：22)

2. 陶釜 (M16：15)

3. 陶剪 (M16：17)

4. 白瓷碗 (M16：1)

图版二〇 M16出土器物

第九节　M17

　　M17位于墓地的北部偏东，西距M20约6米，西北距M19约3米。该墓坐北朝南，墓向185°。开口于地表扰土层下，墓口距地表0.9米。

一、墓葬形制

　　M17为圆形单室砖券墓，整座墓葬由墓道、天井、墓门、墓室组成（图四九、图五〇；图版二一）。墓室全部用规格为38.5厘米×18厘米×5厘米、37.8厘米×18厘米×5厘米的青灰色沟纹砖（饰细绳纹与七道粗沟纹两种）砌筑，墓

图版二一　M17全景

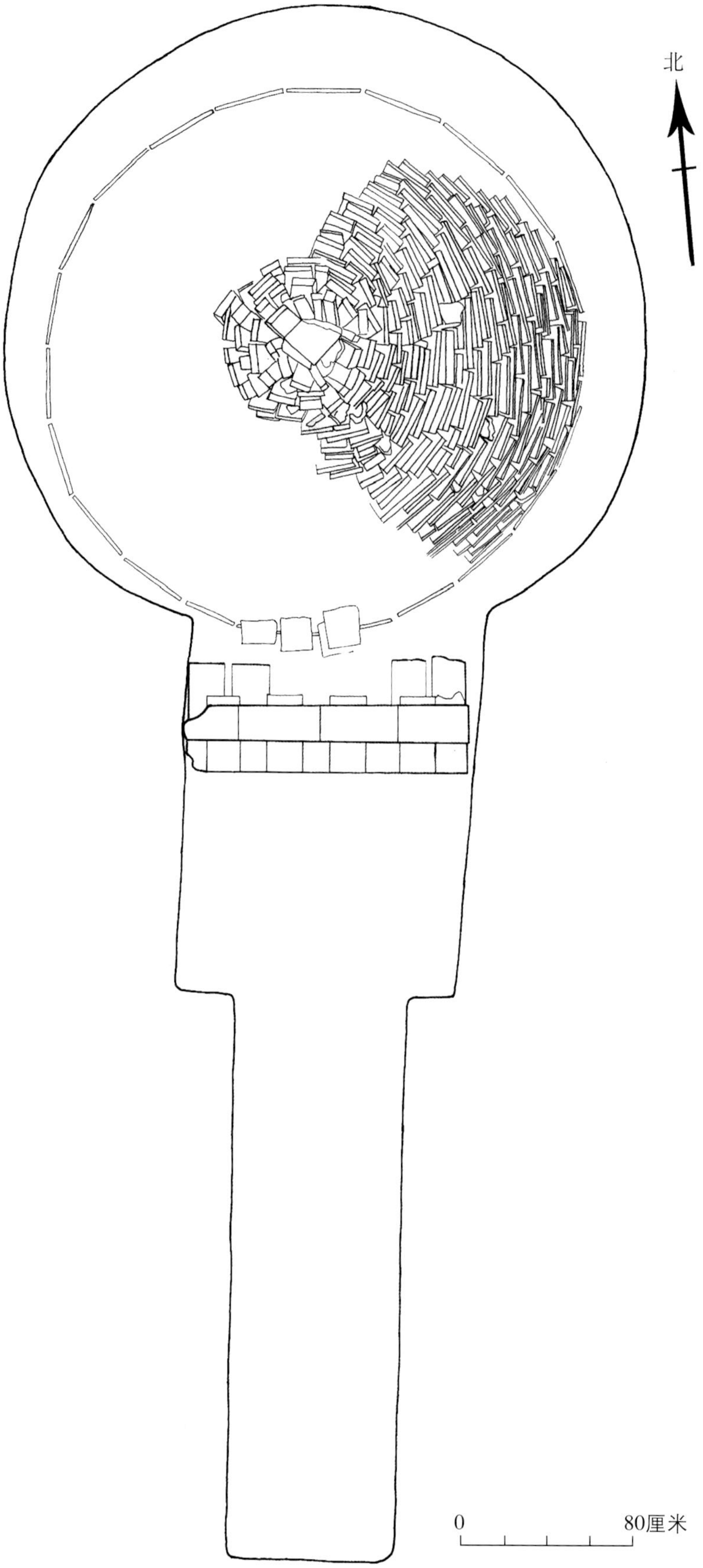

北

图四九　M17俯视图

北京龙泉务辽金墓葬

发掘报告

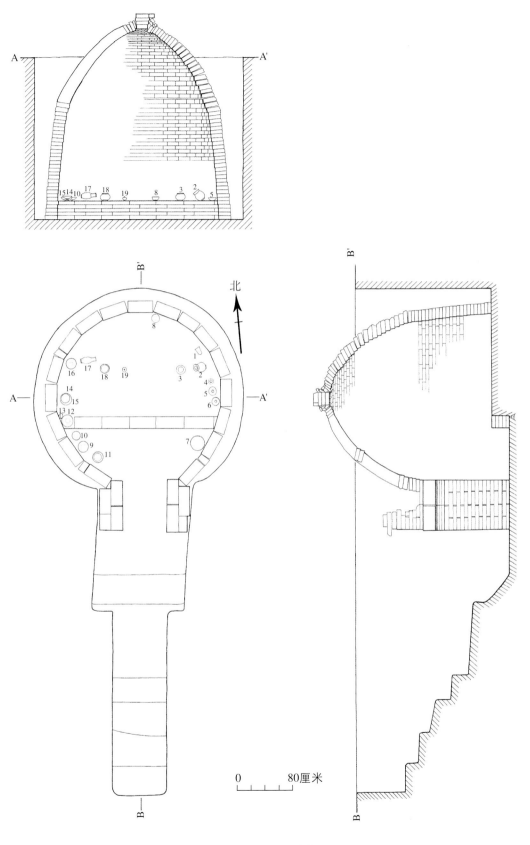

图五〇　M17平、剖面图

1.陶箕　2、3、9、18.白瓷罐　4.陶釜　5.陶甂　6.陶碗　7、12～14、16.白瓷碗
8.陶钵　10、11、15.白瓷盘　17.白瓷瓶　19.陶罐

门内用青砖叠压平砌封堵。其构筑方法是：先从地表下挖一个前面带有一长方形阶梯状墓道、竖穴式天井的圆形土圹，然后用砖砌筑墓门、墓室壁和室顶。前面筑成仿古结构的门楼，后面筑成圆形穹隆顶墓室，墓室壁与墓顶内外均呈犬牙状。墓室券砖与土圹之间缝隙用黄褐色花土回填。墓顶高出原地表。

墓 道　位于墓门外天井的南端，与墓门相对，口与底同宽，平面呈长方形，壁面笔直且经过修整。南北长2.5、东西宽0.76、深2.56米。内修筑五步台阶，台阶脚踏面较明显，每步台阶高0.2~0.24米。墓道内填黄褐色花土，土质疏松。

天 井　位于墓道和墓门之间，呈长方形竖穴式，与墓门门楼同宽，南北长1.1、东西宽1.22~1.28、深2.2米。天井东西两壁笔直，南壁正中为墓道之北口，宽0.76米。天井底部南端为斜坡式，其上和墓道之北口衔接；北半部与墓室地面取平，天井的空间似象征门楼前的庭院。

墓 门　位于墓室南端，正面做出拱券，左右墙壁通宽为1.24~1.28米，从墓底到门脊总高为1.85米。券门下宽上窄，其上为檐橼6枚，再上为连檐，连檐之上由仰瓦和覆瓦做出五道瓦垄。瓦垄之上叠砌一层平砖与券门构筑成墓室门楼檐脊。墓门宽0.44~0.58、进深0.67、高1.06米，内用青灰色沟纹砖"人"字形叠砌封堵（图五一）。

墓 室　位于门楼北端，平面呈圆形，直径2.28米，底至顶高2.56米。周壁用青灰色沟纹砖叠压错缝平砌，墓壁从底到起券部位均向内斜收。墓壁在用青灰色沟纹砖（图五二）叠砌至1.44米时开始起券，每券一层就向内收0.01~0.02米，内外壁均呈犬牙状直至墓顶，券制成圆形穹隆顶。

0　　　　　　　80厘米

图五一　M17墓门正视图

0　　4厘米

图五二　M17墓砖

二、葬具葬式

棺床 位于墓室内北部，土筑，平面呈长方形，南壁用青灰色沟纹砖叠压平砌五层封边。棺床南北宽1.58、东西长2.28米，高0.25米。无用棺痕迹，碎烧骨屑葬置于棺床之上。因该墓是火化后入葬，故其葬式和墓主人年龄不明。

三、随葬器物

随葬器物共19件。以瓷器为主，计有13件，次为陶器，计有6件。分别放置于墓室内两侧，但因封门缝隙漏水，室内淤泥厚达1米左右，部分器物也由此埋于其中，大多已漂离原位。

（一）陶器

6件。器形有罐、釜、瓿、碗、钵、箕。皆泥制灰陶，轮制，器物造型规范。

罐 1件。

M17：19，平口，直沿，鼓腹弧收，小平底。口径5.7、腹径8、底径3.4、高5.3厘米（图五三，1；图版二二，1）。

釜 1件。

M17：4，敛口，鼓腹，腹中沿外展，下腹弧收，小平底略内凹。口径5.5、腹径9.4、底径3.4、高4.4厘米（图五三，2；图版二二，2）。

瓿 1件。

M17：5，敞口，浅腹斜收，平底穿孔。口径10.5、底径5、孔径3.3、高3.4厘米。（图五三，3；图版二二，3）。

碗 1件。

M17：6，敞口，浅腹斜收，平底微变形。口径10.9、底径4.3、高3厘米（图五三，4；图版二二，4）。

钵 1件。

M17：8，敞口微残，浅斜腹，底平略内凹，内壁刻饰篦点纹。口径10、底径5、高4.8厘米（图五三，5；图版二二，5）。

箕　1件。

M17：1，平面作梯形，箕口外敞而平，余三边凸起，底平，外底两端略向上翘，内饰柳编纹。长10.9、宽6.2～9.9、高4.2厘米（图五三，6；图版二二，6）。

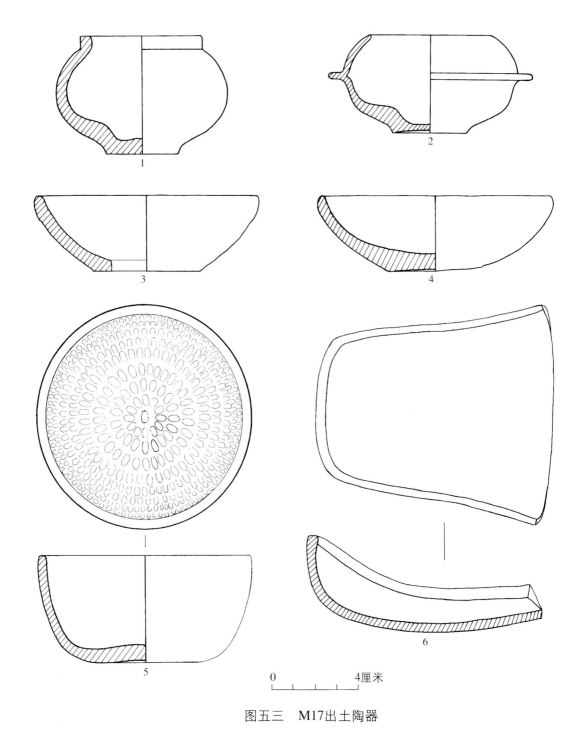

0　　　　　　　　4厘米

图五三　M17出土陶器

1.罐(M17：19)　2.釜(M17：4)　3.甑(M17：5)　4.碗(M17：6)　5.钵(M17：8)　6.箕(M17：1)

1. 罐 (M17:19)

3. 甑 (M17:5)

4. 碗 (M17:6)

5. 钵 (M17:8)

6. 箕 (M17:1)

图版二二　M17出土陶器

（二）瓷器

13件。器形有罐、碗、盘、瓶，分细瓷和粗瓷两种。

罐　4件。

M17:9，直口微敞，矮领，鼓腹，圈足外撇。胎厚质粗，白胎，胎质中夹杂有黑色斑点，胎底施一层化妆土。豆青色釉，有细小裂纹，内满釉，外壁施釉不到底，釉层厚薄不均匀，釉色莹润光泽。颈部饰两周凹弦纹，腹壁呈瓜棱状，内底残留一支垫痕迹。口径9.8、腹径14.3、底径7.4、高10厘米（图五四，1；图版二三，1）。

M17：18，敞口，矮领，鼓腹斜收，圈足底略变形，足口里墙外撇，内底凸起。胎厚质粗，白胎，胎质中夹杂有黑色斑点，胎底施一层化妆土。豆青色釉，口内壁施釉，器表施釉不到底，釉层厚薄不均匀，釉色亮光润泛灰，有细小裂纹。颈部饰一周凹弦纹，内壁饰六周凹弦纹。口径9.8、腹径14.2、底径7.3、高10厘米（图五四，2；图版二三，2）。

M17：2，直口微敞稍残，高领，鼓腹，圈足，圈足里墙外撇，口底略变形，足底乳突。胎厚质粗，白胎，胎质内夹杂有黑色颗粒。内外皆施豆青色釉，器表施釉不到底，釉层厚薄不均匀，釉色亮、光润，有开片。内壁下腹饰六周凹弦纹。口径9.9～10.4、腹径14.3、底径7.5～7.9、高13.5～14.4厘米（图五四，3；图版二三，3）。

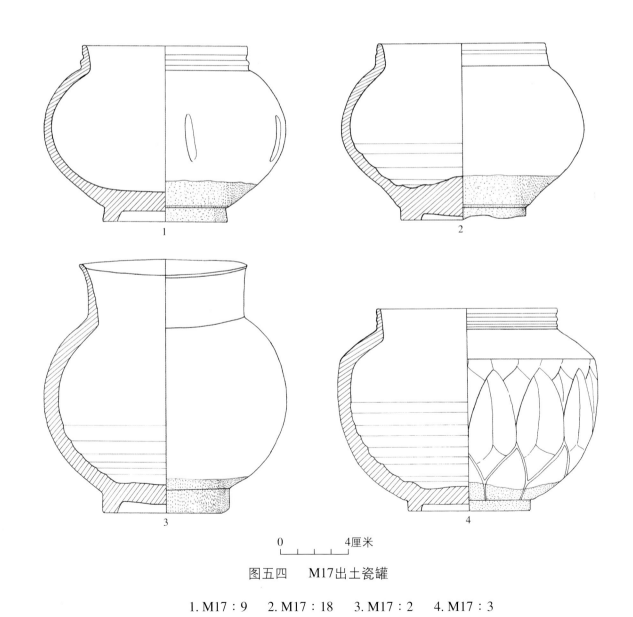

0   4厘米

图五四　M17出土瓷罐

1. M17：9　　2. M17：18　　3. M17：2　　4. M17：3

M17∶3，直口微敞，矮领，斜折肩，深腹弧收，圈足。颈部饰两周凹弦纹，腹部剔刻莲瓣，内底残留三个支垫痕迹。白胎略厚，质洁白细密，胎质中夹杂有黑色斑点，胎底施一层化妆土。施牙白釉，内满釉，外壁施釉不到底，釉层厚薄不均匀，釉色温润光泽。口径10.5、腹径15.2、底径7.1、高11.5厘米（图五四，4；图版二三，4）。

1. M17∶9　　　　　　　　　　　　2. M17∶18

3. M17∶2　　　　　　　　　　　　4. M17∶3

图版二三　M17出土瓷罐

盘　3件。

M17：10，敞口，浅腹弧收，坦底，矮圈足，内底乳突。胎薄质细，白胎，胎质中夹杂有黑色斑点而且有凸起小颗粒，胎底施一层化妆土。内满釉外半釉，白釉温润有光泽。口径14.8、底径6.1、高3.9厘米(图五五，1；图版二四，1)。

M17：15，敞口（略变形），浅腹弧收，矮圈足，坦底。白胎，质细密、坚实，施白釉，内满釉，外施釉不到底。口径15.4、底径6、高3.6~4厘米（图五五，2；图版二四，2)。

M17：11，敞口，曲腹，坦底，矮圈足，足口外敛内撇，内底残留四个支垫痕迹。胎厚质粗，胎质中夹杂有黑色颗粒，胎底施一层化妆土。内满釉外半釉，釉层厚薄不均匀有气泡，釉色亮、有光泽，泛青灰。口径19.1、底径7.7、高5.1厘米（图五五，3；图版二四，3)。

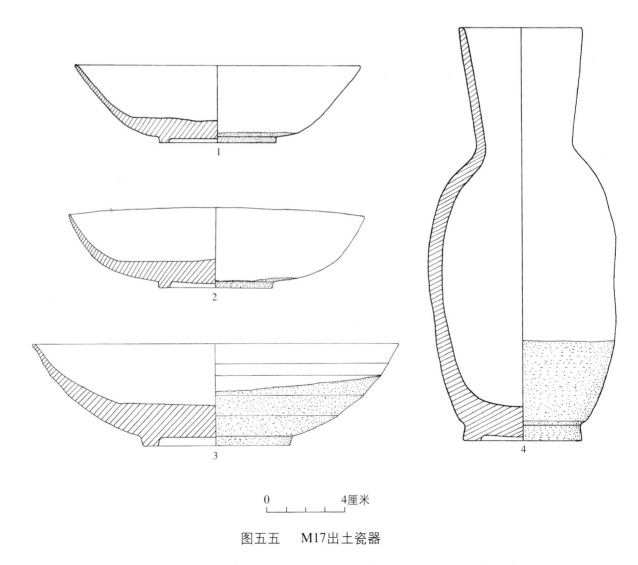

0　　　　4厘米

图五五　M17出土瓷器

1. 白瓷盘 (M17：10)　　2. 白瓷盘 (M17：15)　　3. 白瓷盘 (M17：11)　　4. 白瓷瓶 (M17：17)

瓶 1件。

M17：17，敞口，高领，束颈，深直腹，矮圈足，足口外敞。质粗胎厚，胎质中夹杂有黑色斑点。口内壁挂釉，器表施釉局部不到底。灰白色釉，釉层厚薄不均匀，釉色黯淡无光泽。口径6、颈高5.7、腹径8.6、底径6.1、高20.7厘米（图五五，4；图版二四，4）。

1. 盘 (M17：10)

2. 盘 (M17：15)

3. 盘 (M17：11)

4. 瓶 (M17：17)

图版二四　M17出土白瓷器

碗　5件。

M17：12（同M17：14），敞口，曲腹，矮圈足，小坦底，足口里墙外撇，腹部饰凸弦纹，内底残留四个支垫痕。质细胎薄，胎质中夹杂有黑色颗粒，胎底施一层化妆土。施白釉，内满釉外半釉，釉层厚薄不均匀，釉色莹润光泽。口径15.6、底径6、高5.8厘米（图五六，1；图版二五，1）。

M17：16，敞口，曲腹，矮圈足，内底残留三个支垫痕。胎厚质稍粗，白胎，胎质中夹杂有黑色颗粒，胎底施一层化妆土。挂白釉，内满釉，外施釉不到底，釉层厚薄不均匀，釉色莹润亮泽。口径13.1、底径4.9、高4.3厘米（图五六，2；图版二五，2）。

M17：7，四瓣形花式口，撇沿，深腹，斜壁，矮圈足，小坦底，足口里墙外撇，腹部饰三周凹弦纹，内底残留四个支垫痕。胎厚质粗，胎质中夹杂有黑色斑点。灰白色釉，内满釉外半釉，釉层厚薄不均匀，釉色泛灰、黯淡无光泽。口径20.5、底径6.1、高6.7厘米（图五六，3；图版二五，3）。

M17：13，敞口，浅腹略弧，矮圈足，足口里墙外撇，内底残留四个支垫痕迹。质细胎薄，白胎，胎质中夹杂有黑色斑点，胎底施一层化妆土。施白釉，内满釉外半釉，釉色莹润光泽。口径9.8、底径4.2、高3.6厘米（图五六，4；图版二五，4）。

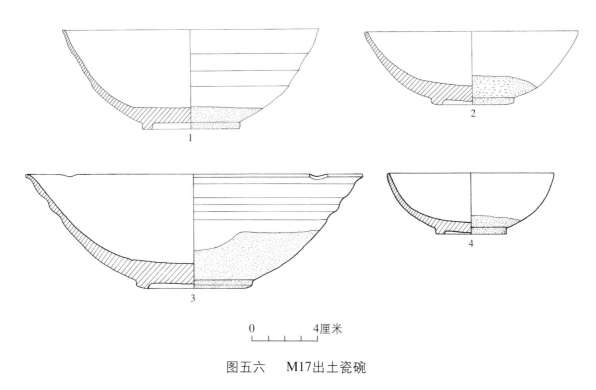

0　　　　4厘米

图五六　　M17出土瓷碗

1. M17：12　2. M17：16　3. M17：7　4. M17：13

1. M17：12

2. M17：16

3. M17：7

4. M17：13

图版二五　M17出土瓷碗

第十节　M19

M19 位于墓地的北部偏东，东南距M17约3米，西南距M20约3米，南邻M12。坐北朝南，墓向195°。开口于地表扰土层下，墓口距地表0.75米。

一、墓葬形制

M19为砖、石混筑圆形单室墓，整个墓葬由墓道、墓门、墓室组成（图五七、图五八；图版二六）。其构筑方法是：先从地表下挖一个前面带有一近似长方形阶梯状墓道的圆形土圹，后用不规则形石块营建墓室周壁；墓顶用单砖券制；仿木式门楼，墓门内用砖、石混砌封堵；墓室与土圹之间缝隙用黄褐色花土回填。墓顶高出原地表。

墓　道　位于墓门的南端，平面近似长方形，东西两壁笔直整齐，南壁被近代墓M12打破。内填黄褐色花土与碎砖块。墓道残长0.8、宽1.2、深1.7米。内仅残留一步台阶，高0.44米，台阶北壁向下倾斜。

墓　门　位于墓室南端，仿木结构式（图五九）。正面做出拱券，券的左、右和上部做出立颊、横枋、平心斗、檐椽。拱形券门，券脚直接砌在墓地平面上，券门宽0.5、进深0.37、高0.86米。券门左、右两侧用砖侧立砌制立颊；立颊之上用砖平砌横枋；横枋之上砌筑三个砖雕平心斗，间距为0.22米；因门脊已被破坏，其下仅残留三个砖雕檐椽，间距为0.2米。整个门楼通宽1、残高1.28～1.44米。

墓室 位于墓门的北端，平面呈圆形，直径1.58米。墓底较平，周壁笔直整齐，用不规则形青石块叠压错缝砌筑，砌至1.24米时开始起券；顶用单砖叠压错缝券制呈圆形穹隆顶状，局部被破坏，墓室残高1.35～1.54米。

二、葬具葬式

棺床 位于墓室内北部，土筑，平面呈半圆形。南壁用不规则形青石块叠砌封边，台面用砖、石平铺一层。棺床南北宽0.7、东西长1.44、高0.58米。

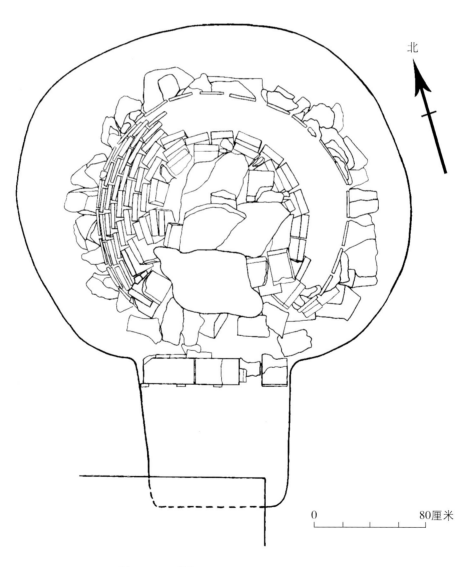

北

0　　　　　　　　80厘米

图五七　M19俯视图

北京龙泉务辽金墓葬　发掘报告

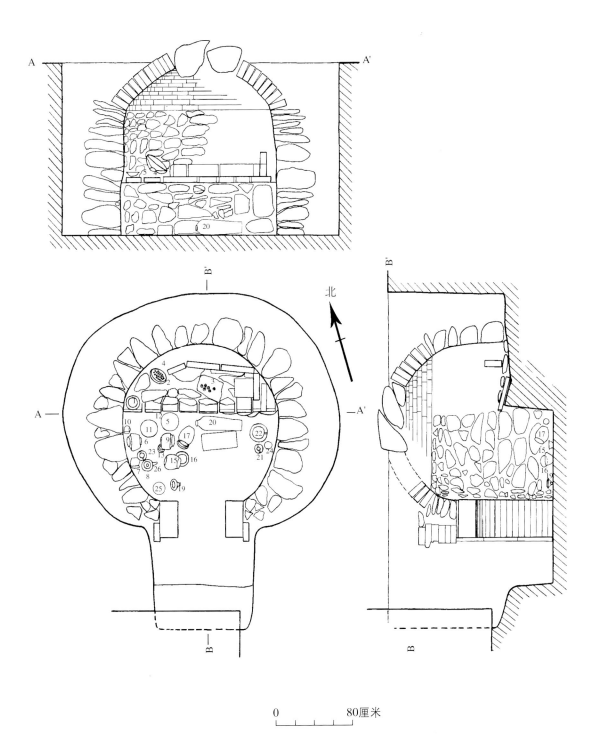

图五八　M19平、剖面图

1、5、12.白瓷盘　2.围棋子　4（被2叠压）、11、13（被9叠压）、14、24.白瓷碗　3.铜钱
6、9、21、23.白瓷罐　7、15、17、22.陶罐　8（被26叠压）.陶勺　10.陶执壶
16、18.陶盆　19、26.陶器盖　20.鸡腿瓶　25.陶灯碗

图版二六　　M19俯视图

　　砖　棺　位于棺床之上，四壁用砖侧立砌制，平面呈梯形。因墓顶破坏，墓室内进水、进土，砖棺南壁倒塌于墓室内，未发现棺盖。砖棺南北宽0.44、东西长0.87～1.04米、高0.18米。砖棺内葬置碎烧骨屑。

三、　随葬器物

　　经清理，M19随葬器物共116件。以瓷器为主，有13件；其次为陶器，有96

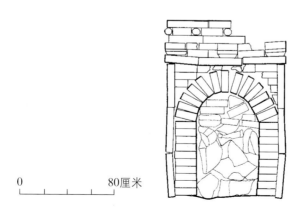

0　　　　　　　80厘米

图五九　　M19墓门正视图

件，含85枚围棋子，围棋子计1套；铜钱最少，共7枚。分别放置于墓室内周边、棺床上及棺内。

（一）陶器

12件（套）。器形有执壶、盆、围棋子、小灯碗、器盖、罐。分泥质灰陶和夹砂灰陶两种，轮制，器物造型规范。

罐　4件。

M19：7，敞口内敛，束颈，鼓腹斜收，小平底，下腹有刮胎痕，器表有火烧痕迹。灰陶夹粗砂，轮制，火候高。口径11.1、腹径10.6、底径5.7、高10.6厘米（图六〇，1；图版二七，1）。

M19：15，敞口，内有倒棱，重唇，束颈，腹微鼓，斜收，小平底，颈下饰一周凹弦纹。细泥质灰陶，胎薄，火候高，轮制。口径13.4、腹径14.2、底径

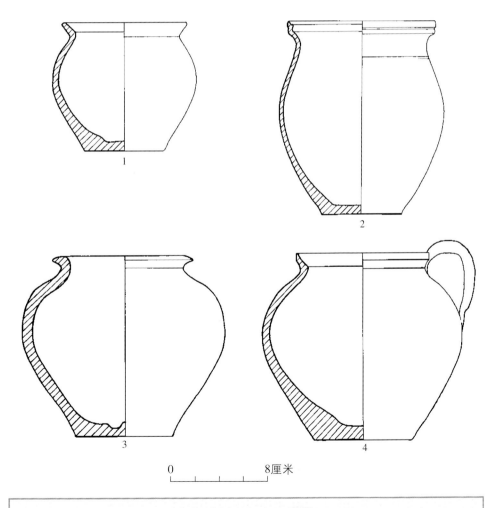

0　　　　　　8厘米

图六〇　M19出土陶罐

1. M19：7　2. M19：15　3. M19：17　4. M19：22

1. M19：7

2. M19：15

3. M19：17

4. M19：22

图版二七　M19出土陶罐

6.6、高16.2厘米（图六〇，2；图版二七，2）。

M19：17，直口，平沿，尖唇，束颈，溜肩，鼓腹斜收，小平底。泥质灰陶，胎厚，轮制。口径13.2、腹径17.6、底径9、高15.4厘米（图六〇，3；图版二七，3）。

M19：22，敞口内敛，尖唇，束颈，溜肩，鼓腹斜收，小平底，捏塑桥形耳接于口腹处。土黄色胎，夹粗砂，手轮兼并，火候高，器表有火烧痕迹。口径12.6、腹径17.4、底径8.4、高16.7厘米（图六〇，4；图版二七，4）。

执　壶　1件。

M19：10，敞口，平沿，短束颈，圆肩鼓腹斜收，扁曲柄接于口腹处，假短流，平底略收。泥质灰陶，火候低，手轮兼并。口径6、底径5.2、高14.4厘米（图六一，1；图版二八，1）。

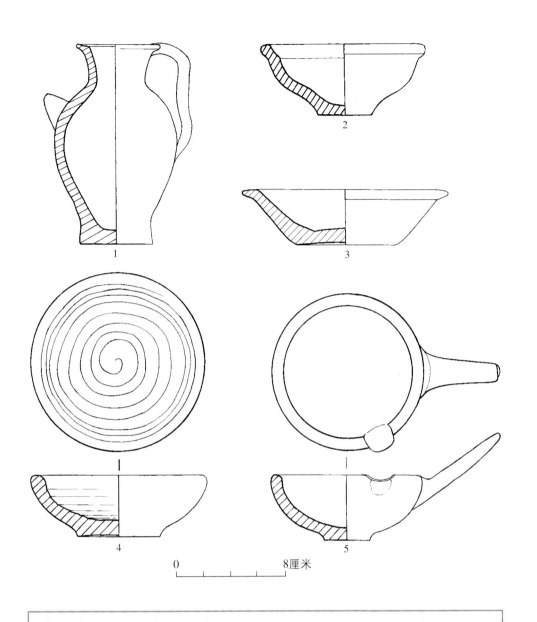

图六一　M19出土陶器

1. 执壶 (M19∶10)　2. 盆 (M19∶16)　3. 盆 (M19∶18)

4. 灯碗 (M19∶25)　5. 勺 (M19∶8)

盆　2件。

M19∶16，侈口，方唇，弧腹壁，下腹内收，小平底。泥质灰陶，轮制。口径14.4、底径5.7、高5.1厘米（图六一，2；图版二八，2）。

M19∶18，侈口，平沿，尖圆唇，斜直腹，小平底略内凹。泥质灰陶，轮制。口径15、底径6.6、高4.5厘米（图六一，3；图版二八，3）。

1. 执壶 (M19：10)

2. 盆 (M19：16)

3. 盆 (M19：18)

4. 灯碗 (M19：25)

图版二八　　M19出土陶器

小灯碗　1件。

M19：25，平口，厚胎，浅弧壁，下腹内收，小平底，内底有旋涡纹。泥质灰陶，轮制。口径12.6、底径5.5、高4.3厘米（图六一，4；图版二八，4）。

勺　1件。

M19：8，敛口，浅弧腹，小平底，口部一侧捏制小流，一侧黏贴扁斜把。泥质灰陶，轮制。口径11.4、底径5、碗高4.8、柄长7.4厘米（图六一，5；图版二九，1）。

围棋子 1套（85枚）。

M19：2，圆形，两面均微凸，手轮兼并。直径1.6、厚0.5厘米（图六二，1；图版二九，3）。

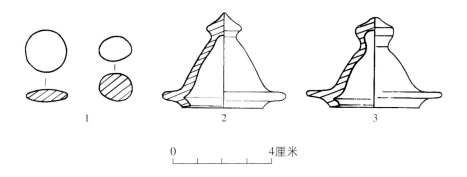

0   4厘米

图六二　M19出土陶器

1. 围棋子 (M19：2)　2. 器盖 (M19：19)　3. 器盖 (M19：26)

1. 勺 (M19：8)

2. 器盖 (M19：19)

3. 围棋子 (M19：2)

图版二九　M19出土陶器

M19：19（与M19：26同），珠形钮，钮顶凸起，宽平沿，盖口内缩。泥制灰陶，轮制。帽径11.2、高7厘米（图六二，2、3；图版二九，2）。

（二）瓷器

13件。器形有碗、盘、瓶、罐，分细瓷和粗瓷两种。

罐　4件。

M19：6，直口，矮领，斜折肩，深腹微曲，下腹折收，大圈足，足外撇，外底略乳突，口与内底均残留条状支钉痕。白胎厚重，质粗，胎质中夹杂有黑色斑点，胎底施一层化妆土。青灰釉，口内壁施釉，外壁施釉不到底，釉层厚薄不均匀，釉色黯淡无光泽，肩部有细小裂纹。口径10.8、肩径16.5、足径8.2、高12.4厘米（图六三，1；图版三〇，1）。

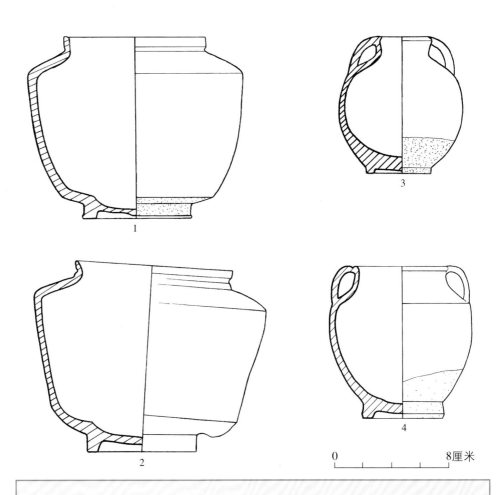

0　　　　　　　　　8厘米

图六三　M19出土瓷罐

1.折肩罐（M19：6）　2.折肩罐（M19：9）　3.折肩罐（M19：21）

4.双系罐（M19：23）

1. 折肩罐 (M19：6)

2. 折肩罐 (M19：9)

3. 折肩罐 (M19：21)

4. 双系罐 (M19：23)

图版三〇　M19出土瓷罐

M19：9，直口微敞，矮领，斜折肩，腹壁斜直，下折弧收，大圈足，足外撇，器身略变形。白胎略薄，胎质洁白细密，胎质中夹杂有黑色斑点，胎底施一层化妆土。施白釉，口内壁挂釉，外壁满釉，圈足无施釉，釉层厚薄不均匀有气泡，釉色亮、光润，局部微泛黄。口径12.6、上肩径17.6、足径8.4、高13.8厘米（图六三，2；图版三〇，2）。

M19：21，敛口，尖唇，短束颈，溜肩，鼓腹下收，矮圈足，内底凸起，足口里墙外撇，对称双耳系于口肩处。灰白胎，质粗，胎质中夹杂有黑色斑点。器表施半釉，釉色泛黄，无光泽。口径3.6、腹径7.5、足径4.8、高9.3厘米（图六三，3；图版三〇，3）。

M19：23，直口，圆唇，短束颈，折肩，腹曲收，小圈足，足外撇，足口刮削，外底乳突，对称双耳黏贴于口肩处。缸胎，青灰色胎质中夹杂有黑色斑点。

青褐釉，内满釉，外施半釉，釉厚，釉色黯淡。口径6.3、腹径9.6、足径5.4、高10.3厘米（图六三，4；图版三〇，4）。

盘　3件。

M19：1，敞口，平沿，浅折腹，矮圈足，挖足过肩，足口外敛，内底残留四个长条形支钉痕，外底略乳突。白胎，质细密、坚实，胎质中夹杂有黑色斑点，胎底施一层化妆土。施白釉，内满釉，外壁施半釉，釉色莹润光泽。口径14、底径6.3、高2.8厘米（图六四，1；图版三一，1）。

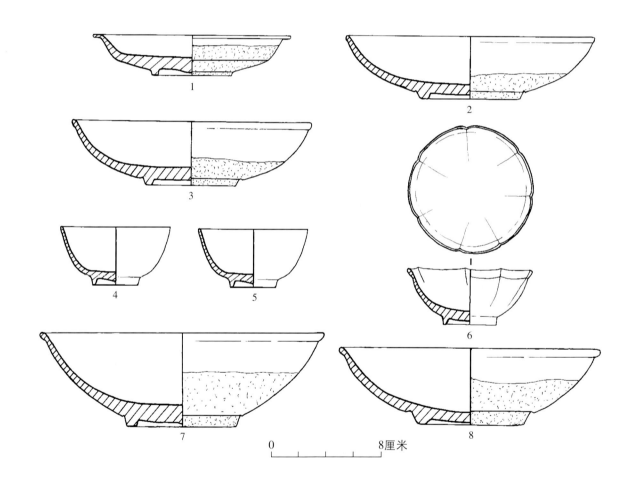

图六四　M19出土白瓷器

1. 盘（M19：1）　2. 盘（M19：5）　3. 盘（M19：12）　4. 碗（M19：13）
5. 碗（M19：14）　6. 碗（M19：24）　7. 碗（M19：4）　8. 碗（M19：11）

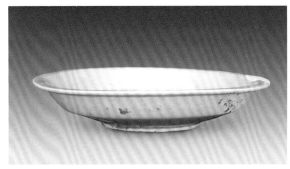

1. 白瓷盘 (M19：1)　　　　　　　　　　2. 白瓷盘 (M19：5)

3. 白瓷盘 (M19：12)　　　　　　　　　　4. 白瓷碗 (M19：13)

图版三一　M19出土瓷器

M19：5，唇口，浅曲腹，矮圈足，足口里墙外撇，内底残留四个长条形支钉痕。胎厚质稍粗，白胎，胎质中夹杂有黑色斑点，胎底施一层化妆土。挂白釉，内满釉，外壁施半釉，釉层厚薄不均匀有气泡，釉色黯淡无光泽。口径17.4、底径6.5、高4.3厘米（图六四，2；图版三○，2）。

M19：12，唇口，浅曲腹，矮圈足，足口里墙外撇。胎厚质稍粗，白胎，胎质中夹杂黑色斑点，胎底施一层化妆土。挂白釉，釉色黯淡。口径17.6、底径3.3、高4.5厘米（图六四，3；图版三一，3）。

碗　5件。

M19：14（同M19：13），敞口，浅弧腹，腹下垂，小圈足，内底较平且残留三个支垫痕，外底乳突。胎薄质细腻，白胎，胎质中夹杂有黑色颗粒。内外挂白釉，釉层厚薄不均匀有气泡，釉色洁白、莹润光泽。口径9.2、底径3.4、高4.2厘米（图六四，4、5；图版三一，4）。

M19：24，六出荷叶形口，撇沿，腹壁微曲，圈足，足口里墙外撇，挖足过肩。白胎略粗，胎质中夹杂有黑色颗粒。内外挂白釉，釉层厚薄不均匀，釉色亮泽微泛黄。口径8.4、底径3.3、高4.3厘米（图六四，6；图版三二，4）。

M19：4，侈口，唇沿，深曲腹，圈足，足口外敛内略敞，外底乳突，内底残留四个椭圆形支钉痕。胎厚质稍粗，胎质中夹杂有黑色斑点。内壁挂白釉，外壁上施白釉下施酱釉，足口无施釉，釉层厚薄不均匀，釉色莹润光泽。口径20.4、底径7.5、高6.4厘米（图六四，7；图版三二，2、3）。

M19：11，敞口，深腹，下腹底微折，圈足，足口外敛内敞，内底残留四个条形支垫痕。胎略厚质稍粗，白胎，胎质中夹杂有黑色斑点，胎底施一层化妆土。挂白釉，内满釉，外壁施半釉，釉层厚薄不均匀，釉色黯淡。口径18.1、底径6.6、高5.4厘米（图六四，8；图版三二，1）。

鸡腿瓶 1件。

M19：20，小口，内敛，尖唇，芒口，短束颈，器身修长，腹部下收，平底略外展。黄白色缸胎，质呈青灰色，胎质中夹杂有黑色颗粒。通体施青褐色釉，下底无施釉，釉厚不均匀，釉色黯淡。口径6.6、腹径14.4、底径9.6、高45.3厘米（图六五；图版三三）。

（三）铜钱

7枚。均出土于棺内。计有唐开元通宝、北宋早期的祥符通宝和中期的天圣元宝、至和元宝、嘉祐通宝、熙宁元宝六种。

1. 白瓷碗（M19：11）

2. 白瓷碗（M19：4）

3. 白瓷碗（M19：4）

4. 白瓷碗（M19：24）

图版三二 M19出土瓷器

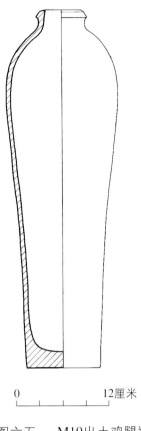

| 0 | 12厘米 |

图六五　M19出土鸡腿瓶
(M19∶20)

图版三三　M19出土鸡腿瓶
(M19∶20)

开元通宝　1枚。

M19∶3-1，小平钱，隶书，顺读，郭略狭，背穿上部有覆纹。重3.7克，外廓径2.45、厚0.11厘米（图六六，1）。

祥符通宝　1枚。

M19∶3-2，小平钱，行书（御书体），旋读，方穿，郭阔，"符"字偏小。重3.6克，外廓径2.35、厚0.11厘米（图六六，2）。

天圣元宝　1枚。

M19∶3-3，小平钱，真书，旋读，方穿，正背郭缘狭阔不一，光背。重3.2克，外廓径2.5、厚0.11厘米（图六六，3）。

至和元宝　2枚。

M19∶3-4，小平钱，篆书，旋读，方穿，郭略阔，光背，钱体较轻。重

2.4~3.2克，外廓径2.4、厚0.1厘米（图六六，4）。

嘉祐通宝 1枚。

M19：3-5，小平钱，真书，顺读，方穿，正背郭缘狭阔不一，光背。重3.6克，外廓径2.35、厚0.13厘米（图六六，7）。

熙宁元宝 1枚。

M19：3-6，小平钱，真书，旋读，方穿，郭略狭，光背。重3.1克，外廓径2.35、厚0.1厘米（图六六，4）。

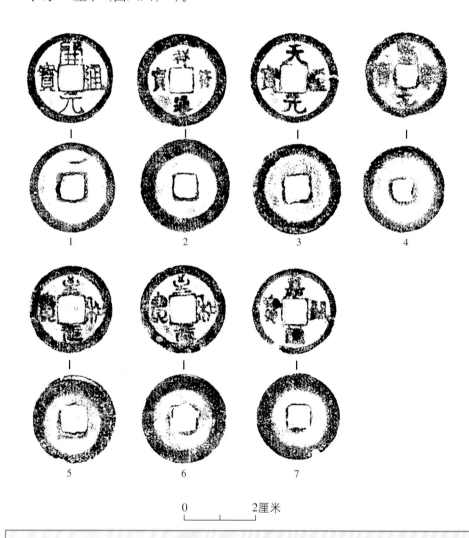

0   2厘米

图六六　M19出土铜钱

1. 开元通宝（M19：3-1）　2. 祥符通宝（M19：3-2）

3. 天圣元宝（M19：3-3）　4. 熙宁元宝（M19：3-6）

5、6. 至和元宝（M19：3-4）　7. 嘉祐元宝（M19：3-5）

第十一节　　M20

M20 位于墓地北部，东北距M19约3米，东距M17约4米，西距M23约2米。坐北朝南，方向200°。开口于地表扰土层下，墓口距地表0.8米。

一、墓葬形制

M20为砖、石混筑的圆形穹隆顶单室墓，整座墓葬由墓道、墓门、墓室组成（图六七、图六八）。其构筑方法是：先从地表下挖一个前面带有一近似长方形

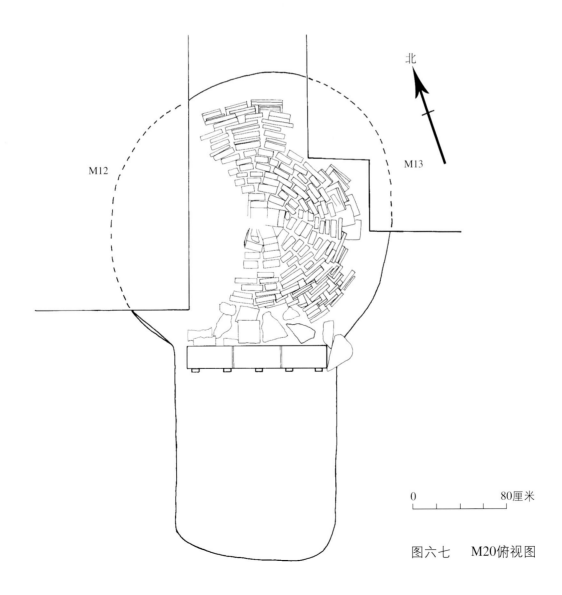

图六七　M20俯视图

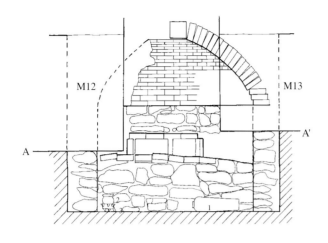

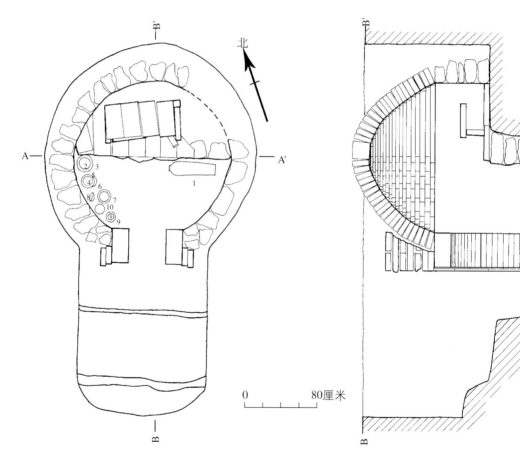

图六八　M20平、剖面图

1.瓷鸡腿瓶　2.陶三足罐　3.陶三足盆　4.陶甑　5.陶釜　6.陶鏊子
7.白瓷罐　8.陶钵　9.陶器盖　10.白瓷碟

北京龙泉务辽金墓葬

发掘报告

阶梯状墓道的圆形土圹，然后用不规则形石块营建墓室周壁；墓顶则用单砖券制呈圆形；门楼用砖砌筑，墓门内有石块砌制封堵；墓室与土圹之间缝隙用黄褐色花土回填，墓顶高出原地表。同时，墓室东、西两侧被近代墓M12、M13打破。

墓　道　位于墓门的南部，平面近似长方形，内填黄褐色花土和碎砖块，土质疏松。墓壁笔直整齐，底部较平，墓道长1.5、宽1.4、深1.85米。墓道内修筑两步台阶，台阶壁均向内倾斜，第一步台阶宽0.28、高0.24～0.28米；第二步台阶宽0.6、高0.42～0.5米。

墓　门　位于墓室南端，仿木结构。正面做出拱券，券的左、右和上部做出立颊、横枋、平心斗、檐掾。拱形券门，券脚直接砌在墓底平面上，券门宽0.46、进深0.36、高0.94米。券门左、右两侧用两排青灰色勾纹砖侧立砌制立颊；立颊之上用砖平砌两层构筑横枋；横枋之上砌筑三个砖雕平心斗，间距为0.27米；再上为五个六棱形砖雕檐掾，间距为0.2米；檐掾之上再平砌一层青灰砖压顶构筑成整个门楼（图六九）。通宽1.16、高1.58米。

墓　室　位于墓门的北端，平面呈圆形，直径1.56～1.7米。墓底较平，周壁笔直整齐，用不规则形青石块叠压错缝砌筑，砌至1.11米时开始起券；顶用单砖叠压错缝券制呈圆形穹隆顶状，东西两侧被近代墓M12、M13打破。墓底距顶1.81米。

二、葬具葬式

棺　床　位于墓室内北部，土筑，平面呈半圆形。壁用不规则形青石块叠砌封边，台面用青灰砖平铺一层。棺床南北宽0.82、东西长1.7、高0.58米。

砖　棺　位于棺床之上，平面呈长方形，四壁用青灰砖侧立砌制，四块青灰砖盖顶（图七〇）。砖棺南北宽0.4、东西长0.83、高0.23米（带盖）。砖棺内葬置碎烧骨块。

0　　　　　　80厘米

图六九　M20墓门正视图

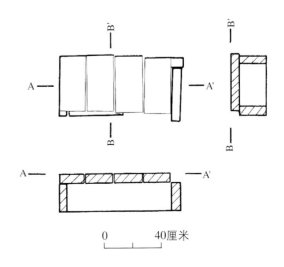

0　　　　40厘米

图七〇　M20砖棺平、剖面图

三、随葬器物

M20因被两座近代墓打破，室内积满淤泥，大部分器物散乱于淤泥之中。经清理，出土器物共10件，以陶器为主，有7件，其次为瓷器，有3件，分别放置于墓室内西侧与棺床南侧。

（一）陶器

7件。器形有罐、三足罐、三足盆、甑、釜、鏊子、钵、器盖，皆为泥质灰陶，轮制，造型美观。

器 盖 1件。

M20：9，珠形钮，钮顶凸起，宽平沿，盖口内缩。盖径10、高6.4厘米（图七一，1；图版三四，1）。

钵 1件。

M20：8，侈口，方唇，束腰，腹下垂，大平底。口径10.6、底径7.5、高4.9厘米（图七一，2；图版三四，2）。

甑 1件。

M20：4，敞口，平沿，尖圆唇，斜腹，平底穿孔。口径14.8、底径6.6、孔径4.3、高4.1厘米（图七一，3；图版三四，3）。

三足盆 1件。

M20：3，侈口，圆唇，浅腹，大平底，下黏贴三个捏塑兽形足，腹部饰两周凹弦纹。口径16.2、底径11.2、高7.9厘米（图七一，4；图版三四，4）。

鏊子 1件。

M20：6，圆形平顶，腹部折收，下斜出三个扁方足，足口外折形成厚唇，围顶一周凹弦纹。顶部直径9、高6厘米（图七一，5；图版三四，5）。

釜 1件。

M20：5，敛口，鼓腹，腹中沿外展，下腹弧收，小平底。上腹饰两周凹弦

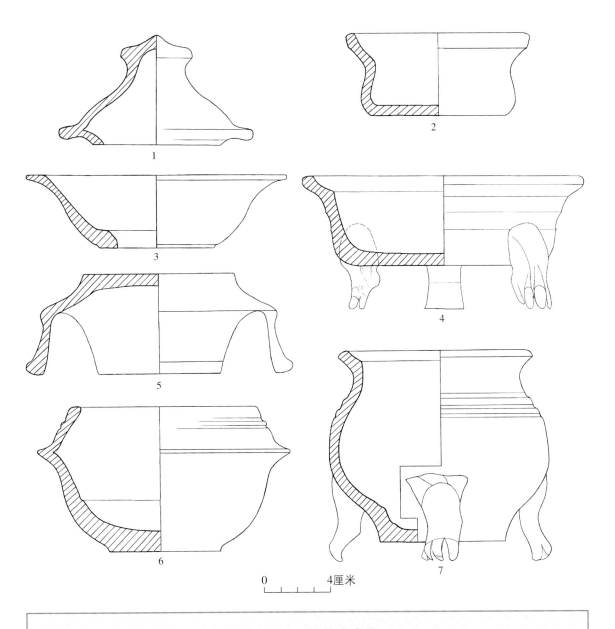

图七一　M20出土陶器

1. 器盖 (M20：9)　2. 钵 (M20：8)　3. 瓿 (M20：4)

4. 三足盆 (M20：3)　5. 鏊子 (M20：6)　6. 釜 (M20：5)　7. 三足罐 (M20：2)

纹。口径10.7、腹径14.6、底径5.7、高8.4厘米（图七一，6；图版三四，6）。

三足罐　1件。

M20：2，敞口，短束颈，球形腹，上腹饰三周凹弦纹，下腹内收，平底，下腹与底处黏贴三个捏塑兽形足。口径11.1、腹径12.6、底径7.8、高12厘米（图七一，7；图版三四，7）。

1. 器盖 (M20：9)　　　　　2. 钵 (M20：8)

3. 甑 (M20：4)　　　　　4. 三足盆 (M20：3)

5. 鏊子 (M20：6)　　　　　6. 釜 (M20：5)

7. 三足罐 (M20：2)

图版三四　M20出土陶器

（二）瓷器

3件。器形有罐、碟、瓶，皆轮制。

碟 1件。

M20：10，侈口，浅斜腹，矮圈足，挖足过肩，内底残留三个椭圆形支钉痕，外底略乳突。白胎，质粗胎厚，胎质中夹杂有黑色斑点。白釉微泛青，釉厚不均匀，内满釉，外施半釉。口径10.8、足径4.2、高2.7厘米（图七二，1；图版三五，1）。

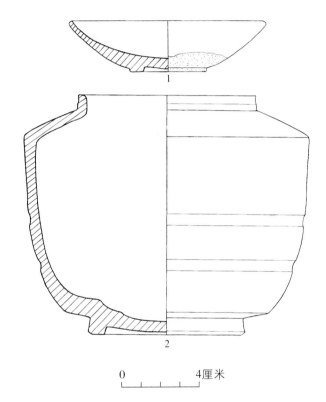

0   4厘米

图七二   M20出土白瓷器

1. 碟（M20：10） 2. 罐（M20：7）

1. 白瓷碟（M20：10）

2. 白瓷罐（M20：7）

图版三五   M20出土瓷器

罐 1件。

M20：7，直口微变形，矮领，斜折肩，深腹微曲，下腹折收，矮圈足，内底下凹，腹部饰六道凹弦纹。白胎，细密，胎质中夹杂有黑色斑点，胎底施一层化妆土。青灰釉，口内壁挂釉，外壁施釉不到底，釉层厚薄不均匀有气泡，釉色莹润光泽，肩部有细小裂纹，器表局部流釉。口径9.3～10、肩径14.8、足径7.8、高12.7厘米（图七二，2；图版三五，2）。

鸡腿瓶 1件。

M20：1，小芒口，斜沿，尖唇，短束颈，器身修长，腹部下收，腹部饰一道凹弦纹，平底外展。缸胎，质呈青灰色，器表凸凹不整，通体施青褐色釉，下底无施釉，釉层厚薄不均匀，釉色黯淡。口径6、腹径15.6、底径10.5、高49.8厘米（图七三；图版三六）。

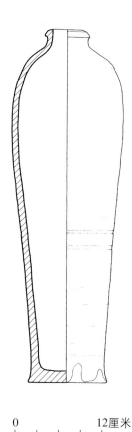

0   12厘米

图版三六　M20出土鸡腿瓶　　　　图七三　M20出土鸡腿瓶

（M20：1）　　　　　　　　　　（M20：1）

第十二节　M21

M21 位于墓地北部偏西，东邻M22，西临山坡。坐北朝南，墓向210°。开口于地表扰土层下，墓口距地表0.6米。

一、墓葬形制

M21为砖、石混筑的圆形单室墓，整个墓葬由墓道、墓门、墓室组成（图七四；图版三七）。其构筑方法是：先从地表下挖一个前面带有一近似长方形阶梯状墓道的圆形土圹，然后用不规则形石块营建墓室周壁；墓顶用规格为38.2厘米×18.3厘米×6厘米、38.5厘米×19厘米×5厘米的青灰色沟纹砖（图七五）券筑，已残缺；墓门拱券部分残缺，但仍可见为双层封门，内侧用砖块砌制成"人"字形，外侧又用不规则形石板封堵；墓室与土圹之间缝隙用黄褐色花土回填。墓室被近代墓M14打破。

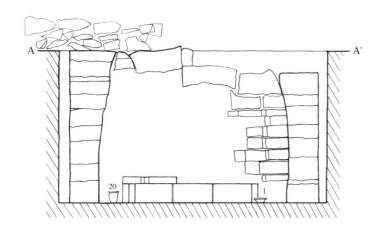

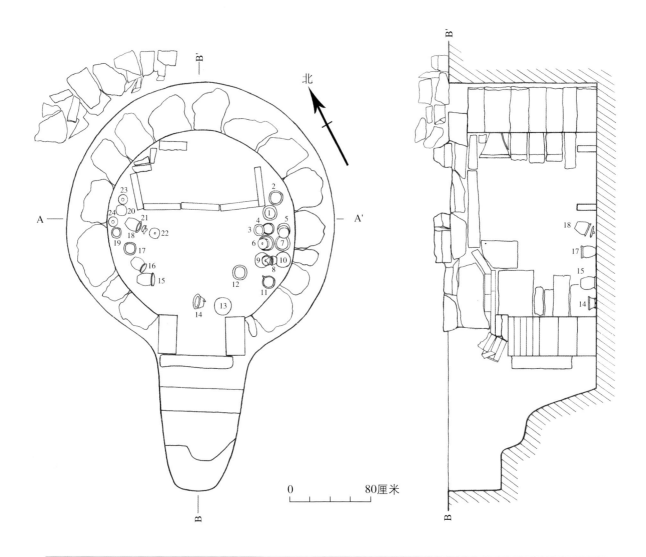

图七四　M21平、剖面图

1、9、10、12、13.陶平底盆　2.陶三足盘　3.陶钵　4.陶灯碗　5.陶釜　6.陶三足釜
7.陶甑　8、15、16、18~20.陶罐　11.陶熨斗　14.陶三足盆　17、21~24.陶器盖

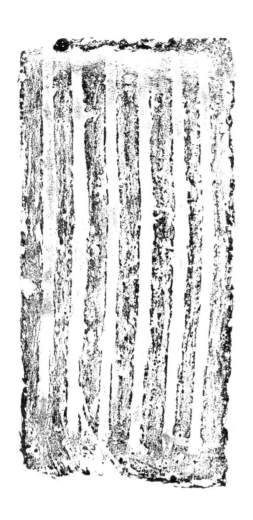

0　　　　4厘米

图七五　M21墓砖

墓　道　位于墓门的南部，平面近似长方形，墓壁笔直整齐，底较平，内填黄褐色花土，土质疏松。墓道长1.26、宽0.4～0.91、深1.4米。内修筑两步台阶，台阶壁均向内倾斜，台阶高0.22～0.35米。

墓　门　位与墓道北，墓室南端，顶与券门均已被破坏，平面呈长方形，墓门内用青灰砖叠压砌制成人字形残留三层，外侧用一块不规则形石板封堵。门宽0.46、进深0.36、残高0.67～1.12米。

墓　室　位于墓道北端，平面近似圆形，直径1.72～1.8米。周壁用不规则形石块叠压砌筑，自下而上向内慢收，墓顶已被破坏，券砖坍塌于墓室内，墓底较平。墓室残高1.08～1.4米。

二、葬具葬式

在墓室内北部砌置长方形砖棺，北棺壁残缺不全，余壁均用青砖侧立砌制，棺顶用青砖压盖。东西长1.24、南北宽0.64、残高0.18～0.24米。砖棺内葬置碎烧骨块。

三、随葬器物

M21因墓顶坍塌，室内渗满淤泥，器物多已漂移原位。经清理，出土器物共

24件，均为陶器，器形有罐、碗、盆、钵、器盖、三足盘、甑、鼎、釜、熨斗等。分别放置于墓室内棺床的南侧。

（一）陶器

24件。皆泥质灰陶，轮制，火候高。

釜　1件。

M21：5，敛口，腹中沿外展，下腹斜收，小平底，上腹饰两周凹弦纹。口径8.1、腹径12.9、底径5.6、高6.3厘米（图七六，1；图版三八，1）。

三足釜　1件。

M21：6，直口，厚唇，釜中沿外出，下腹弧收，平底，下附三个锥形足。口外饰凸弦纹，上腹饰红彩。口径9.5、腹径12.6、高7.9厘米（图七六，2；图版三八，2）。

甑　1件。

M21：7，敞口，平沿，沿上饰一周凹槽，方唇，肩部有一道凸棱，浅斜腹，平底穿孔。口径14、底径6.4、孔径4.2、高4.2厘米（图七六，3；图版三八，3）。

罐　6件。

因火候较低，大部分已破碎，其中四件（M21：15、M21：16、M21：18、M21：20）已不能复原。

M21：8，直口，平沿，束颈，深腹曲收，小平底。器表饰红彩，腹部饰五道凸弦纹。口径9、底径4.8、高9.4厘米（图七六，4；图版三八，4）。

M21：19，直口，口径略小，平沿，尖唇，束颈，腹微鼓斜收，小平底。器表饰红彩，已剥落。口径10.6、腹径11.7、底径5.6、高13.8厘米（图七六，6；图版三八，6）。

三足盆　1件。

M21：14，侈口，双唇，深曲腹，平底，底部见有"米"字形刻划符号，底腹处黏贴三个捏塑形锥形足，内壁皆饰红彩。口径14.4、高7.9厘米（图七六，5；图版三八，5）。

图七六 M21出土陶器

1. 釜 (M21:5) 2. 三足釜 (M21:6) 3. 瓿 (M21:7)

4. 罐 (M21:8) 5. 三足盆 (M21:14) 6. 罐 (M21:19)

1. 釜 (M21：5)

2. 三足釜 (M21：6)

3. 瓿 (M21：7)

4. 罐 (M21：8)

5. 三足盆 (M21：14)

6. 罐 (M21：19)

图版三八　M21出土陶器

钵　1件。

M21：3，敞口，沿稍斜，束腰，腹下垂，平底。口径11.2、底径6.2、高4.2
厘米（图七七，1；图版三九，1）。

平底盆　5件。

M21：1，侈口，平沿，方唇，肩部有一道凸棱，斜直腹，小平底略内凹。
口径14.5、底径6、高4厘米（图七七，2；图版三九，2）。

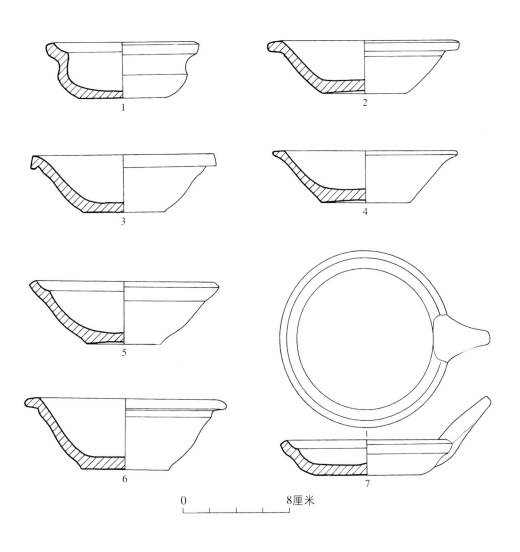

图七七　M21出土陶器

1. 钵 (M21：3)　2. 平底盆 (M21：1)　3. 平底盆 (M21：9)　4. 平底盆 (M21：10)

5. 平底盆 (M21：12)　6. 平底盆 (M21：13)　7. 熨斗 (M21：11)

M21：9，敞口，方唇，浅腹曲收，小平底略内凹。口径13.8、底径6.2、高4.3厘米（图七七，3；图版三九，3）。

M21：10，敞口，平沿，沿上有一道凹槽，形成双唇，浅腹斜收，小平底略内凹。口径14、底径6.4、高3.9厘米（图七七，4；图版三九，4）。

M21：12，侈口，双唇，浅弧腹，下腹略内收，小平底略内凹，内壁皆饰红彩。口径12、底径5.2、高3.9厘米（图七七，5；图版三九，5）。

M21：13，侈口，平沿，尖圆唇，肩部有一道凸棱，斜腹壁，小平底略内凹。口径15.2、底径6.6、高5.2厘米（图七七，6；图版三九，6）。

1. 钵 (M21：3)　　　　　　　2. 平底盆 (M21：1)

3. 平底盆 (M21：9)　　　　　4. 平底盆 (M21：10)

5. 平底盆 (M21：12)　　　　　6. 平底盆 (M21：13)

图版三九　M21出土陶器

熨　斗　1件。

M21：11，侈口，双唇，浅腹，折收，一侧扁柄黏贴于口腹处，上扬，平底略内凹，内壁皆饰红彩。口径12.9、底径8、盘高 2.8、柄长6.2厘米（图七七，7；图版四○，1）。

器　盖　5件。

M21：17（与M21：21、M21：22形制相同），珠钮盖，钮顶凸起，盖沿上翘，盖口内缩。盖径10.7、高5厘米（图七八，1；图版四○，2）。

M21：23（与M24：24形制相同），柱形平钮，钮顶凸起，盖沿上翘，盖口内折，器表涂红彩，已剥落。盖径10.6、高5厘米（图七八，2；图版四○，3）。

小灯碗　1件。

M21：4，敛口，浅弧腹，小平底略内凹，口部一侧捏制小流，内壁饰旋涡纹涂红彩。口径14.8、底径6.4、高4.7厘米（图七八，3；图版四○，4）。

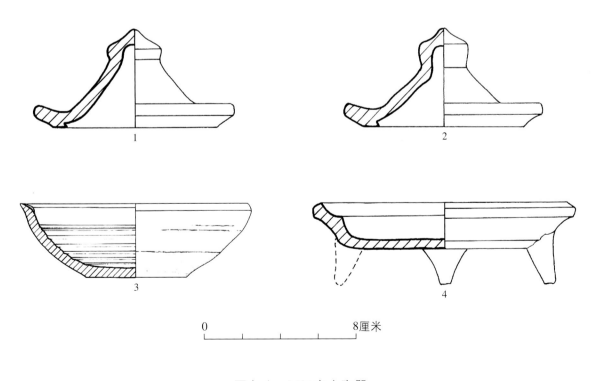

0　　　　　　　　8厘米

图七八　M21出土陶器

1. 器盖 (M21：17)　2. 器盖 (M21：23)　3. 小灯碗 (M21：4)　4. 三足盘 (M21：2)

三足盘　1件。

M21∶2，侈口，双唇，沿微斜，浅腹微束，平底黏贴三个捏塑形锥形足，内壁皆饰红彩。口径13.8、高4.4厘米（图七八，4；图版四○，5）。

1. 熨斗 (M21∶11)

2. 器盖 (M21∶17)

3. 器盖 (M21∶23)

4. 小灯碗 (M21∶4)

5. 三足盘 (M21∶2)

图版四○　M21出土陶器

第十三节　M22

M22 位于墓地北部偏西，北邻M16，西邻M21。该墓坐北朝南，方向202°。开口于地表扰土层下，墓口距地表0.53～0.7米。

一、墓葬形制

M22为砖砌单室圆形穹隆顶墓，整个墓葬由祭台、墓道、墓门、墓室组成（图七九；图版四一）。其构筑方法是：先从地表下挖一个前面带有一近似长方

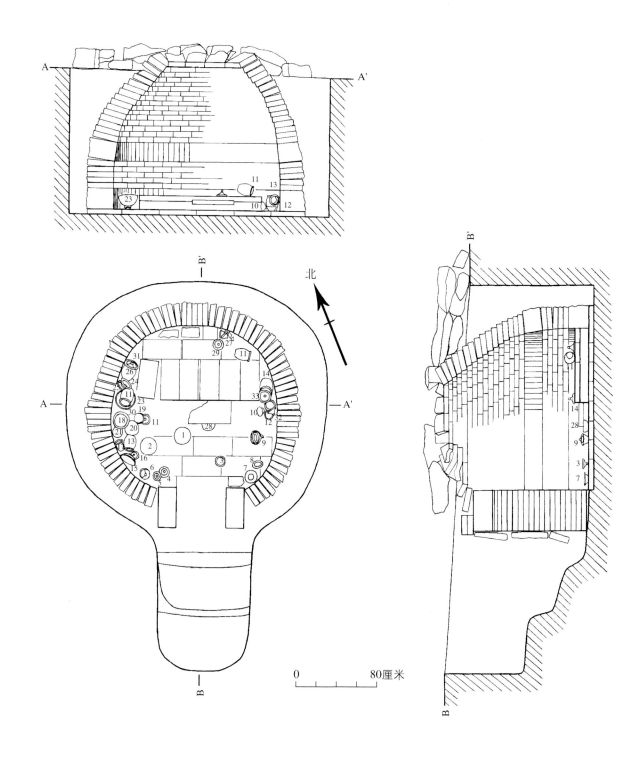

图七九　M22平、剖面图

1、2.白瓷盘　3～6、8、16、29、31(被26叠压)～34.陶器盖　7、20.陶盆　9.陶魁

10、15、23(被22叠压).白瓷碗　11、13、14、22、26.陶罐　12.陶钵

17.陶执壶　18.陶三足盘　19、28.陶小灯碗　21.陶熨斗　24、27.陶甑

25(被24叠压).陶釜　30(被18叠压).陶三足釜

形阶梯状墓道的圆形土圹，然后用青灰色沟纹砖（图八〇）营建墓室周壁；墓顶则用单砖券制呈圆形，呈犬牙状；拱形墓门，置双层封门；墓室与土圹之间缝隙用黄褐色花土回填，墓顶高出原地表。同时，墓口周围用不规则形石块砌筑一周。另外，墓室西侧被近代墓M14打破。

祭　台　位于墓道的南端，直对墓道，北距墓道0.3米。平面近似长方形，砖、石混砌，南北长0.72、东西宽0.6、高0.19米（图八一）。

墓　道　位于墓门的南部，平面近似长方形，墓壁笔直，底呈斜坡状，内填黄褐色花土，土质疏松，墓道长1.32、宽0.92、深1.4米。内修筑两步台阶，台阶经过拍打和踩实，台阶面均向下倾斜，台阶高0.22～0.35米。

墓　门　位于墓室的南端，南与墓道衔接。平面呈长方形，宽0.48、进深0.38米。墓门两翼用青砖叠压平砌，砌至0.7米时券制成拱形顶。券门上部东西两侧各竖砌一块青砖，之上用青砖平砌两层构成整个墓门，高0.89米。门内用青砖叠压砌制呈人字形，外又用砖块和不规则形石板侧立叠砌封堵（图八二）。墓门内底部未见铺底砖，而且高出墓室底0.02米。

墓　室　位于墓门的北端，平面近似圆形，直径1.5～1.61米。周壁用青砖一竖五平式叠压砌筑，砌至0.7米时开始起券，自下而上向内慢收，直至墓顶。墓顶用单砖叠压平砌券制，顶壁呈犬牙状，局部残缺。墓底用青砖错缝并列横铺一层。墓室残高1.19～1.33米。

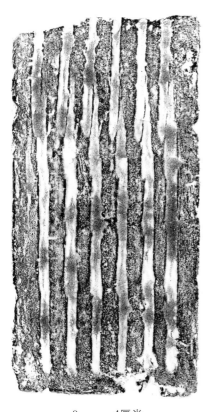

0　　　　4厘米

图八〇　M22墓砖

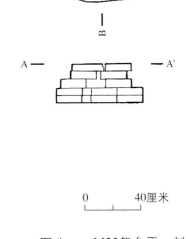

0　　　　40厘米

图八一　M22祭台平、剖面图

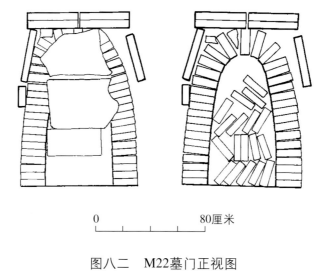

0   80厘米

图八二　M22墓门正视图

二、葬具葬式

在墓室内北部置棺床，平面呈长方形的土台，台面用青砖纵横平铺一层。棺床东西长1.13、南北宽0.69、高0.13米。棺床之上葬置碎烧骨屑。

三、随葬器物

经清理，该墓内随葬器物共计34件，其中陶器29件，瓷器5件。除两件器物放置于棺床上之外，其余器物则分别放置于棺床南端墓室内东西两侧。

（一）陶器

29件。器形有执壶、罐、碗、盆、钵、三足盘、器盖、熨斗、小灯碗、魁、甑、釜，皆泥质灰陶，轮制，火候高。

执壶 1件。

M22：17，喇叭口，短束颈，深腹微鼓，腹最大径在中部，曲收，小平底，捏塑形圆曲柄接于口腹处，无流。器表饰一层红彩衣，大部分已脱落。口径8.3、腹径8.4、底径5.6、高12.5厘米（图八三，1；图版四二，1）。

罐 5件。

M22：11，直口微敞，平沿，方圆唇，缩颈，通体作卵形，长腹，内壁饰凸弦纹，小平底。口径11.3、腹径11.7、底径7.2、高14.8厘米（图八三，2；图版四二，2）。

M22∶13，带盖，直口，平沿，尖圆唇，缩颈，鼓腹深曲收，小平底。原器表饰红彩，已剥落。盖为柱形钮（M22∶13-1），钮顶凸起，盖沿上翘，盖口内折。口径12、腹径12.6、底径6.9、通高14.6厘米（图八三，3；图版四二，3）。

M22∶14，直口微敞，平沿，圆唇，缩颈，鼓腹深曲收，腹部饰凹弦纹，小平底。口径12.9、腹径15、底径7.6、通高18.6厘米（图八三，4；图版四二，4）。

M22∶22，直口，平沿，尖圆唇，缩颈，鼓腹深曲收，小平底。口径12.9、腹径13.7、底径7.8、高16.2厘米（图八三，5；图版四二，5）。

M22∶26，直口，平沿，尖圆唇，缩颈，鼓腹，斜收，小平底。内外饰弦纹，器表饰红彩，已剥落。口径11.6、腹径12.9、底径6.8、高15.4～15.6厘米（图八三，6；图版四二，6）。

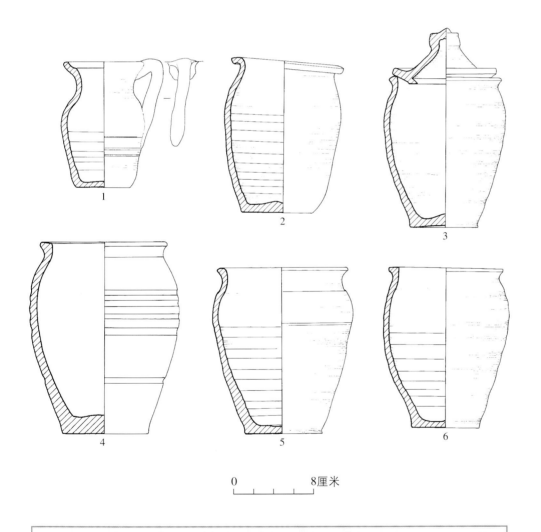

0   8厘米

图八三　M22出土陶器

1. 执壶（M22∶17）　2. 罐（M22∶11）　3. 罐（M22∶13）

4. 罐（M22∶14）　5. 罐（M22∶22）　6. 罐（M22∶26）

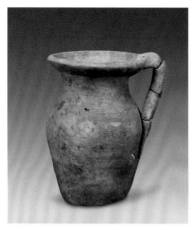

1. 执壶 (M22：17)　　　　2. 罐 (M22：11)　　　　3. 罐 (M22：13)

4. 罐 (M22：14)　　　　5. 罐 (M22：22)　　　　6. 罐 (M22：26)

图版四二　M22出土陶器

熨斗　1件。

M22：21，侈口，双唇，浅斜腹，一侧圆形柄黏贴于口腹处（已残），大平底略内凹。口径13.2、底径7.4、盘高3.7、柄残长3.1厘米（图八四，1；图版四三，1）。

甑　2件。

M22：24，敞口，平沿，方唇，浅斜腹，底空。口径13.8、底径6.3、孔径5、高4.2厘米（图八四，2；图版四三，2）。

M22：27，敞口，平沿，方圆唇，肩部有一凸棱，浅弧腹，平底穿孔。口径14.7、底径7.2、孔径5.7、高4.4厘米（图八四，3；图版四三，3）。

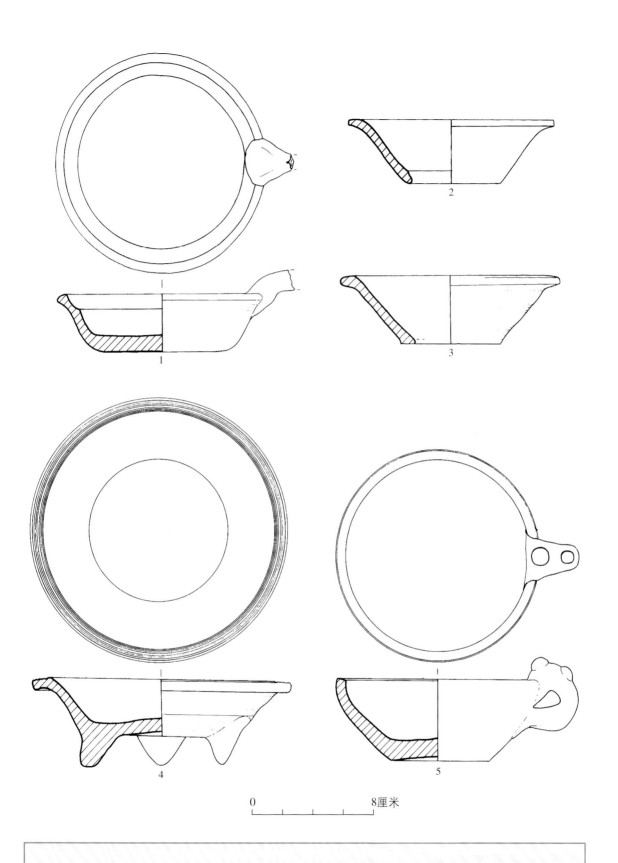

图八四　M22出土陶器

1. 熨斗 (M22：21)　　2. 甑 (M22：24)　　3. 甑 (M22：27)

4. 三足盘 (M22：18)　　5. 魁 (M22：9)

0　　　　　　　　　8厘米

1. 陶熨斗 (M22：21)

2. 甑 (M22：24)

3. 甑 (M22：27)

4. 三足盘 (M22：18)

5. 魁 (M22：9)

图版四三　M22出土陶器

三足盘　1件。

M22：18，侈口，平沿，方唇，浅斜腹，大平底略内凹，下黏贴三个捏塑形锥形足，沿上饰凹弦纹。口径17、底径9.7、通高5.7厘米（图八四，4；图版四三，4）。

魁 1件。

M22：9，平口内敛，斜曲腹，小平底，口腹处黏贴一捏塑形龙首单耳，耳上饰乳钉。口径13.7、底径6.4、通高6.5厘米（图八四，5；图版四三，5）。

钵 1件。

M22：12，侈口，双唇，斜弧腹，小平底略内凹。口径11.4、底径5.8、通高4.3厘米（图八五，1；图版四四，1）。

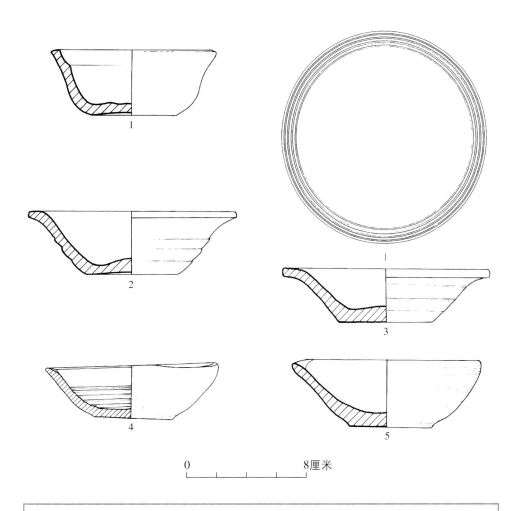

0   8厘米

图八五 M22出土陶器

1. 钵（M22：12） 2. 盆（M22：7） 3. 盆（M22：20）

4. 小灯碗（M22：19） 5. 小灯碗（M22：28）

1. 钵 (M22：12)   2. 盆 (M22：7)

3. 盆 (M22：20)   4. 小灯碗 (M22：19)

5. 小灯碗 (M22：28)

图版四四　M22出土陶器

盆　2件。

M22：7，侈口，平沿，方唇，浅腹斜收，小平底略内凹，内底乳突。口径13.8、底径5.8、高4.2厘米（图八五，2；图版四四，2）。

M22：20，侈口，平沿，沿上饰三周凸弦纹，方唇，斜直腹，小平底略内凹。口径14.1、底径6.6、通高3.5厘米（图八五，3；图版四四，3）。

小灯碗　2件。

M22：19，厚胎，敞口，浅弧腹，小平底，一侧捏制小流，灯碗内底有圆涡纹。口径12.3、底径5.2、高3.8厘米（图八五，4；图版四四，4）。

M22：28，敞口，浅曲腹，小平底略内凹，一侧捏制小流，边有一曲形柄已残。口径12.2、底径5.4、高4.6厘米（图八五，5；图版四四，5）。

器　盖　11件。

M22：4（与M22：3、M22：31形制相同），珠形钮，钮顶凸起，盖沿上翘，盖口内缩帽沿略上翘。器表饰红彩。盖径10.6、高4.6厘米（图八六，1；图版四五，1）。

M22：5（与M22：6、M22：8、M22：29、M22：32、M22：33、M22：34形制相同），柱形平钮盖，钮顶凸起，盖沿上翘，盖口内折。盖径10.8、高5.6厘米（图八六，2；图版四五，2）。

M22：16，柱形平钮盖，钮顶凸起，边缘外展，整体似伞状，盖沿上翘，盖口内折。盖径12.6、高5.7厘米（图八六，3；图版四五，3）。

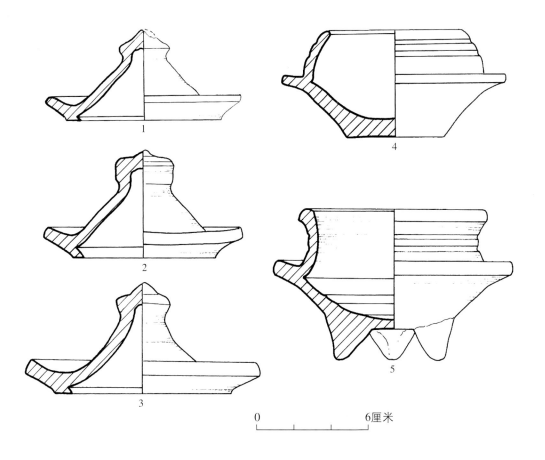

0　　　　　　　6厘米

图八六　M22出土陶器

1. 器盖（M22：4）　2. 器盖（M22：5）　3. 器盖（M22：16）

4. 釜（M22：25）　5. 三足釜（M22：30）

釜 2件。

M22：25，敛口，鼓腹，釜中沿外展稍上斜，下腹斜收，平底，口外饰两周凹弦纹。口径7.2、腹径12.2、底径5.6、高5.6厘米（图八六，4；图版四五，4）。

M22：30，敞口，厚圆唇，上束腰，釜中沿外展稍上斜，下腹斜收，小平底黏贴三锥形足。口径10.2、腹径13.2、底径6、通高7.8厘米（图八六，5；图版四五，5）。

1. 器盖 (M22：4)

2. 器盖 (M22：5)

3. 器盖 (M22：16)

4. 釜 (M22：25)

5. 三足釜 (M22：30)

图版四五　M22出土陶器

（二）瓷器

5件。器形有盘、碗，皆为白瓷，轮制。

盘　2件

M22：1，六出花式口，深折腹，矮圈足，内底略凹，外底平坦，挖足过肩，足口里墙外撇。内底和足肩处各有五个支垫痕，内底有凸起的小颗粒。胎厚质细密，白胎，胎质中夹杂有黑色颗粒，胎底施一层化妆土。通体施白釉，圈足无釉，釉层厚薄不均匀，釉色莹润光泽。口径17、底径5.7、高3.6厘米（图八七，1；图版四六，1）。

M22：2，六出花式口，深折腹，矮圈足，内底略凹，挖足过肩，内底有五个支垫痕，足口里墙外撇，足底较平坦。胎厚质细密，白胎，胎质中夹杂有黑色斑点，胎底施一层化妆土。通体施白釉，惟圈露胎，釉层厚薄不均匀有气泡，釉色莹润光泽。口径16.6、底径5.7、高3.7厘米（图八七，2；图版四六，2）。

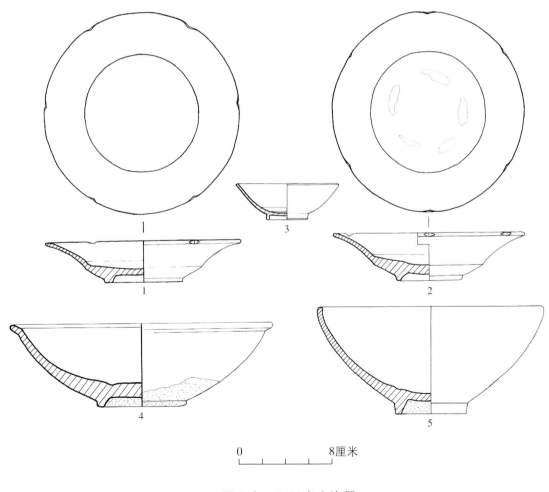

0　　　　　　8厘米

图八七　M22出土瓷器

1. 白瓷盘（M22：1）　2. 白瓷盘（M22：2）　3. 白瓷碗（M22：10）

4. 白瓷碗（M22：15）　5. 白瓷碗（M22：23）

碗 3件。

M22：10，敞口，浅曲腹，矮圈足，足口外撇。胎薄质细，体轻，白胎，胎质中夹杂有黑色斑点。通体施白釉，内底刮胎一周形成涩圈，通体施白釉略泛青，釉层厚薄不均匀，釉色莹润光泽。口径9、底径3.4、高3厘米（图八七，3；图版四六，3）。

M22：15，侈口，平沿，尖圆唇，深腹，矮圈足，内底略凹，挖足过肩，足口里墙外撇。内底残留四个支垫痕。胎厚质细，白胎，胎质中夹杂有黑色的小颗粒。内满釉，外壁施釉不到底，釉层厚薄不均匀，釉色莹润光泽，稍泛灰。口径23.1、底径6.9、高7厘米（图八七，4；图版四六，4）。

M22：23，敛口，深腹，小圈足略高，内底略凹，挖足过肩，足口里墙外撇。内底和足肩处各有五个支垫痕，内底有凸起的小颗粒。胎厚质细，白胎，胎质中夹杂有黑色斑点，胎底施一层化妆土。通体施牙白釉，挖足内无施釉，釉色莹润光泽。口径19.6、底径6.2、高8.9厘米（图八七，5；图版四六，5）。

1. 白瓷盘 (M22：1)

2. 白瓷盘 (M22：2)

3. 白瓷碗 (M22：10)

4. 白瓷碗 (M22：15)

5. 白瓷碗 (M22：23)

图版四六　M22出土瓷器

第十四节　M23

M23 位于墓地北部，北邻M24，东邻M20。坐北朝南，方向190°。开口于地表耕土层下，墓口距地表0.8米。

一、墓葬形制

M23为砖、石混砌单室圆形穹隆顶墓，整个墓葬由祭台、墓道、墓门、墓室组成（图八八、图八九）。其构筑方法是：先从地表下挖一个前面带有一近似长

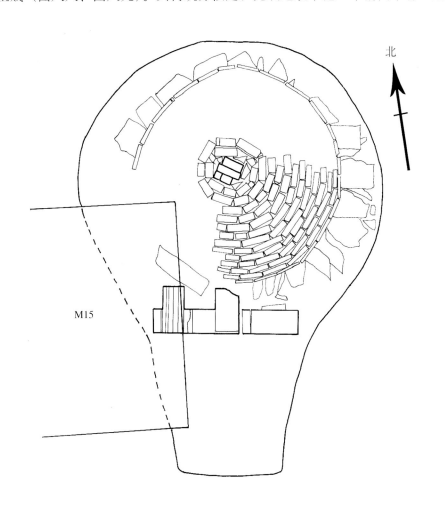

北

M15

0　　　　　　　　　80厘米

图八八　M23俯视图

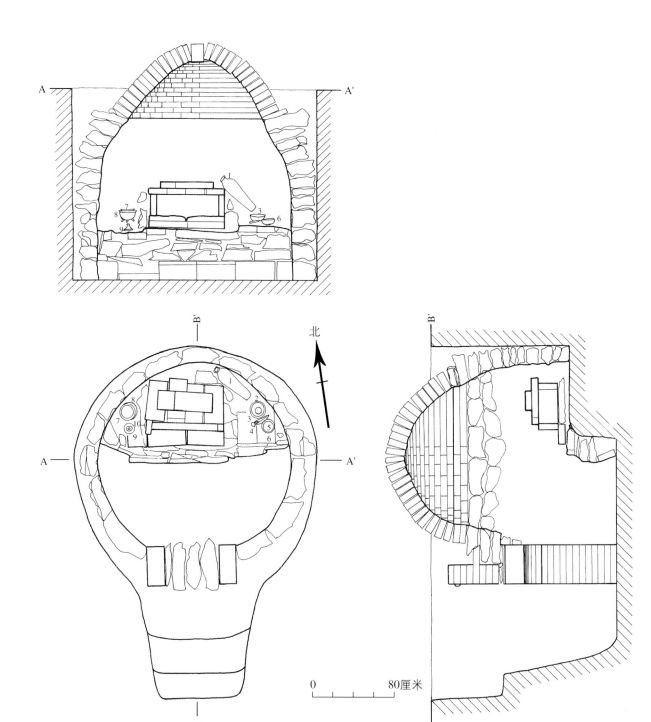

北
京
龙
泉
务
辽
金
墓
葬

发
掘
报
告

北

图八九　M23平、剖面图

1. 鸡腿瓶　2. 陶熨斗　3、6、10. 陶盆　4. 陶剪　5. 陶钵

7. 陶小灯碗　8. 陶三足盆　9. 陶器盖

方形竖穴阶梯状墓道的圆形土圹，然后用不规则形石块营建墓室周壁；墓顶则用石块和单砖券制呈圆形；墓门由拱形券门和门楼组成，内用石块封堵；墓室与土圹之间缝隙用黄褐色花土回填，墓顶高出原地表。最后在墓道南端设置有长方形砖砌祭台。另外，墓室西侧被近代墓M15打破。

祭　台　位于墓道的南端，直对墓道，北距墓道0.8米。平面呈长方形，剖面呈梯形，青砖叠压平砌四层，南北宽0.18、东西长0.72、高0.24米（图九〇）。

墓　道　位于墓门的南端，南窄北宽，平面近似梯形墓壁笔直，底部较平，内填黄褐色花土，土质疏松。墓道长1.04米、宽0.76～1.26米，深1.76米。内修筑一步台阶，台面平整经过拍打和踩实，台阶壁向内倾斜，台阶高1.08米。

墓　门　位于墓室的南端，仿木式结构，已残缺不全。正面做出拱券，券的左、右和上部做出立颊、横枋、平心斗、檐脊。拱形券门，券脚直接砌在墓底平面上，券门下窄上阔，宽0.71～0.78、进深0.36、高0.89米。券门左、右两侧各用一排青砖侧立砌制立颊；立颊之上用砖平砌三层构筑横枋；横枋之上砌筑砖雕平心斗，仅残留两个，间距为0.23米；再上为六棱形砖雕檐掾，也残留两个，间距为0.18米；檐掾之上檐脊用两层青砖平砌压顶构筑成整个门楼。通体残宽0.68～1.01、高1.66米。券门内用不规则形石块叠压砌制封堵（图九一）。

墓　室　位于墓门的北端，平面近似圆形，直径1.68～1.86米。墓壁整齐，墓底较平。周壁皆用不规则形石块叠压砌筑，砌至1.1米时开始起券。墓顶则用石块和砖混砌呈圆形穹隆顶状，局部残缺。墓室残高2米。

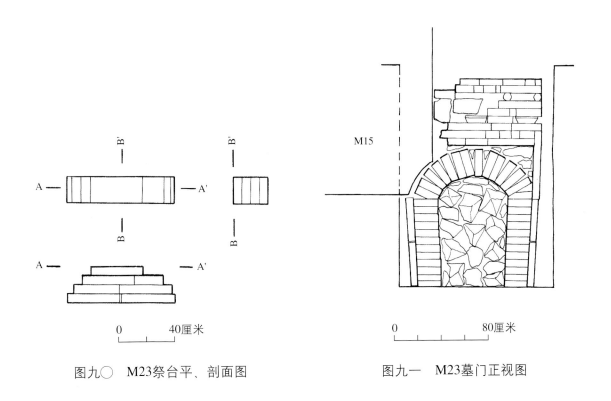

M15

0　　40厘米

0　　80厘米

图九〇　M23祭台平、剖面图　　　　图九一　M23墓门正视图

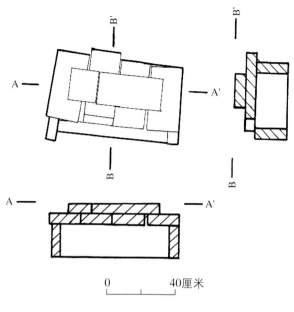

图九二　M23砖棺平、剖面图

二、葬具葬式

在墓室内北部砌置棺床，棺床东西长1.86、南北宽0.92、高0.7米。床面用青砖和不规则形石板纵横平铺一层，床壁为砖、石混砌封边。

棺床之上置长方形砖棺，砖砌（图九二）。棺内葬置碎烧骨屑。

三、随葬器物

M23因墓顶残缺，室内渗满淤泥，部分器物散乱于其中。经清理，出土器物共10件，其中陶器9件，瓷器1件。随葬器物均放置于棺床之上砖棺的东西两侧。

（一）陶器

9件。器形有碗、盆、钵、三足盆、熨斗、剪、器盖、小灯碗，皆泥质灰陶，轮制。

熨　斗　1件。

M23：2，侈口，双唇，浅束腹，小平底，口外一侧黏贴扁柄，已残缺。口径13.8、底径4.8、盆高3.9厘米（图九三，1；图版四七，1）。

钵　1件（带盖）。

M23：5，侈口，双唇，沿外展，束腰，垂腹，平底略内凹。M23：5—1，圆钮形盖，钮顶凸起，盖身下部有凸棱，盖沿略上翘，盖口内缩，器表饰一层红彩，已脱落。口径11.4、底径7.8、高4.8、通高（带盖）9.9厘米（图九三，2；图版四七，2）。

北京龙泉务辽金墓葬

发掘报告

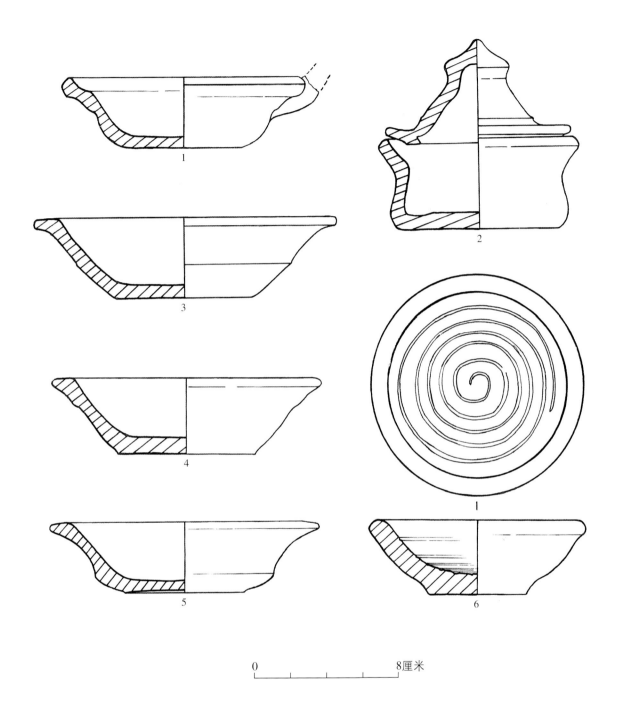

图九三　M23出土陶器

1.熨斗 (M23：2)　2.钵 (M23：5)　3.盆 (M23：3)　4.盆 (M23：6)

5.盆 (M23：10)　6.小灯碗 (M23：7)

盆　3件。

M23：3，侈口，平沿，方唇，浅腹斜收，小平底。口径16.8、底径8.4、高4.5厘米（图九三，3；图版四七，3）。

M23：6，侈口，平沿，尖圆唇，浅曲腹微下垂，小平底。口径14.8、底径7.5、高4.2厘米（图九三，4；图版四七，4）。

M23：10，侈口，平沿，尖圆唇，浅曲腹下垂，小平底。口径14.9、底径6.9、高3.7厘米（图九三，5；图版四七，5）。

小灯碗　1件。

M23：7，敞口，圆厚唇，浅弧腹，饼形足，内底饰圆涡纹。口径11.4、底径5.4、高3.6厘米（图九三，6；图版四七，6）。

1. 熨斗（M23：2）

2. 钵（M23：5）

3. 盆（M23：3）

4. 盆（M23：6）

5. 盆（M23：10）

6. 小灯碗（M23：7）

图版四七　M23出土陶器

北京龙泉务辽金墓葬
发掘报告

器　盖　1件。

M23：9，柱形钮盖，钮顶凸起，宽平沿，盖口内缩。盖径10.1、高6.5厘米（图九四，1；图版四八，1）。

剪　1件。

M23：4，用泥条捏制而成，"8"字形柄，为双股弹簧式，剪身前窄后宽，正面刻划刀线，尖部略上翘。通长19.2、厚1厘米（图九四，2；图版四八，2）。

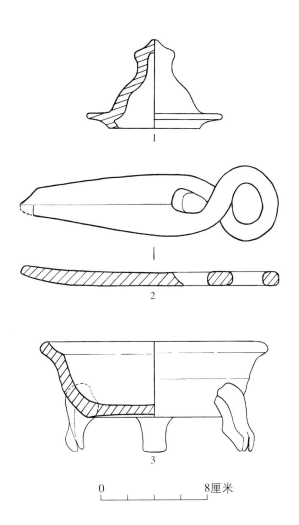

0　　　　　　　　8厘米

图九四　M23出土陶器

1. 器盖 (M23：9)　2. 剪 (M23：4)

3. 三足盆 (M23：8)

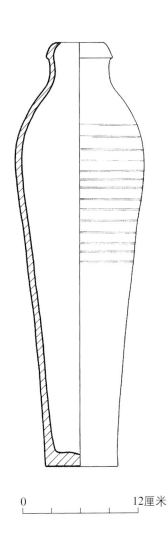

0　　　　　　　　12厘米

图九五　M23出土鸡腿瓶

(M23：1)

三足盆　1件。

M23：8，侈口，口部略变形，双唇，折沿，浅斜腹，大平底，下黏贴三个捏塑形兽形足，腹部饰两道凹弦纹。口径16.5、底径9.9、盆高5.5～6.3、通高0.75～0.83厘米（图九四，3；图版四八，3）。

（二）瓷器

1件。

鸡腿瓶　1件。

M23：1，小芒口，唇下垂，短束径，腹斜收，器身修长，下腹直收，平底略外展，器表饰凹弦纹。黄白色缸胎，质呈青灰色，通体施茶末釉，底无釉，釉厚，釉色亮、光润。口径4.8、底径7.6、高42.5厘米（图九五；图版四八，4）。

1. 陶器盖 (M23：9)

2. 陶剪 (M23：4)

3. 陶三足盆 (M23：8)

4.瓷鸡腿瓶 (M23：1)

图版四八　M23出土器物

第十五节　M24

M24位于墓地的北部，南邻M23，东邻M20，墓室西侧被一现代坑打破。该墓坐北朝南，方向210°。开口于地表扰土层下，墓口距地表1米。

一、墓葬形制

M24为砖、石混砌单室圆形穹隆顶墓，整个墓葬由墓道、墓门、墓室组成（图九六）。其构筑方法是：先从地表下挖一个前面带有一近似长方形阶梯状墓道的圆形土圹，然后用不规则形石块营建墓室周壁；墓顶则用单砖券制呈圆形；拱形墓门，内用石块封堵两层；墓室与土圹之间缝隙用黄褐色花土回填，墓顶高出原地表，另外墓室西侧被现代坑打破。

墓道　位于墓门的南部，平面近长方形，口大底小，墓壁不规整，内填黄褐色花土，土质疏松。墓道长1.15、宽0.9～1.06米、深1.5米。内修筑二步台阶，台面平整，经过拍打和踩实，台阶壁向内倾斜。第一步台阶宽0.38、高0.7米；第二步台阶宽0.34、高0.52米。

墓门　位于墓室的南端，正面做出拱券门，券脚直接砌在墓底平面上，券门东西两壁用青砖叠压平砌，自下而上向内慢收呈拱形券顶，券顶之上用不规则形石块叠压砌制四层构筑成整个墓门。墓门内用不规则形石块叠压砌制封堵，仅残留两层。墓门底宽0.68、进深0.4、高1.1米，门楼通高1.65米（图九七）。

墓室　位于墓门的北端，平面近似圆形，直径1.81～2.01米。墓底较平。周壁皆用不规则形石块叠压砌筑，缝隙之间用泥铺垫，砌至1.2米时开始起券，墓壁整齐，自下而上微向内倾斜。墓顶已坍塌，残留部分用单层青灰色沟纹砖（图九八）叠压券制，顶壁呈犬牙状。墓室残高0.6～1.54米。墓室西半部被现代坑打破。

二、葬具葬式

在墓室内北部修筑棺床，棺床东西长1.1、南北宽0.64、高0.2米。床面用青砖并列纵铺，床壁用青砖侧立砌制封边。棺床之上葬置碎烧骨屑。

三、随葬器物

M24因墓顶坍塌，局部被现代坑打破，而且墓门封闭不严，室内渗满淤泥，部分器物也随之被冲得东倒西歪。经清理，出土器物共25件，其中陶器24件（套），瓷器1件。随葬器物大部分放置于墓室西侧，仅陶执壶和小瓷碗分别放置于棺床之上和墓室的东侧。

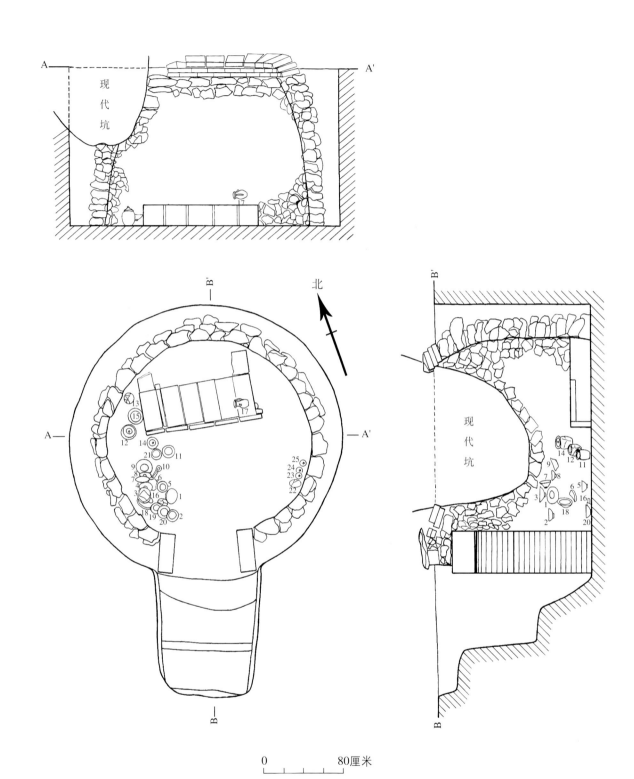

北京龙泉务辽金墓葬 发掘报告

现代坑

北

A — A'

B' — B'

0　　　　80厘米

图九六　M24平、剖面图

1、2、4、5、7、9、15、18、20.陶盆　3.陶灯碗　6.陶勺　8.陶钵　10.陶剪　11、12、21.陶罐　13.陶甑　14.陶整子　16.陶箕　17.陶执壶　19.陶釜　22.白瓷碗　23~25.陶器盖

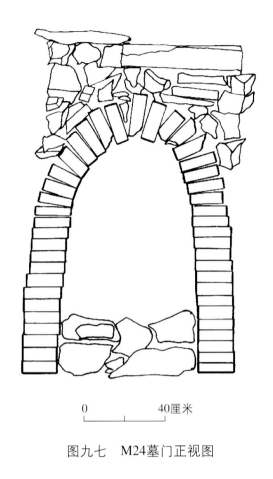

0   40厘米

图九七　M24墓门正视图

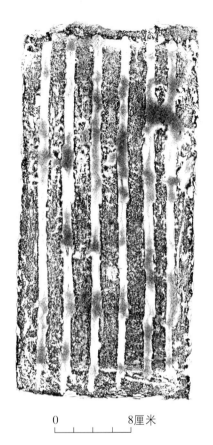

0   8厘米

图九八　M24墓砖

（一）陶器

24件（套）。器形有执壶、罐、盆、器盖、勺、小灯碗、钵、鍪子、甑、釜、箕、剪，皆泥质灰陶，轮制。

执　壶　1件。

M24：17，喇叭口，短束颈，深腹微鼓，腹最大径在中部，曲收，扁圆柄接于口腹处，假短流，平底。器表饰一层红彩。口径10.8、腹径7.8、底径5.4、高13.5厘米（图九九，1；图版四九，1）。

罐　3件。

M24：21，敞口，平沿，方圆唇，颈微缩，深斜腹，小平底，器身饰凹弦纹。口径9.5、底径4.7、通高9.4厘米（图九九，2；图版四九，2）。

M24：11，直口，口径略大，平沿，尖唇，缩颈，溜肩，鼓腹弧收，小平底。口径10.5、腹径12.6、底径6.2、高14.6厘米（图九九，3；图版四九，3）。

　　M24：12，直口，口径略大，平沿，圆唇，缩颈，溜肩，鼓腹弧收，小平底。口径11.7、腹径12、底径6、高13.8厘米（图九九，4；图版四九，4）。

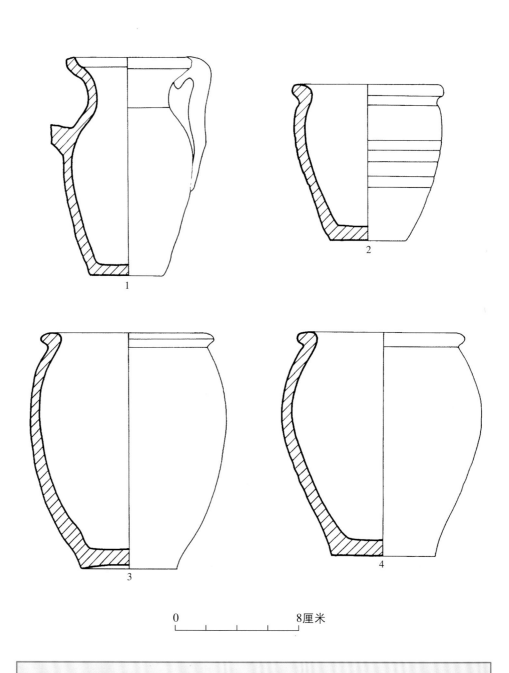

0　　　　　　　8厘米

图九九　M24出土陶器

1.执壶（M24：17）　2.罐（M24：21）　3.罐（M24：11）　4.罐（M24：12）

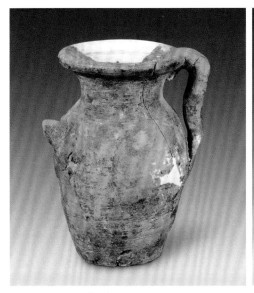

1. 执壶 (M24：17)

3. 罐 (M24：11)

4. 罐 (M24：12)

图版四九　M24出土陶器

盆　9件。

M24：2（与M24：18形制相同），侈口，双唇，浅折腹，小平底略上凹。口径12.6、底径6、高4.5厘米（图一〇〇，1；图版五〇，1）。

M24：1，侈口，平沿，沿上饰两周凹弦纹，肩部有一凸棱，斜直腹，小平底。口径14.7、底径5.5、高3.6厘米（图一〇〇，2；图版五〇，2）。

M24：4，敞口，卷沿，方圆唇，浅腹曲收，小平底略上凹。口径14.3、底径7.6、高4.5厘米（图一○○，3；图版五○，3）。

M24：5，侈口，平沿，方唇，斜腹壁，肩部有一凸棱，小平底。口径15、底径6.8、高4.5厘米（图一○○，4；图版五○，4）。

M24：7，敞口，平沿下卷，方唇，浅曲腹，平底。口径14.7、底径7.4、高4.4厘米（图一○○，5；图版五○，5）。

M24：9，侈口，平沿，方唇，曲腹壁，肩部有一凸棱，小平底。口径14.3、底径6.5、高4.6厘米（图一○○，6；图版五○，6）。

M24：15，侈口，平沿外出，方唇，斜腹壁，肩部一凸棱，平底略上凹。口径14.7、底径6、高4.8厘米（图一○○，7；图版五○，7）。

M24：20，侈口，平沿，方唇，曲腹壁，肩部有一凸棱，平底略内凹。口径15.3、底径6.6、高5.1厘米（图一○○，8；图版五○，8）。

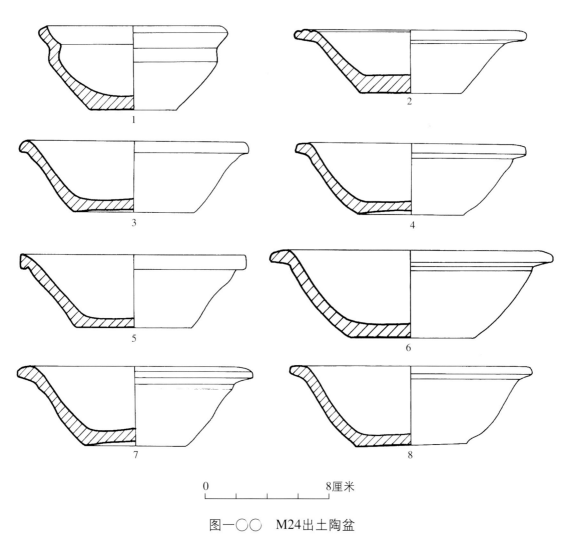

0   8厘米

图一○○　M24出土陶盆

1. M24：2（同M24：18）　2. M24：1　3. M24：4　4. M24：5

5. M24：7　6. M24：9　7. M24：15　8. M24：20

1. M24：2（同M24：18）　　　　2. M24：1

3. M24：4　　　　4. M24：5

5. M24：7　　　　6. M24：9

7. M24：15　　　　8. M24：20

图版五〇　M24出土陶盆

釜　1件。

　　M24∶19，敛口，鼓腹，釜中沿外展，下腹内收，小平底。上腹饰两周凹弦纹，涂红彩。口径6.8、腹径13.2、底径4.8、高6.6厘米（图一〇一，1；图版五一，1）。

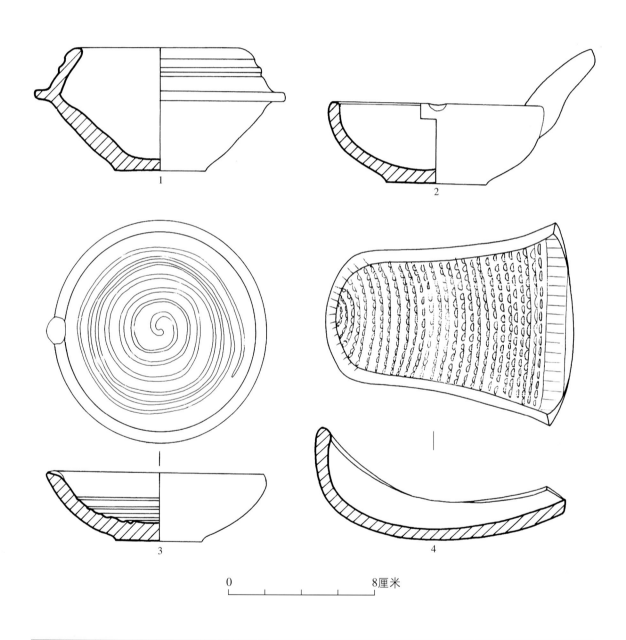

图一〇一　M24出土陶器

1. 釜（M24∶19）　2. 勺（M24∶6）　3. 小灯碗（M24∶3）　4. 箕（M24∶16）

1. 釜 (M24：19)　　　　　　　2. 勺 (M24：6)

3. 小灯碗 (M24：3)　　　　　　4. 箕 (M24：16)

图版五一　M24出土陶器

勺　1件。

M24：6，直口，浅腹弧收，小平底，一侧有小流，边有曲形短柄。内壁饰红彩。口径12、底径5.4、高4.2、柄长3.9厘米（图一〇一，2；图版五一，2）。

小灯碗　1件。

M24：3，敞口，腹略弧斜收，小平底。一侧捏制小流，内壁有旋涡纹。口径12.6、底径5.1、高3.6厘米（图一〇一，3；图版五一，3）。

箕　1件。

M24：16，平面作梯形，箕口外敞略弧，余三边凸起，底部两端上翘，外底口部有旋削痕，内饰柳编纹。长13.2、高0.7～5.7、宽3.6～11厘米（图一〇一，4；图版五一，4）。

M24：13，敞口，平沿，圆唇，肩部有一凸棱，浅腹斜收，平底穿孔。口径16.2、底径7.5、孔径5.9、高5厘米（图一〇二，1；图版五二，1）。

鏊　子　1件。

M24：14，平顶略凹，下斜出三个扁方足，中空。器表饰一层红彩，已脱落。顶径7.2、高4.2（图一〇二，2；图版五二，2）。

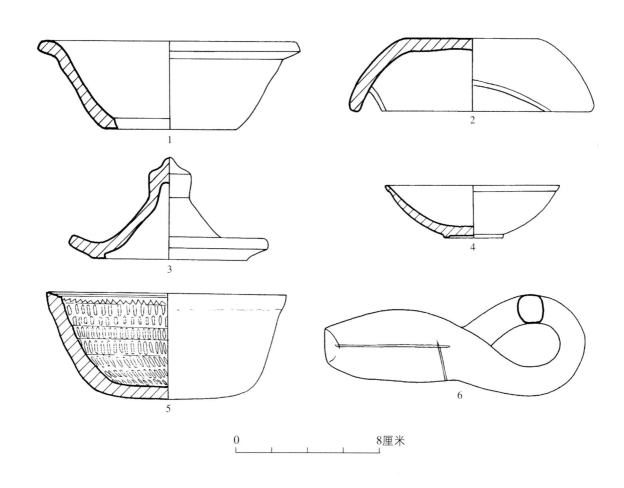

0　　　　　　　8厘米

图一〇二　M24出土器物

1.陶甑(M24：13)　2.陶鏊子(M24：14)　3.陶器盖(M24：23)　4.白瓷碟(M24：22)

5.陶钵(M24：8)　6.陶剪(M24：10)

1. 陶甑 (M24：13)

2. 陶鏊子 (M24：14)

3. 陶器盖 (M24：23)

4. 钵 (M24：8)

5. 陶剪 (M24：10)

6. 白瓷碟 (M24：22)

图版五二　M24出土器物

器　盖　3件。

M24：23（与M24：24、M24：25形制相同），珠形钮盖，钮顶凸起，盖沿上翘，盖口内缩，器表饰红彩，已脱落。盖径11、高5.6厘米（图一○二，3；图版五二，3）。

钵　1件。

M24：8，直口微敞，沿外撇，沿上饰两周凹弦纹，深斜腹，平底，内壁饰蓖点纹。口径12.3、底径7.8、高5.7厘米（图一〇二，5；图版五二，4）。

剪　1件。

M24：10，"O"形柄，双股按压式，剪身前宽后窄，正面刻划刀线，尖部内卷，通体饰一层红彩。通长14厘米（图一〇二，6；图版五二，5）。

（二）瓷器

1件。

小瓷碟　1件。

M24：22，侈口，唇沿，浅曲腹，小圈足，内底为乳钉状，足口旋刮。白胎，胎薄质细密，胎质中夹杂有黑色斑点。通体施白釉，釉层厚薄不均匀，釉色莹润光泽。口径9.4、底径2.4、高3厘米（图一〇二，4；图版五二，6）。

第十六节　M25

M25位于墓地中部，南邻M26。开口于地表扰土层下，墓口距地表0.6米。该墓坐北朝南，墓向为203°。

一、墓葬形制

M25为砖砌单室圆形穹隆顶墓，整座墓葬由墓道、墓门、墓室组成（图一〇三；图版五三）。其构筑方法是：先从地表下挖一个前面带有一近似梯形阶梯状墓道的圆形土圹，然后用规格为（37～38）厘米×（18～18.5）厘米×（5～5.6）厘米不等的青灰色沟纹砖（图一〇四）营建墓室周壁；墓顶则用单砖券制呈圆形；拱形券门，内用石块叠砌封堵；墓室与土圹之间缝隙用黄褐色花土回填。墓顶高出原地表。

墓　道　位于墓门的南端，南窄北宽，平面呈梯形，墓壁整齐，墓道底部与墓室底平内填黄褐色花土，土质疏松。墓口南北长1.95、宽0.56～1.2、最深1.55米。墓道内修筑两步台阶，第一步台阶宽1.1、高0.11米；第二步台阶宽0.3、高0.75米。

图版五三　M25全景

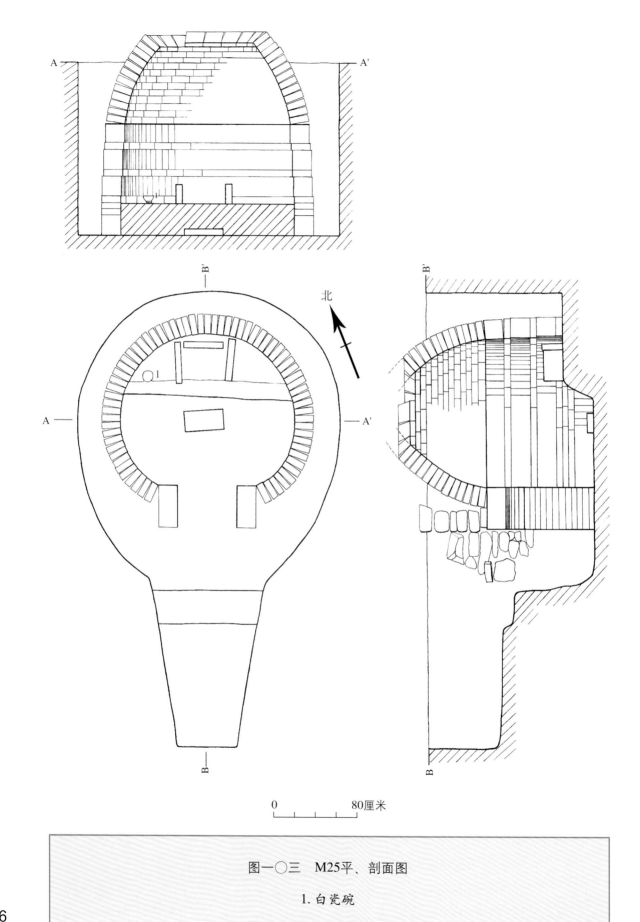

北

0   80厘米

图一〇三　M25平、剖面图

1. 白瓷碗

图一〇四　M25墓砖

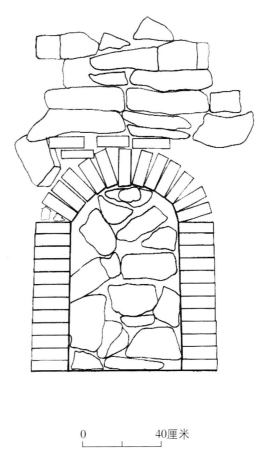

图一〇五　M25墓门正视图

　　墓　门　位于墓室南端，平面呈长方形，正面做出拱券门，券脚直接砌在墓底平面上，券门东西两翼用青砖叠压平砌，壁笔直整齐，砌至0.7米时开始起券，内收呈拱形券顶，券顶之上用青砖平砌一层，其上再用不规则形石块叠压砌制五层构筑成整个墓门。墓门内用不规则形石块叠压砌制，外侧又用石块堆砌封堵。墓门宽0.56、进深0.38、高0.87米，门楼通高1.61米（图一〇五）。

　　墓　室　位于墓门北端，平面呈圆形，直径1.36～1.64米。周壁用青砖一顺一丁砌制，每层自下而上向内错收，砌至1米时开始起券。顶部残缺，残留部分用青砖单层叠压券筑呈圆形，室残高1.83米。

二、葬具葬式

　　棺　床　位于墓室内北部，平面呈长方形的土台，东西长1.58、南北宽0.41、高0.28米。棺床中部砌置砖棺，无盖，砖棺南壁砖已倒塌于墓室内，余三壁为青砖侧立砌制。棺内葬置碎烧骨屑。

147

三、随葬器物

M25因墓顶坍塌，室内渗满淤泥。经清理，出土瓷碗1件，放置于棺床之上，砖棺的西侧。

瓷　碗　1件

M25：1，敞口，浅弧腹，小圈足，足口里墙外撇，挖足过肩，内底与外圈足底均见四个长条形支钉痕。白胎，胎薄质细密坚实，胎质中夹杂有黑色颗粒，胎底施一层化妆土。内外通体施白釉，釉层厚薄不均匀，釉色莹润有光泽。口径9.6、底径3.7、高3.8厘米（图一〇六；图版五二）。

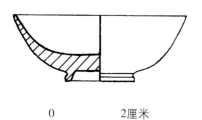

0 ⊢——⊣ 2厘米

图一〇六　M25出土瓷碗
（M25：1）

图版五四　M25出土
瓷碗　（M25：1）

第十七节　M26

M26位于墓地中部，北邻M25。坐北朝南，方向为197°。开口于地表扰土层下，墓口距地表0.6米。

一、墓葬形制

M26为砖、石混砌单室圆形墓，整个墓葬由墓道、墓门、墓室组成（图一〇七；图版五五）。其构筑方法是：先从地表下挖一个前面带有长方形竖

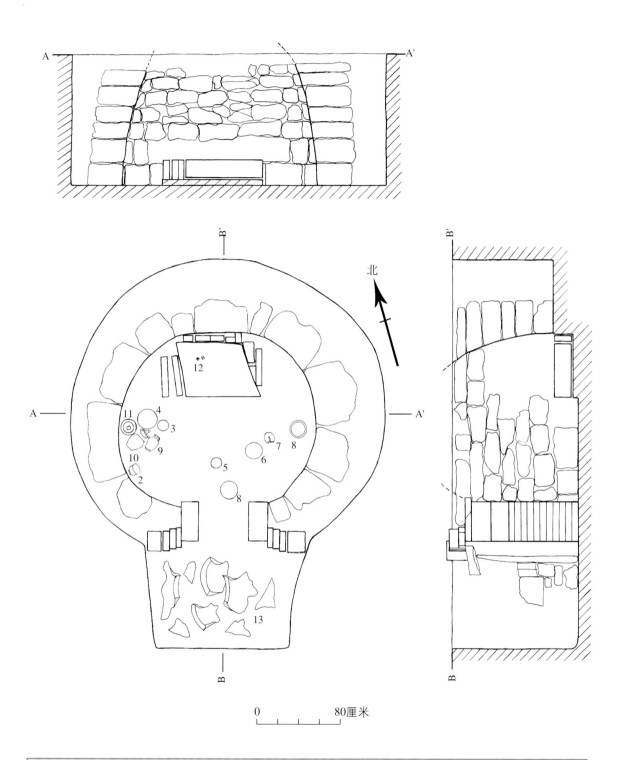

北

0   80厘米

图一○七   M26平、剖面图

1、3.白瓷碗 2.白瓷杯 4.白瓷盘 5.陶灯碗 6.陶盆 7、10、11.陶罐
8.陶三足盆 9.陶执壶 12.铜钱 13.陶盆残片

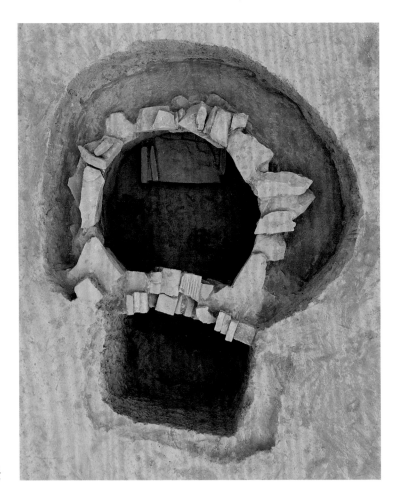

图版五五　　M26全景

穴墓道的圆形土圹，然后用不规则形石块营建墓室周壁；墓顶用青灰色沟纹砖叠压券制呈圆形；拱形墓门为内外双层封门；墓室与土圹之间缝隙用黄褐色花土回填。

墓道　位于墓门南端，南窄北宽，平面呈梯形，墓壁整齐，墓道底部与墓室底平。墓口南北长0.97、宽1.24～1.42、最深1.19米。内填黄褐色花土，土质疏松。

墓门　位于墓室南端，仿木式结构，底阔。正面做出拱券，拱券以上部分已被破坏，仅残存券门和左、右立颊。券门的券脚直接砌在墓地平面上，两翼用青砖叠压平砌，壁笔直整齐，砌至0.66米时开始起券，内收券制呈拱形顶。券门宽0.46、进深0.36、高0.82米。券门左、右立颊用青砖侧立砌制。墓门内用规格为37.5厘米×19厘米×6厘米、25厘米×16厘米×5.6厘米不等的青灰色沟纹砖（纹饰有七道粗沟纹与多道细沟纹两种）叠压平砌，外又用一长方形石板和不规则形石块封堵。墓门通宽1.08～1.16、残高1.22米（图一〇八）。

墓室　位于墓门北端，平面近似圆形，直径1.53～1.82米。周壁用不规则形石块叠压砌制，自下而上向内弧收。顶部用青灰色沟纹砖（图一〇九）券制，已残缺。室残高1.14米。

北京龙泉务辽金墓葬

发掘报告

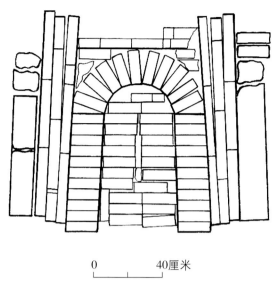

图一〇八　M26墓门正视图　　　　　　图一〇九　M26墓砖

二、葬具葬式

棺床　位于墓室内北部，平面呈长方形，砖、石混砌，棺床东西长0.93、南北宽0.58、高0.23米。棺床上葬置碎烧骨屑。

三、随葬器物

M26因墓顶坍塌残缺，室内进水，而且积满淤泥，器物大多已漂离原位。经清理，出土器物共计14件，其中陶器8件套，瓷器4件，铜钱2枚。除一件大陶盆残片发现于墓道填土内及铜钱放置于棺床之上外，其余器物均放置于棺床的南侧。

（一）陶器

8件(套)。器形有执壶、罐、盆、三足盆、小灯碗，除一件为加砂陶外，其余均为泥质灰陶，皆轮制，火候高。

执　壶　1件。

M26：9，喇叭口，长颈，圆肩，深腹微鼓直收，平底略变形，扁曲柄接于口腹处，假短流。器表饰一层红彩，已脱落。口径6.8、底径6.3～6.6、通高14.4厘米（图一一〇，1；图版五六，1）。

罐　3件。

M26：7，敞口内敛，束颈，鼓腹曲收，小平底，捏塑桥形耳黏贴于口腹处，器表有用火痕迹。土黄色粗胎，夹砂。口径7.6、腹径8.7、底径5.3、通高9.4厘米（图一一〇，2；图版五六，2）。

M26：10，直口，口径略大，带盖，平沿，圆唇，束颈，溜肩，鼓腹弧收，最大径在肩部，小平底。珠形钮盖，钮顶凸起，盖沿上翘，盖口内缩。口径10.6、腹径12.6、底径5.9、罐高14.4、通高21.8厘米（图一一〇，3；图版五六，3）。

M26：11，带盖，直口，平沿，圆唇，束颈，溜肩，鼓腹弧收，最大径在肩部，下腹略变形，小平底。珠形钮盖，钮顶凸起，盖沿上翘，盖口内缩。口径10.3、腹径12.7、底径5.6、高19.6厘米（图一一〇，4；图版五六，4）。

0   8厘米

图一一〇　M26出土陶器

1. 执壶（M26：9）　2. 罐（M26：7）　3. 罐（M26：10）　4. 罐（M26：11）

1. 执壶（M26：9）

2. 罐（M26：7）

3. 罐（M26：10）

4. 罐（M26：11）

图版五六　M26出土陶器

小灯碗　1件。

M26：5，直口，平唇，斜弧壁，小平底，口部一侧捏制小流，内壁饰旋涡纹。口径10.8、底径4.7、通高4.2厘米（图一一一，1；图版五七，1）。

盆　2件

M26：6，侈口，平沿，方唇，肩部有一凸棱，浅曲腹，小平底略上凹。口径14.7、底径6.8、通高4.6厘米（图一一一，2；图版五七，2）。

M26：13，侈口，卷沿，唇下垂，深斜腹，大平底。沿下有穿孔，腹部饰六周细弦纹，内壁饰一周细弦纹。口径79.3、底径37.2、高32.6～33.3厘米（图一一二；图版五七，3）。

M26：8，敞口，平沿，沿上饰两周凹弦纹，方唇，浅腹弧收，肩部有凸棱，大平底，下附三锥形足，足外撇。内壁刷红彩。口径15.8、底径10.2、盆高4.5、通高6.7厘米（图一一一，3；图版五七，4）。

（二）瓷器

4件。器形有碗、盘、杯，皆为白瓷，轮制。

盘　1件。

M26：4，五瓣花式口，浅弧腹，圈足，挖足过肩，足口外敛内敞，内壁微

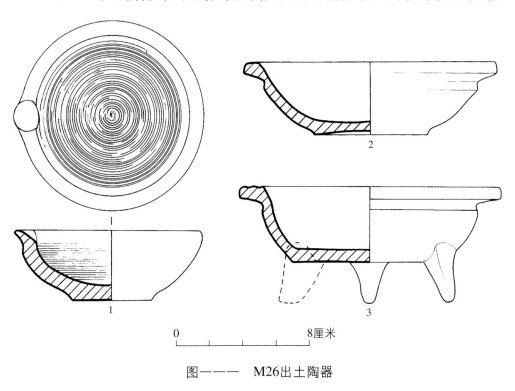

图一一一　M26出土陶器

1.小灯碗（M26：5）　2.盆（M26：6）　3.三足盆（M26：8）

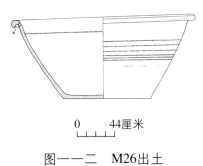

图一一二　M26出土
陶盆（M26：13）

1. 小灯碗 (M26：5)

2. 盆 (M26：6)

3. 盆 (M26：13)

4. 三足盆 (M26：8)

图版五七　M26出土陶器

折收，内底残留四个条形支垫痕。白胎，质细胎薄，胎质中夹杂有黑色颗粒，胎底施一层化妆土。内外皆挂白釉，釉层厚薄不均匀，釉色莹润光泽。口径16.8、底径6.6、高4.2厘米（图一一三，1；图版五八，1）。

碗　2件。

M26：1，直口略外敞，饰五个"V"形缺口，斜弧壁，矮圈足，挖足过肩，足口外撇，内底残留四个长条形支钉痕。白胎，胎薄质细密，胎质中夹杂有黑色颗粒，胎底施一层化妆土。通体施白釉，挖足内无施釉，釉层厚薄不均匀有气泡，釉色莹润光泽。口径16.1、底径6.2、高6.7厘米（图一一三，4；图版五八，2）。

M26：3，侈口，唇沿，浅腹，矮圈足，内底为圆乳钉状，且残留四个条形支垫痕，挖足过肩，足口外敛内敞。胎薄质细密、坚实，胎质中夹杂有黑色颗粒。内外施白釉，釉色莹润光泽。口径9.7、底径2.9、通高3.3厘米（图一一三，2；图版五八，3）。

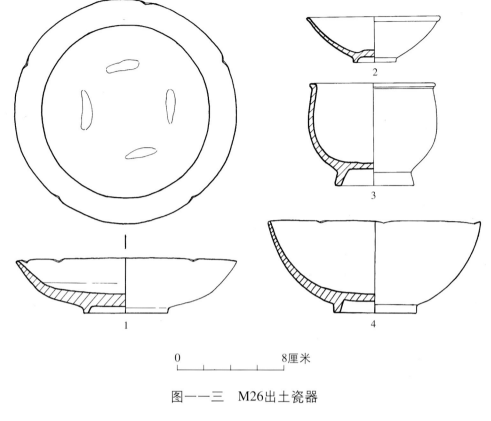

0   8厘米

图一一三 M26出土瓷器

1. 白瓷盘 (M26：4)   2. 白瓷碗 (M26：3)   3. 白瓷杯 (M26：2)   4. 白瓷碗 (M26：1)

杯 1件。

M26：2，直口微敛，平沿，尖圆唇，深弧腹下垂，小圈足，挖足过肩，足口外撇，内底残留三个条形支垫痕。胎薄质细，胎质中夹杂黑色颗粒，胎底施一层化妆土。内外施牙白釉，挖足内无施釉，釉层厚薄不均匀有气泡，釉色莹润光泽。口径9.4、底径5.3、高7.6厘米（图一一三，3；图版五八，4）。

（三）铜钱

2枚。

开元通宝 1枚。

M26：12-1，隶书，顺读，方穿，郭阔，"元"字第二笔左上挑，"通"字瘦小，背穿下有覆纹（字迹不清）。重3.7克，外廓径2.3、厚0.11厘米（图一一四，1）。

皇宋通宝 1枚。

M26：12-2，真书，顺读，轮廓清晰，正背郭缘狭阔不一，光背。重3.4克，外廓径2.5、厚0.12厘米（图一一四，2）。

1. 白瓷盘 (M26：4)

2. 白瓷碗 (M26：1)

3. 白瓷碗 (M26：3)

4. 白瓷杯 (M26：2)

图版五八　M26出土瓷器

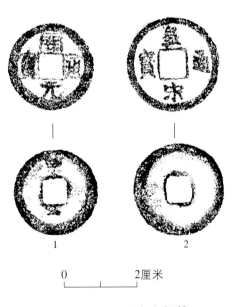

0　　　　　2厘米

图一一四　M26出土铜钱

1. 开元通宝 (M26：12－1)　　2. 皇宋通宝 (M26：12－2)

第十八节　M27

M27位于墓地中部偏北，南邻M28。坐北朝南，墓向195°。开口于地表扰土层下，墓口距地表0.54米。

一、墓葬形制

M27为砖、石混砌单室圆形墓，整个墓葬由墓道、墓门、墓室组成（图一一五；图版五九）。其构筑方法是：先从地表下挖一个前面带有长方形竖穴墓道的圆形土圹，然后用规格为（38～38.5）厘米×18.5厘米×（5.5～5.7）厘米不等的青灰色沟纹砖与不规则形石块营建墓室周壁；墓顶及部分墙壁已坍塌残缺，其形制不详；墓门拱券部分残缺，内用青砖叠压封堵；墓室与土圹之间缝隙用黄褐色花土回填。墓室北端被现代墓打破。

墓　道　位于墓门南端，南窄北宽，平面呈梯形，墓壁整齐，墓道底部与墓室底平。墓口南北长0.9、东西宽1.21～1.65、最深0.84米。内填黄褐色花土，土质疏松。

墓　门　位于墓室的南端，已被破坏，仅残存部分券门和立颊。券脚直接砌在墓地平面上，两翼用青砖叠压平砌，壁笔直整齐。券门宽0.52、进深0.38、残高0.45米。券门左、右立颊各用七排青砖侧立砌制。墓门内用青砖侧立叠压顺砌封堵。墓门通宽1.7、残高0.37～0.57米（图一一六）。

图版五九　M27全景

发掘报告

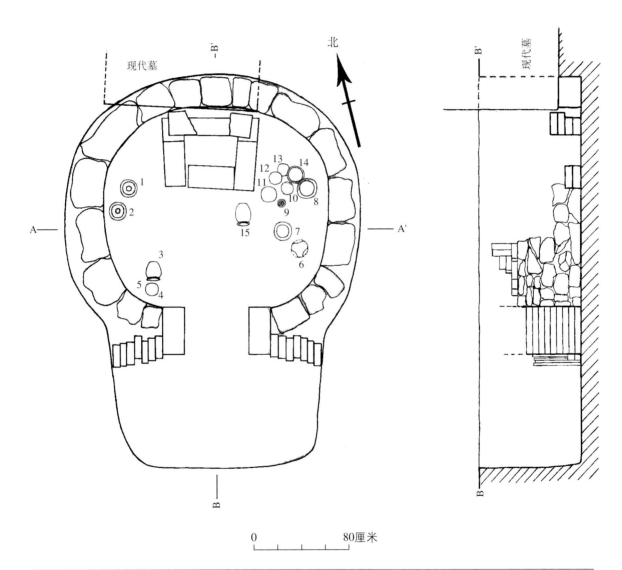

图一一五 M27平、剖面图

1~3、15.陶罐 4.白瓷碗 5.铜钱 6.陶鏊子 7.陶三足盆 8.陶瓿

9.陶器盖 10.酱釉瓷碗 11.陶釜 12.白瓷圜底钵 13.陶熨斗 14.陶盆

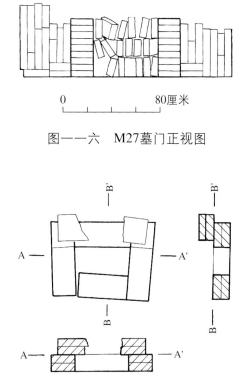

图一一六 M27墓门正视图

图一一八 M27砖棺平、剖面图

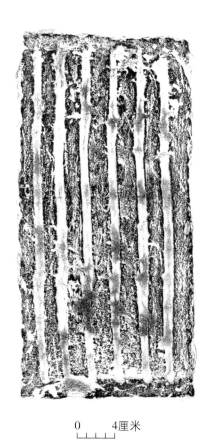

图一一七 M27墓砖

墓 室 位于墓门北端，平面近似圆形，直径1.58～1.84米。墓顶和部分墙壁已残缺，从残留部分可看出，墓室周壁先用不规则形石块叠压砌制七层，其上再用青灰色沟纹砖（图一一七）叠压平砌。残高0.2～0.84米。

二、葬具葬式

在墓室内北部置砖棺，棺体平面呈长方形，砖棺四壁用青砖叠压平砌，未见棺盖。棺东西长0.72～0.79、南北宽0.64、残高0.12～0.18米（图一一八）。棺内葬置碎烧骨屑。

三、随葬器物

M27因墓顶坍塌残缺，室内进水，而且渗满淤泥，部分器物大多已漂离原位。经清理，出土器物15件，其中陶器11件套，瓷器3件，铜钱1枚。除铜钱放置于棺内，其余器物均放置于砖棺南部墓室的东西两侧。

（一）陶器

12件。器形有罐、盆、三足盆、熨斗、甑、釜、鏊子、器盖，皆泥质灰陶，轮制。

罐　4件。

　　M27：1，带盖，直口，口径略大，平沿，圆唇，束颈，鼓腹弧收，最大径在肩部，小平底，腹部涂红彩，已剥落。珠形钮盖，钮顶凸起，盖沿上翘，盖口内缩。口径11.2、腹径12.6、底径6、罐高14.2、通高21.7厘米（图一一九，3；图版六〇，3）。

　　M27：2，带盖，直口，口径略大，平沿，圆唇，束颈，鼓腹弧收，最大径在肩部，下腹略变形，小平底，腹部涂红彩，已剥落。珠钮形盖，钮顶凸起，盖沿略平，盖口内缩。口径10.8、腹径12.6、底径5.8、罐高14.7、通高22.9厘米（图一一九，4；图版六〇，4）。

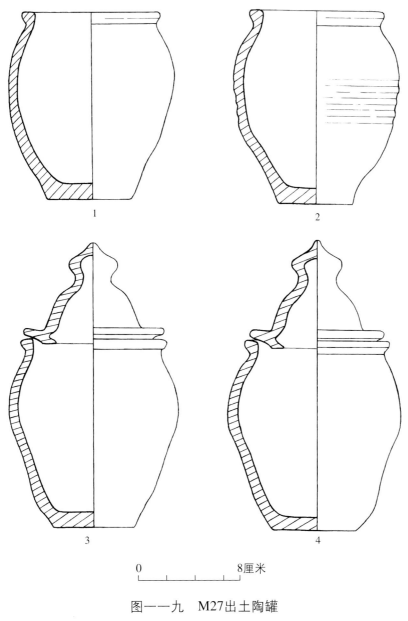

0　　　　　　8厘米

图一一九　M27出土陶罐

1. M27：3　2. M27：15　3. M27：1　4. M27：2

1. M27：3

3. M27：1

2. M27：15

4. M27：2

图版六〇　M27出土陶罐

　　M27：3，直口，口径略大，平沿，圆唇，束颈，鼓腹弧收，最大径在肩部，小平底。腹部涂红彩，已剥落。口径11、腹径12.6、底径6、通高14.7厘米（图一一九，1；图版六〇，1）。

　　M27：15，直口，口径略大，平沿，圆唇，束颈，鼓腹弧收，最大径在肩部，小平底。腹部涂红彩，已剥落。口径10.4、腹径12.4、底径5.7、通高14.8厘米（图一一九，2；图版六〇，2）。

　　鏊子　1件。

　　M27：6，平顶，下斜出三个扁方足，足口外折形成厚唇，中空，围顶一周凹弦纹。器表饰红彩。顶部直径8.5、通高5厘米（图一二〇，1；图版六一，1）。

器　盖　1件。

M27：9，珠形钮盖，钮顶凸起，盖沿翘起，盖口内缩。帽径10.5、高7.7厘米（图一二〇，2；图版六一，2）。

甑　1件。

M27：8，敞口，平沿，圆唇，浅腹弧收，平底穿孔。口径15.8、底径7.4、孔径6.4、高5.5厘米（图一二〇，3；图版六一，3）。

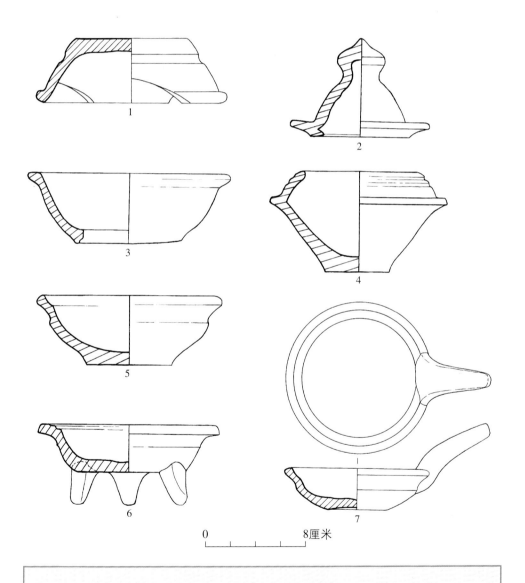

0　　　　　　　8厘米

图一二〇　M27出土陶器

1. 鏊子（M27：6）2. 器盖（M27：9）3. 甑（M27：8）4. 釜（M27：11）

5. 盆（M27：14）6. 三足盆（M27：7）7. 熨斗（M27：13）

1. 鏊子 (M27：6)

2. 器盖 (M27：9)

3. 甑 (M27：8)

4. 釜 (M27：11)

5. 盆 (M27：14)

6. 三足盆 (M27：7)

图版六一　M27出土陶器

釜 1件。

M27：11，敛口，鼓腹，釜中沿外展，下腹内收，小平底。上腹饰两周凹弦纹，涂红彩。口径9.6、腹径14、底径5.1、通高7.8厘米（图一二〇，4；图版六一，4）。

盆 1件。

M27：14，侈口，双唇，浅折腹，斜收，小平底略上凹。内壁饰一层红彩。口径14.6、底径6.2、通高5.4厘米（图一二〇，5；图版六一，5）。

三足盆 1件。

M27：7，敞口，平沿，沿上饰两周凹弦纹，方唇，浅弧腹，大平底，下附三锥形足。内壁饰红彩。口径13.8、底径8.1、盘高3.7、通高6.3厘米（图一二〇，6；图版六一，6）。

熨斗 1件。

M27：13，侈口，双唇，浅束腹，小平底略上凹。一侧扁柄黏贴于口腹处，上翘，内壁饰红彩，器表局部饰红彩。口径11.4、底径4.7、盘高3.3、柄长4.8厘米（图一二〇，7；图版六二，1）。

1. 熨斗（M27：13）

2. 圆底钵（M27：12）

3. 白瓷碗（M27：4）

4. 酱釉碗（M27：10）

图版六二　M27出土器物

（二）瓷器

3件。器形有白瓷碗、酱釉碗、圜底钵，皆轮制。

圜底钵 1件。

M27：12，敞口，浅弧腹，圜底。内底较平坦，残留三个支垫痕。白胎，胎厚质粗，胎质中夹杂有黑色颗粒。内外施白釉，釉层厚薄不均匀，釉色莹润光泽，微泛淡黄。口径12.3、高3厘米（图一二一，1；图版六二，2）。

白瓷碗 1件。

M27：4，侈口，唇沿，浅腹，矮圈足，足口里墙外撇，内底为圆乳钉状，且残留三个条形支垫痕，外底乳突。白胎，胎薄质细密、坚实，胎质中夹杂有黑色斑点。通体施牙白釉，釉层厚薄不均匀，釉色莹润光泽。口径10.2、底径3.2、高3.8厘米（图一二一，2；图版六二，3）。

酱釉碗 1件。

M27：10，敞口，弧腹壁，璧形圈足，内底较平，足口外敞，外底略乳突。

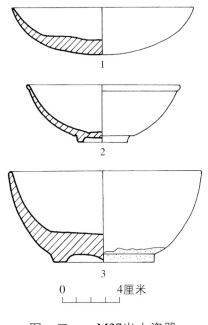

图一二一　M27出土瓷器

1. 圜底钵（M27：12）　2. 白瓷碗（M27：4）　3. 酱釉碗（M27：10）

白胎，胎厚重，质粗，胎质中夹杂有黑色斑点。挂酱釉，内满釉，外壁施釉不到底，内外均有细小裂纹，釉厚不均匀，釉色光泽。口径13.2、底径6.7、高6.1厘米（图一二一，3；图版六二，4）。

（三）铜钱

1枚。

祥符元宝 1枚。

M27：5，小平钱，真书，旋读，方穿，光背，边郭清晰，郭较阔，肉厚，"符"字瘦小。俗称"阔边钱"，重3.7克，外廓径2.6、厚0.12厘米（图一二二）。

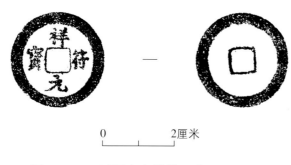

0 ⊢——⊣ 2厘米

图一二二　M27出土祥符元宝（M27：5）

第十九节　M28

M28位于墓地中部偏北，北邻M27。坐北朝南，墓向为190°。开口于地表扰土层下，墓口距地表0.31～0.37米。

一、墓葬形制

M28为砖、石混砌单室圆形墓，整个墓葬由祭台、墓道、墓门、墓室组成（图一二三；图版六三）。其构筑方法是：先从地表下挖一个前面带有长方形竖穴墓道的圆形土圹，然后用规格为36.5厘米×17.5厘米×6厘米、36厘米×18厘米×6厘米的青灰色沟纹砖与不规则形石块营建墓室周壁；墓顶及部分墙壁已坍塌残缺，顶部形制不详；墓门门楼部分残缺不全，拱形券门，内用青砖叠压封堵；墓室与土圹之间缝隙用黄褐色花土回填。

祭台　位于墓道南端，底与墓口齐平，北距墓道口0.81米。平面近长方形，青砖平砌两层。东西长0.5、南北宽0.43、高0.11米（图一二四）。

图版六三　M28全景

北京龙泉务辽金墓葬

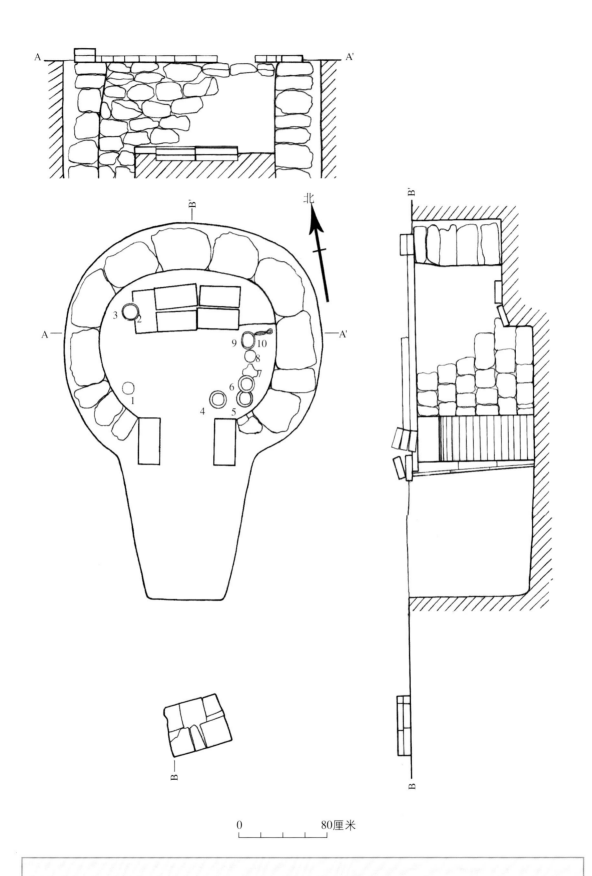

图一二三　M28平、剖面图

1.白瓷碗　2、5、9.陶盆　3、4.陶罐　6.陶三足盆　7.陶鏊子　8.陶钵　10.陶剪

墓道　位于墓门的南端，南窄北宽，平面呈梯形，墓壁整齐，墓道底部南高北低略成斜坡状。墓口南北长1.11、宽0.64～1.1、最深1.09米。内填黄褐色花土，土质疏松。

墓门　位于墓室的南端，仿木式结构，正面做出拱券，已被破坏，仅残留券门、左右立颊及门额，其他部位残缺。拱形券门，券脚直接砌在墓地平面上，两翼用青砖叠压平砌，壁笔直整齐。门宽0.46、进深0.38、高0.81米。券门左、右立颊各用三排青砖侧立砌制，每排外错。之上门额残留三层平砌青砖，门额上砌制两枚门簪，门簪为长方形，无雕饰。券门内先用青砖侧立叠压顺砌四层，之上再平砌四层封堵。墓门通宽1.12米，残高1.22米（图一二五）。

墓室　位于墓门的北端，平面近似圆形，直径1.19～1.5米，残高1.27～1.33米。墓顶部分已残缺，从残留部分可看出，墓室周壁先用不规则形石块叠压砌筑，砌至1.21米时开始起券。墓顶用青灰色沟纹砖（图一二六）单层叠压券制，仅残留两层。

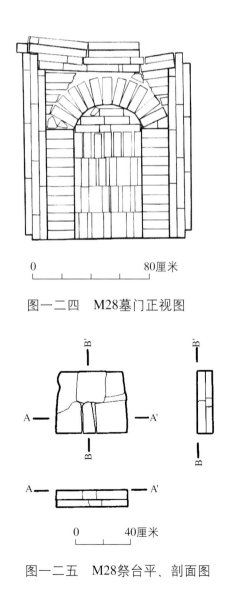

0　　　　　　　80厘米

图一二四　M28墓门正视图

0　　　40厘米

图一二五　M28祭台平、剖面图

0　　4厘米

图一二六　M28墓砖

二、葬具葬式

棺 床 位于墓室内北部，平面呈长方形，土筑，东西长1.19、南北宽0.51、高0.32米。台面中部用青砖纵横平铺两层，之上葬置碎烧骨屑。

三、随葬器物

该墓经清理，出土器物10件，其中陶器9件套，瓷器1件。除两件器物放置于棺床西侧外，其余器物大部分放置于棺床南部墓室的东侧。

（一）陶器

9件。器形有罐、盆、三足盆、钵、鍪子、剪，皆泥质灰陶，轮制，火候高。

鍪 子 1件。

M28：7，平顶，下斜出三个扁方足，足口外折形成厚唇，围顶一周凹弦纹，器表饰红彩。顶径8.7、高5.4厘米（图一二七，1；图版六四，1）。

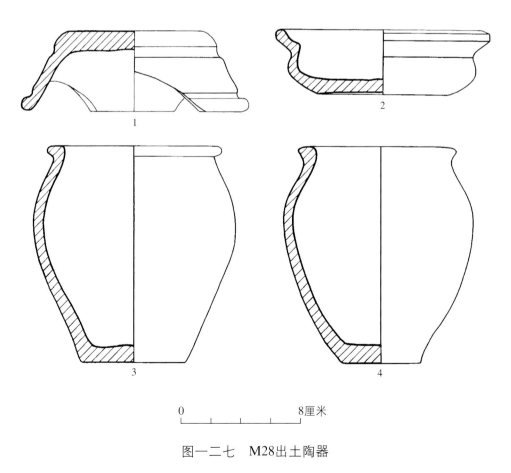

0   8厘米

图一二七 M28出土陶器

1. 鍪子（M28：7） 2. 钵（M28：8） 3. 罐（M28：3） 4. 罐（M28：4）

1. 鏊子 (M28：7)

3. 罐 (M28：3)

2. 钵 (M28：8)

4. 罐 (M28：4)

图版六四　M28出土陶器

钵　1件。

M28：8，侈口，双唇，束腰，圜腹，小平底略上凹。口径11.2、底径5.9、通高4.2厘米（图一二七，2；图版六四，2）。

罐　2件。

M28：3，直口，口径略大，平沿，圆唇，束颈，鼓腹弧收，最大径在肩部，小平底略上凹，器形不规整。器表饰红彩，已脱落。口径11.2、腹径12.4、底径5.8、高14.4厘米（图一二七，3；图版六四，3）。

M28：4，直口，口径略大，平沿，圆唇，束颈，鼓腹弧收，最大径在肩部，小平底。口径10.8、腹径12.6、底径5.4、高14.1厘米（图一二七，4；图版六四，4）。

盆　3件。

M28：2，侈口，平沿略斜折，沿上饰两周凹弦纹，肩部有一凸棱，斜曲腹，小平底略上凹。口径15.2、底径6.7、高4.8厘米（图一二八，1；图版六五，1）。

M28：5，侈口，平沿，方唇，浅曲腹，肩部有一凸棱，小平底略上凹。口径14.1、底径6.1、高4.7厘米（图一二八，2；图版六五，2）。

M28：9，侈口，平沿，方唇，浅曲腹，肩部有一凸棱，小平底略上凹。口径14、底径6.6、高4.2厘米（图一二八，3；图版六五，3）。

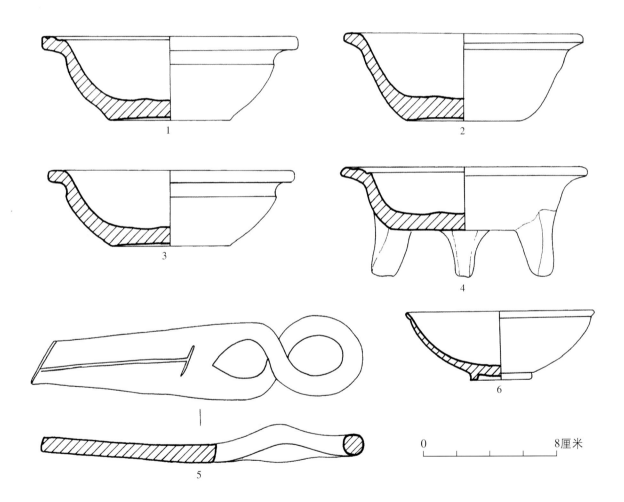

0　　　　　　　　　　8厘米

图一二八　M28出土器物

1.陶盆（M28：2）　2.陶盆（M28：5）　3.陶盆（M28：9）
4.陶三足盆（M28：6）　5.陶剪（M28：10）　6.白瓷碗（M28：1）

1. 陶盆 (M28：2)

2. 陶盆 (M28：5)

3. 陶盆 (M28：9)

4. 三足盆 (M28：6)

5. 陶剪 (M28：10)

6. 白瓷碗 (M28：1)

图版六五　M28出土器物

三足盆　1件。

M28：6，敞口，平沿稍斜，沿上饰两周凹弦纹，方唇，浅弧腹，大平底，下附三锥形足。口沿及内壁饰红彩。口径14.2、底径8.1、盘高3.9、通高6.7厘米（图一二八，4；图版六五，4）。

剪　1件。

M28：10，"8"字形柄，用泥条捏制而成，双股弹簧式，正面刻划刀线，尖部略上翘。剪身通体饰红彩。通长17.1厘米（图一二八，5；图版六五，5）。

（二）瓷器
1件。

小瓷碗　1件。

M28：1，侈口，唇沿，浅弧腹，圈足，足口外敛内稍撇，内底为圆乳钉状，且残留四个条形支垫痕。白胎，胎薄质细密，胎质中夹杂有黑色斑点。通体施牙白釉，釉层厚薄不均匀，釉色莹润光泽。口径10.8、底径3.4、通高3.3厘米（图一二八，6；图版六五，6）。

第二十节　M29

M29位于墓地中部，南邻M30。坐北朝南，墓向203°。开口于地表扰土层下，墓口距地表0.6米。

一、墓葬形制

M29为砖、石混砌单室圆形墓，整座墓葬由墓道、墓门、墓室组成（图一二九；图版六六）。其构筑方法是：先从地表下挖一个前面带有一长方形竖穴阶梯状墓道的圆形土圹，然后用规格为37厘米×18厘米×6厘米、37厘米×18.3厘米×5厘米、34.3厘米×16厘米×5厘米不等的青灰色沟纹砖（饰七道粗沟纹）与不规则形石块营建墓室周壁；墓顶残缺；拱形券门，内外用不规则形石块双层封堵；墓门南端东西两侧砌有翼墙；墓室与土圹之间缝隙用黄褐色花土回填。

墓道　位于墓门南端，平面呈长方形，墓口局部坍塌，墓壁整齐，墓道底与墓室底取平，内填黄褐色花土，土质疏松。墓口南北长2.82、宽0.76～1.04、最深2.4米。墓道内修筑四步台阶，每层台面均向内倾斜，第一步宽1.12、高0.09米，第二步宽0.32、高0.11米，第三步宽0.26、高0.27米，第四步宽0.42、高0.6米。

墓门　位于墓室南端，正面做出拱券，券脚直接砌在墓地平面上，两翼用青灰色沟纹砖叠压平砌，壁笔直整齐。券门宽0.48、进深0.38、高1.2米。券门内

图版六六　M29全景

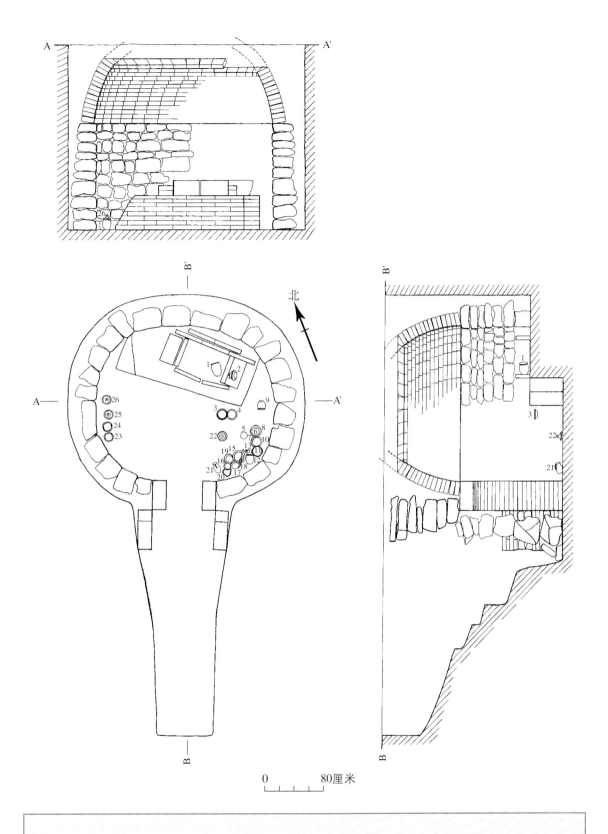

图一二九　M29平、剖面图

1、9、12、23～26.陶罐　2、19.陶釜　3.陶三足盘　4、8（被7叠压）、10、11.陶盆

5.白瓷碗　6.陶钵　7（被6叠压）、16.陶灯碗　13.陶剪　14.陶熨斗

15（被14叠压）.陶三足盆　17.陶匜　18（被115叠压）、20.陶鏊子　21.陶执壶　22.陶器盖

先用青砖十平三丁垒砌封堵，券门之外又用石块堆砌再次封堵（图一三〇）。墓门高2.32米。券门之上用不规则形石块叠压砌制七层与墓门构筑成整个门楼。东西翼墙位于墓门的两侧，砖石混砌，南接墓道，南北长0.5、东西宽0.18、高0.8米。我们认为这种设置翼墙的构筑方法，可能是为了加固墓门而置。

墓室 位于墓门的北端，平面近似圆形，直径2.02～2.34米。墓顶部分已残缺，墓室周壁先用不规则形石块叠压砌筑，砌至1.38米时开始起券。墓顶则用青灰色沟纹砖（图一三一）单层叠压券制成圆形。墓室在券制时壁、顶缝隙之间均用泥土铺垫。墓室残高2.02～2.14米。

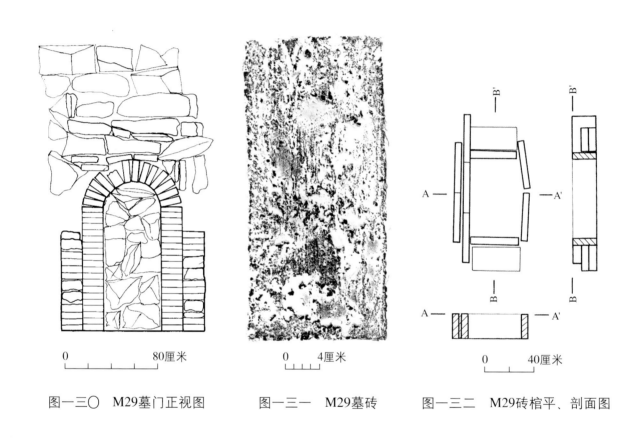

图一三〇　M29墓门正视图　　图一三一　M29墓砖　　图一三二　M29砖棺平、剖面图

二、葬具葬式

在墓室内北部置土筑棺床，斜对墓门，平面呈长方形，青砖平砌封边，床面用白灰铺垫一层。棺床东西长1.72、南北宽0.85、高0.45米。

棺床之上置砖棺，无盖，棺四壁用青砖侧立砌置（图一三二）。棺内葬置碎烧骨屑。

三、随葬器物

经清理，该墓出土器物共计27件，其中陶器26件，瓷器1件。除瓷器放置于棺床之上砖棺东侧外，其余器物大部分放置于棺床南部墓室的东、西两侧。

（一）陶器

26件。器形有执壶、罐、盆、三足盆、三足盘、小灯碗、钵、熨斗、甑、釜、錾子、剪、器盖等。皆泥质灰陶，轮制，火候高。

罐 7件（套）。

M29：1，直口，口径略小，平沿，圆唇，束颈，溜肩，腹微鼓斜收，平底。下腹饰凹弦纹。口径10.4、腹径11.5、底径6、通高13.2厘米（图一三三，1；图版六七，1）。

M29：9，直口，口径略小，平沿，圆唇，束颈，溜肩，腹微鼓斜收，平底。下腹饰凹弦纹。口径10、腹径11.4、底径6.4、通高13.6厘米（图一三三，2；图版六七，2）。

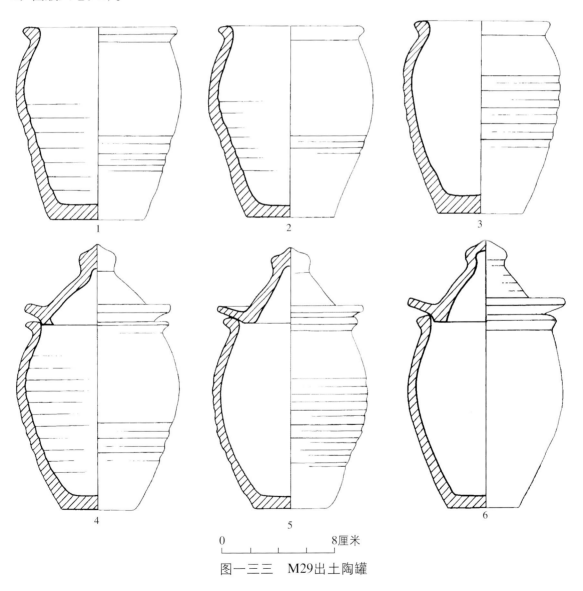

图一三三　M29出土陶罐

1. M29：1　2. M29：9　3. M29：24　4. M29：23　5. M29：12　6. M29：25

1. M29：1　　　　　　2. M29：9　　　　　　3. M29：24

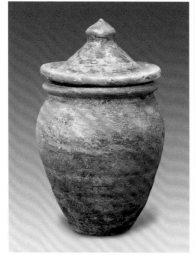

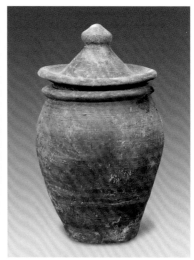

4. M29：23　　　　　　5. M29：12　　　　　　6. M29：25

图版六七　M29出土陶罐

　　M29：12，带盖，直口，口径略小，平沿，圆唇，束颈，溜肩，腹微鼓斜收，平底。圆形钮盖，钮顶凸起，盖沿上翘，盖口内敞。口径10、腹径11.4、底径5～5.7、罐高13.2、通高18厘米（图一三三，5；图版六七，5）。

　　M29：23，带盖，直口，口径略小，平沿，圆唇，束颈，溜肩，腹微鼓斜收，平底。圆形钮盖，钮顶凸起，盖沿上翘，盖口内缩。口径10.2、腹径11.5、底径6、罐高12.9、通高18.3厘米（图一三三，4；图版六七，4）。

　　M29：24，直口，口径略小，平沿，圆唇，束颈，溜肩，腹微鼓斜收，平底。口径10.1、腹径11.4、底径5.6～6、通高13.2厘米（图一三三，3；图版六七，3）。

　　M29：25，带盖，直口，口径略小，平沿，圆唇，束颈，溜肩，腹微鼓斜收，平底略变形。珠形钮盖，钮顶凸起，盖沿上翘，盖口外敞。口径10、腹径11.4、底径6.4、罐高13.6、通高18.6厘米（图一三三，6；图版六七，6）。

M29：26，直口，口径略小，平沿，圆唇，束颈，溜肩，腹微鼓斜收，平底。口径10、腹径11.2、底径5.4、通高13.3厘米（图一三四，1；图版六八，1）。

　　执　壶　1件。

　　M29：21，喇叭口，短束颈，深腹微鼓，腹最大径在中部，曲收，平底，扁圆柄接于口腹处，假短流。器表饰红彩。口径7.6、腹径9、底径4.8、通高13.5厘米（图一三四，2；图版六八，2）。

　　小灯碗　2件。

　　M29：7，敞口，厚唇，浅腹弧收，小平底略上凹，一侧有短流，内底饰圆

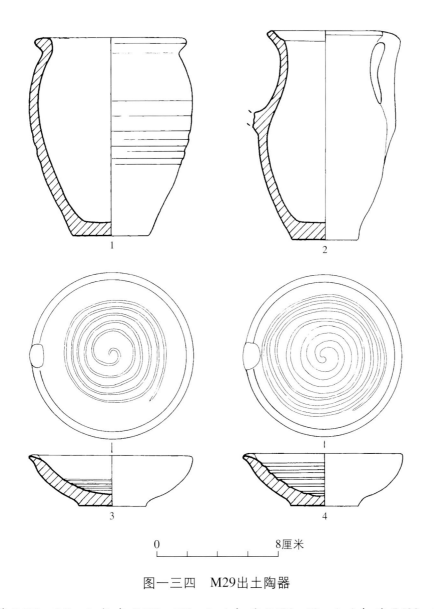

图一三四　M29出土陶器

1. 罐（M29：26）　2. 执壶（M29：21）　3. 小灯碗（M29：7）　4. 小灯碗（M29：16）

1. 罐 (M29：26)

2. 执壶 (M29：21)

3. 小灯碗 (M29：7)

4. 小灯碗 (M29：16)

图版六八　M29出土陶器

涡纹。口径10.8、底径4.5、通高3.7厘米（图一三四，3；图版六八，3）。

M29：16，敞口，浅腹，弧腹壁，小平底，一侧有短流，内底饰圆涡纹。口径10.4、底径4.5、通高3.6厘米（图一三四，4；图版六八，4）。

钵　1件。

M29：6，侈口，双唇，束腰，圆腹下垂，小平底略上凹。口径9.2、底径5.2、通高3.7厘米（图一三五，1；图版六九，1）。

匜　1件。

M29：17，敛口，厚唇，浅弧腹，小平底，一侧有短流。口径10.6、底径4.8、通高4.5厘米（图一三五，2；图版六九，2）。

盆　4件。

M29：4，侈口，平沿，圆唇，曲腹，小平底，肩部有一凸棱。口径14.4、底径6.4、通高4.7厘米（图一三五，3；图版六九，3）。

M29：8，侈口，双唇，浅曲腹，小平底。内壁饰红彩。口径14.7、底径6.4、通高5.1厘米（图一三五，4；图版六九，4）。

M29：10，侈口，平沿，圆唇，曲腹壁，小平底略上凹，肩部一凸棱。口径14.4、底径6.2、通高4.2厘米（图一三五，5；图版六九，5）。

M29：11，侈口，平沿，圆唇，曲腹壁，小平底略上凹，肩部一凸棱。口径14.2、底径5.9、通高4厘米（图一三五，6；图版六九，6）。

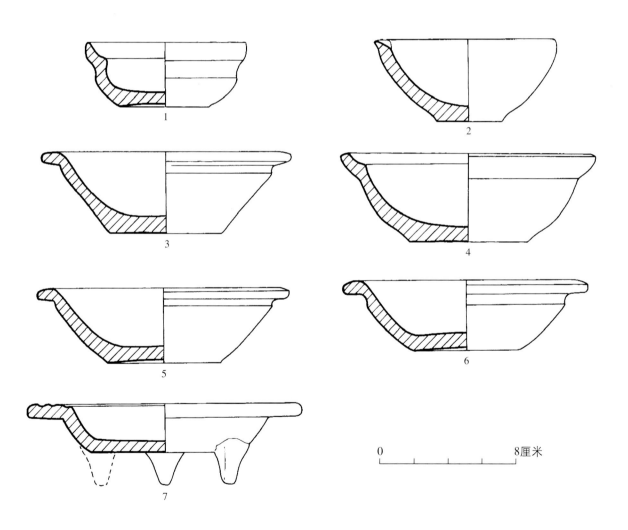

0　　　　　　　　8厘米

图一三五　M29出土陶器

1. 钵（M29：6）　2. 匜（M29：17）　3. 盆（M29：4）　4. 盆（M29：8）

5. 盆（M29：10）　6. 盆（M29：11）　7. 三足盘（M29：15）

1. 钵 (M29：6)　　　　　　　　　　2. 匜 (M29：17)

3. 盆 (M29：4)　　　　　　　　　　4. 盆 (M29：8)

5. 盆 (M29：10)　　　　　　　　　　6. 盆 (M29：11)

图版六九　M29出土陶器

三足盘　1件。

M29：15，敞口，双唇，曲腹略深，大平底，底腹处黏贴三锥形足。口径13.7、盘高5.5、通高7.4厘米。（图一三五，7；图版七〇，1）。

剪　1件。

M29：13，"O"形柄，双股按压式，剪身前窄后宽，正面刻划刀线，柄略上翘。通长15.6、厚0.9～1.6厘米（图一三六，1；图版七〇，2）。

熨斗 1件。

M29∶14，侈口，双唇，浅束腹，小平底，一侧扁柄黏贴于口腹处。内壁饰红彩。口径11.4、底径6.2、盘高3、柄长3厘米（图一三六，2；图版七○，3）。

甑 1件。

M29∶18，敞口，平沿，方唇，弧腹壁，平地穿孔，底部略变形。口径15、底径6.5、孔径5.2、通高5厘米（图一三六，3；图版七○，4）。

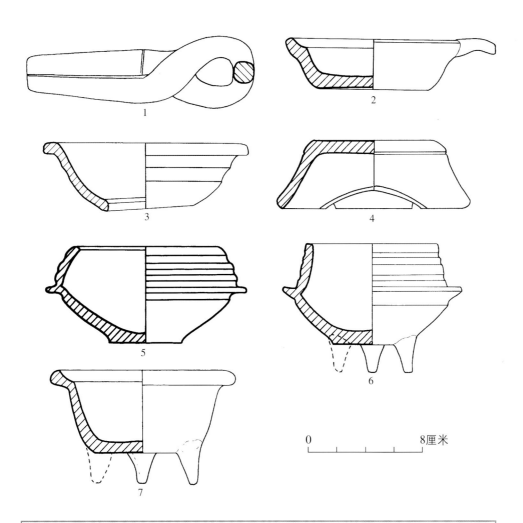

0   8厘米

图一三六　M29出土陶器

1.剪（M19∶13）　2.熨斗（M29∶14）　3.甑（M29∶18）　4.鏊子（M29∶20）

5.釜（M29∶19）　6.三足釜（M29∶2）　7.三足盆（M29∶3）

1. 三足盘 (M29：15)

2. 剪 (M19：13)

3. 熨斗 (M29：14)

4. 瓿 (M29：18)

5. 鳌子 (M29：20)

6. 釜 (M29：19)

图版七〇　M29出土陶器

鳌子　1件。

M29：20，平顶略下凹，围顶一周凸起形成双腹，下斜出三个扁方足，中空，器表饰红彩。顶径8、通高4.5厘米（图一三六，4；图版七〇，5）。

釜　1件。

M29：19，敛口，鼓腹，釜中沿外展，肩部一凸棱，下腹曲收，小平底。上腹饰凹弦纹，饰红彩。口径9.4、腹径13.8、底径5.1、通高6.4厘米（图一三六，5；图版七〇，6）。

三足釜 1件。

M29：2，直口，方唇，上腹为直筒状，中腹外突，下腹斜收，小平底，下附三个锥形足。口外饰凹弦纹。口径9.4、腹径12.7、底径5.5、通高8.5厘米（图一三六，6；图版七一，1）。

三足盆 1件。

M29：3，敞口，宽平沿，沿上饰三道凹弦纹，方圆唇，浅曲腹，大平底，下附三个捏锥形足。口径15.8、盆高2.7、通高4.8厘米（图一三六，7；图版七一，2）。

器盖 2件。

M29：22，珠形钮盖，钮顶凸起，盖沿上翘，盖口外敞。盖径10.5、通高5.9厘米（图一三七，1；图版七一，3）。

M29：22－1，圆形钮盖，钮顶凸起，盖沿上翘，盖口内缩。盖径10.5、通高5.9厘米（图一三七，2；图版七一，4）。

1. 三足釜（M29：2）

2. 三足盆（M29：3）

3. 器盖（M29：22）

4. 器盖（M29：22－1）

图版七一 M29出土陶器

（二）瓷器

1件。

小瓷碗　1件。

M29：5，敞口，浅腹，弧收，圈足，足口内敞，挖足过肩，内底为乳钉状。内底和外底部各残留条形支钉三个与四个。白胎，胎薄质细密，胎质中夹杂有黑色颗粒，胎底施一层化妆土。通体挂牙白釉，釉层厚薄不均匀，釉色莹润光泽。口径10.6、底径3.3、高3.2厘米（图一三七，3；图版七二）。

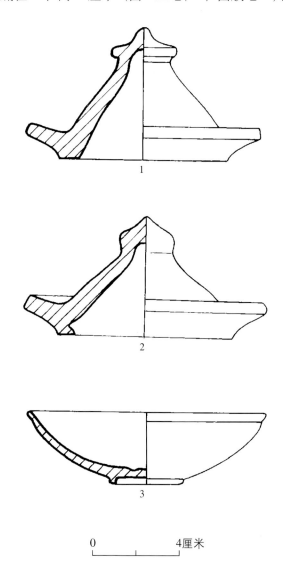

0　　　　　4厘米

图一三七　M29出土器物

1.陶器盖（M29：22）　2.陶器盖（M29：22－1）　3.白瓷碗（M29：5）

图版七二　M29出土白瓷碗(M29：5)

第二十一节　M30

M30位于墓地中部，东北邻M29，南邻M31。该墓坐北朝南，墓向197°。墓葬开口于地表扰土层下，墓口距地表0.6米。

一、墓葬形制

M30为砖、石混砌单室圆形墓，整个墓葬由墓道、墓门、墓室组成（图一三八；图版七三）。其构筑方法是：先从地表下挖一个前面带有一长方形竖穴墓道的圆形土圹，然后用规格为38厘米×19厘米×5.5厘米、38.5厘米×18.5厘米×5.8厘米不等的青灰色沟纹砖（图一三九）与不规则形石块营建墓门及墓室周壁；墓顶残缺；拱形券门，内用青砖叠砌封堵；墓室与土圹之间缝隙用黄褐色花土回填。

墓道　位于墓门南端，平面呈长方形，口大底小，墓道东西两壁笔直整齐，南壁向内倾斜，而且在南壁下端中部修筑一脚窝，脚窝宽0.3、高0.25、进深0.16米。底部南高北低略成斜坡状。墓口南北长1.07、东西宽0.96～1.2米；底部南北长0.75、东西宽1.2、最深1.32米。内填黄褐色花土，土质疏松。

墓门　位于墓室的南端，正面做出拱券，券脚直接砌在墓地平面上，两翼用青砖叠压平砌，壁笔直整齐。拱形券门，宽0.46、进深0.36、高0.93米。左右立颊用三排青砖侧立叠砌，逐层外错。券门之上残存三层叠压错缝平砌青砖。券门内用双排青砖并列顺砌封堵。墓门通宽1.2、残高1.28～1.36米（图一四○）。

墓室　位于墓门的北端，平面近似椭圆形，直径1.61～1.75米。墓室周壁用不规则形石块叠压砌制，墓顶部分残缺，券制方法不详。墓室在券制周壁时，缝隙之间均以泥土铺垫。墓室残高1.14～1.2米。

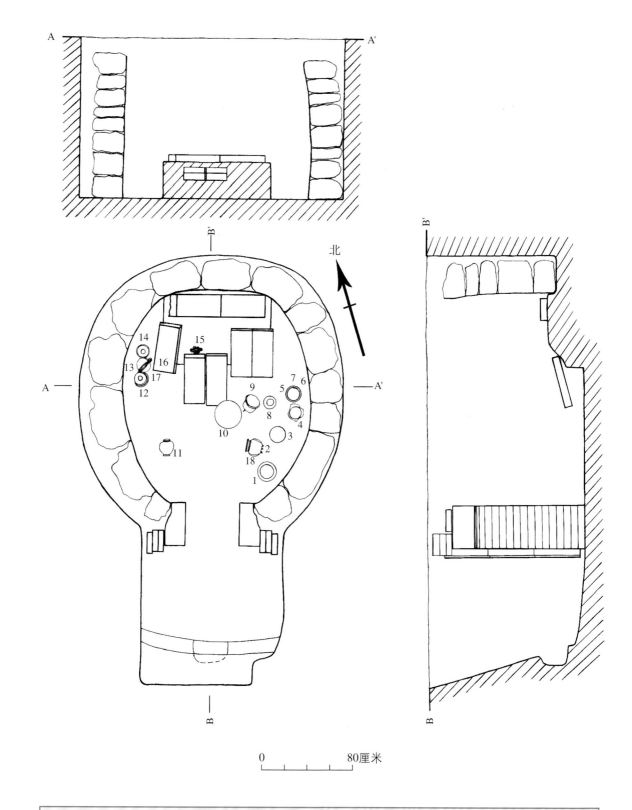

北
A ——— A'

北

0   80厘米

图一三八 M30平、剖面图

1. 白瓷盘   2. 陶三足罐   3、18. 陶灯碗   4. 陶鏊子   5. 陶勺   6. 陶甑   7. 陶釜   8. 陶钵

9. 陶三足盆   10. 白瓷碗   11. 白瓷罐   12~14. 陶罐   15. 铜钱   16. 陶剪   17 (被12叠压) . 陶熨斗

北京龙泉务辽金墓葬

发掘报告

图版七三　M30全景

0　　　　40厘米

图一三九　M30墓门正视图

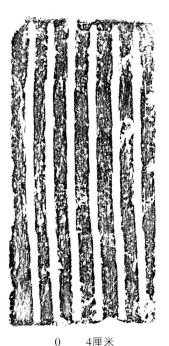

0　　4厘米

图一四〇　M30墓砖

二、葬具葬式

棺床　位于墓室内北部，正对墓门，平面呈长方形。床面用青砖纵横平铺一层，南侧一排已滑落于墓底。东西长0.83、南北宽0.71、高0.36米。棺床之上葬置碎烧骨屑。

三、随葬器物

M30因墓顶残缺，室内进水，且渗满淤泥，部分器物已散乱移位。经清理，出土器物共计25件，其中陶器14件（套），瓷器3件，铜钱8枚。除铜钱放置于棺床上外，其余器物分别放置于棺床南部墓室的东、西两侧。

（一）陶器

14件（套）。器形有罐、三足盆、甑、釜、錾子、钵、小灯碗 、熨斗、勺、剪。皆泥质灰陶，轮制。火候高。

罐 4件（套），其中M30：2为三足罐。

M30：2，盘口，平沿，束颈，深鼓腹，小平底，下腹与底黏贴三锥形足。口内壁与器表皆饰红彩。器表饰凹弦纹。口径10.8、腹径12、底径6.9、罐高12.3、通高15厘米（图一四一，1；图版七四，1）。

M30：12，直口，口径略大，平沿，圆唇，束颈，鼓腹弧收，小平底，器

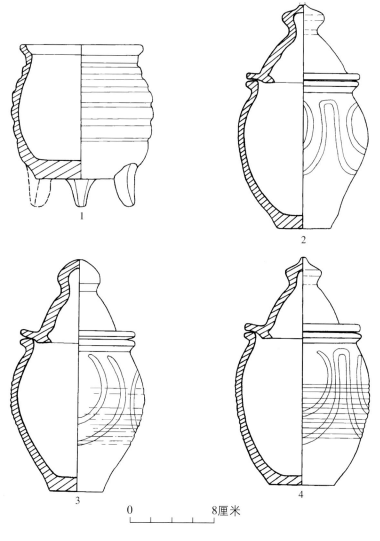

0   8厘米

图一四一 M30出土陶罐

1. 三足罐（M30：2) 2. 罐（M30：12) 3. 罐（M30：13) 4. 罐（M30：14)

1. 三足罐（M30：2）

3. 罐（M30：13）

2. 罐（M30：12）

4. 罐（M30：14）

图版七四　M30出土陶罐

形不规整。腹部涂红彩饰成四组双圈纹，已剥落。珠形钮盖，钮顶凸起，盖沿上翘，盖口内缩。口径10.6、腹径11.6、底径5.3、罐高13.7、通高20.8厘米（图一四一，2；图版七四，2）。

　　M30：13，直口，口径略大，平沿，圆唇，束颈，鼓腹，斜弧收，小平底，器形不规整。腹部涂红彩饰成四组双圈纹，已剥落。珠形钮盖，钮顶凸起，盖沿上翘，盖口内缩。盖身是红彩，已剥落。口径10.8、腹径12.2、底径5.2、罐高13.7、通高21.4厘米（图一四一，3；图版七四，3）。

　　M30：14，带盖，直口，口径略大，平沿，圆唇，束颈，鼓腹弧收，小平底，器形不规整。腹部涂红彩饰成四组双圈纹，已脱落。珠形钮盖，钮顶凸起，盖沿上翘，盖口内缩。盖身刷红彩，已脱落。口径10.8、腹径12.2、底径6.2、罐高13.7、通高21.3厘米（图一四一，4；图版七四，4）。

甑 1件。

M30：6，敞口，平沿，方唇，浅腹曲收，肩部有一凸棱，平地穿孔。口径15.2、底径7.1、孔径5.4、高5厘米（图一四二，1；图版七五，1）。

釜 1件。

M30：7，敛口，鼓腹，釜中沿外展，下腹内收，小平底。上腹饰凹弦纹，饰红彩。口径8.1、腹径13.3、底径5.7、高7.2厘米（图一四二，2；图版七五，2）。

鏊子 1件。

M30：4，平顶，下斜出三个扁方足，足口外折形成厚唇。围顶一周凹弦

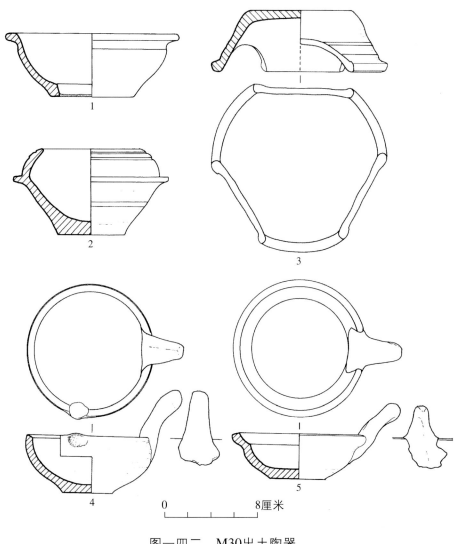

图一四二　M30出土陶器

1. 甑（M30：6）　2. 釜（M30：7）　3. 鏊子（M30：4）　4. 勺（M30：5）　5. 熨斗（M30：17）

北京龙泉务辽金墓葬

发　掘　报　告

1. 甑 (M30：6)

2. 釜 (M30：7)

3. 鏊子 (M30：4)

4. 勺 (M30：5)

5. 熨斗 (M30：17)

6. 钵 (M30：8)

图版七五　M30出土陶器

纹，器表饰红彩。顶径9、高5.1厘米（图一四二，3；图版七五，3）。

勺 1件。

M30：5，直口，浅腹弧收，小平底。口部一侧黏贴曲形短柄，一侧有小流。器表饰红彩，内壁局部饰红彩。口径10.6、底径4.3、碗高5、柄长6.6厘米（图一四二，4；图版七五，4）。

熨斗 1件。

M30：17，侈口，双唇，浅束腹，小平底略上凹。口腹处黏贴一短柄上翘。内壁与柄皆饰红彩。口径11.3、底径4.4、盆高3.7、柄长5.7厘米（图一四二，5；图版七五，5）。

钵 1件。

M30：8，侈口，双唇，束腰，圜腹下垂，平底。口径10.4、底径5.4、高4.1厘米（图一四三，1；图版七五，6）。

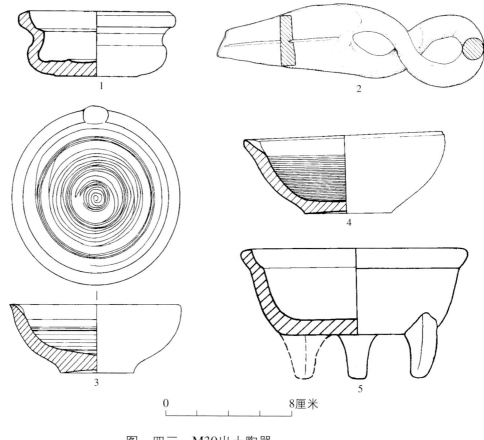

图一四三　M30出土陶器

1. 钵（M30：8）　2. 剪（M30：16）　3. 小灯碗（M30：3）　4. 小灯碗（M30：18）　5. 三足盆（M30：9）

1. 剪 (M30∶16)　　　　　　2. 三足盆 (M30∶9)

3. 小灯碗 (M30∶3)　　　　　　4. 小灯碗 (M30∶18)

图版七六　M30出土陶器

剪　1件。

M30∶16，双股弹簧式，"8"字形柄，剪身前窄后宽，正面刻划刀线。通体饰红彩。通长17.1、厚0.85厘米（图一四三，2；图版七六，1）。

小灯碗　2件。

M30∶3，直口，浅腹弧收，小平底。口部一侧捏制小流，内壁饰旋涡纹。口径11、底径4.8、高4.6厘米（图一四三，3；图版七六，3）。

M30∶18，直口，浅腹弧收，小平底。口部一侧捏制小流，内壁饰旋涡纹。口径12.8、底径5.5、高5.2厘米（图一四三，4；图版七六，4）。

三足盆　1件。

M30：9，侈口，双唇，曲腹略深，大平底，下附三锥形足，内壁饰红彩。口径15、底径9、盆高5.7、通高8.6厘米（图一四三，5；图版七六，2）。

（二）瓷器

3件。器形有罐、碗、盘，皆轮制。

盘　1件。

M30：1，五瓣花式口，浅折腹，圈足，挖足过肩，足口外撇。内外底均残留四个条形支垫痕。白胎，胎薄质细密，胎质中夹杂有黑色颗粒，胎底施一层化妆土。通体施牙白釉，挖足内无施釉，釉层厚薄不均匀，釉色莹润光泽。口径16.5、底径5.5、通高3.9厘米（图一四四，1；图版七七，1）。

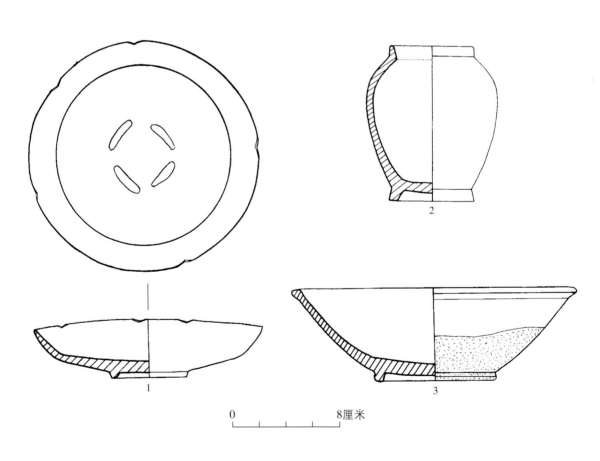

图一四四　M30出土瓷器

1.白瓷盘（M30：1）　2.黑釉瓷罐（M30：11）　3.白瓷碗（M30：10）

1. 白瓷盘 (M30：1)

2. 白瓷碗 (M30：10)

3. 黑釉瓷罐 (M30：11)

图版七七　M30出土瓷器

罐　1件。

M30：11，直口，矮领，溜肩，鼓腹曲收，圈足，足口外撇。白胎，胎薄质细密，坚实，胎质中夹杂有黑色颗粒，胎底施一层化妆土。口内壁与器表皆施黑釉，足口无施釉，器表有凸起的小颗粒，釉色莹润光泽，窑变晶莹透体。口径5.9、腹径11、底径6、通高11.1厘米（图一四四，2；图版七七，3）。

碗　1件。

M30：10，侈口，平折沿，尖圆唇，斜腹壁，璧形足，足口外敛内略撇，内底残留五个圆形支垫痕。青灰胎，胎厚质粗，胎底施一层化妆土。挂白釉，内满釉，外壁施釉不到底，釉层厚薄不均匀，内外均有细小裂纹，釉色黯淡无光泽，微泛黄，器表有流釉现象。口径21.4、底径9、通高6.7厘米（图一四四，3；图版七七，2）。

（三）铜钱

8枚。

开元通宝　2枚。

M30：15－1，隶书，顺读，方穿，郭狭，肉厚。"元"字第二笔左上挑，背面磨郭，背穿下侧有俯月纹。重4.5克，外廓径2.45、厚0.12厘米（图一四五，1）。

M30：15－2，隶书，顺读，方穿，正背郭缘狭阔不一，肉薄。背穿上侧有仰月纹。重3克,外廓径2.4、厚0.12厘米(图一四五,2)。

至道元宝　1枚。

M30:15-3,草书,旋读,方穿,郭阔,光背略磨。重4.1克,外廓径2.5、厚0.11厘米(图一四五,3)。

咸平元宝　1枚。

M30:15-4,小平钱,真书,旋读,方穿,郭阔,光背。重3.2克,外廓径

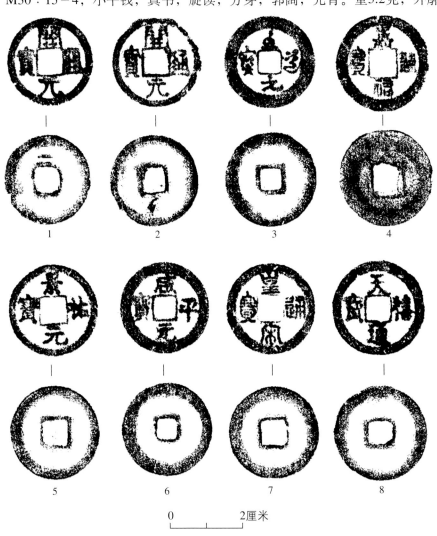

0 ____ 2厘米

图一四五　M30出土铜钱

1. 开元通宝(M30:15-1)　2. 开元通宝(M30:15-2)　3. 至道元宝(M30:15-3)

4. 嘉祐通宝(M30:15-8)　5. 景祐元宝(M30:15-6)　6. 咸平元宝(M30:15-4)

7. 皇宋通宝(M30:15-7)　8. 天禧通宝(M30:15-5)

2.5、厚0.11厘米（图一四五，6）。

天禧通宝　1枚。

M30：15－5，小平钱，真书，旋读，方穿，郭略阔，光背。重3.1克，外廓径2.5、厚0.1厘米（图一四五，8）。

景祐元宝　1枚。

M30：15－6，小平钱，真书，旋读，方穿，郭略狭，光背。重3.4克，外廓径2.45、厚0.13厘米（图一四五，5）。

皇宋通宝　1枚。

M30：15－7，小平钱，篆书，顺读，方穿，郭略阔，光背稍磨。重3.7克，外廓径2.42、厚0.11厘米（图一四五，7）。

嘉祐通宝　1枚。

M30：15－8，小平钱，钱文篆、楷两体，顺读，方穿，郭较阔，光背磨郭。重4.3克，外廓径2.5、厚0.11厘米（图一四五，4）。

第二十二节　M31

M31位于墓地中部，北邻M30。该墓坐北朝南，墓向190°。开口于地表扰土层下，墓口距地表0.6米。

一、墓葬形制

M31为砖券单室圆形墓，整座墓葬由墓道、天井、墓门、墓室组成（图一四六；图版七八）。破坏较严重，仅残留墓室底部三层规格为38厘米×19厘米×5.5厘米、37.3厘米×18.5厘米×5.7厘米的青灰色沟纹砖和墓门外侧封门的一层乱石堆砌，其余已荡然无存。其构筑方法是：先从地表下挖一个前面带有一长方形形阶梯状墓道的圆形土圹，然后用青砖营建墓室；墓室与土圹之间缝隙用黄褐色花土回填。

墓　道　位于墓门的南端，南窄北宽，北与天井衔接，平面呈长方形。墓壁笔直整齐，内填黄褐色花土，土质疏松。墓道南北长1.45、东西宽0.6～0.76、最深1.51米。内修筑两步台阶，台阶面向下均成斜坡状，第一步台阶宽0.75、高0.07米，第二步台阶宽0.9、高0.34米。

天井　位于墓道北端，北与墓门相连，平面呈长方形，南窄北宽，壁整齐，底较平。天井南北宽1、东西宽1.66～1.95、最深2.65米。内修筑两步台阶与墓道内两步台阶相衔接，台阶面较平整，有踩踏和拍打痕迹。第一步台阶宽0.4、高0.34米，而且中部略凹于两侧；第二步台阶为半圆形，南北宽0.16、东西长0.3、高0.44米。

图版七八　M31全景

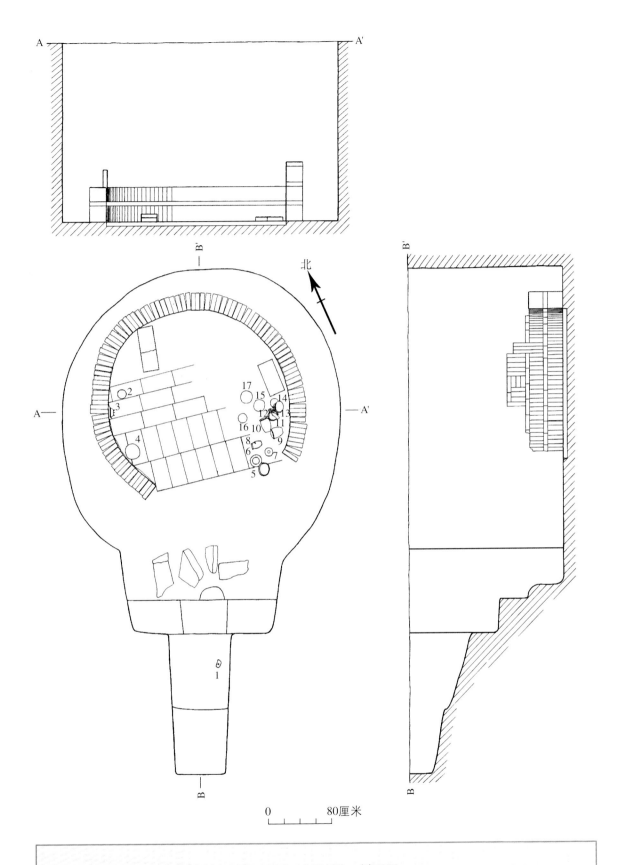

图一四六　M31平、剖面图

1. 石刀　2、15、17. 白瓷碗　3. 陶三足釜　4. 白瓷盘　5. 陶三足盆　6. 陶鏊子　7. 陶器盖
8. 陶执壶　9、10. 陶罐　11. 陶剪　12. 陶熨斗　13. 陶盆　14. 陶灯碗　16. 陶碗

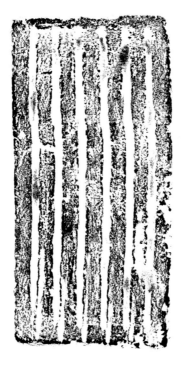

图一四七　M31墓砖

墓　门　位于天井和墓室之间，现已荡然无存，其形制不详。仅残留墓门外侧一层不规则形乱石块。

墓　室　位于墓门北端，平面为圆形，直径1.9～2.18米。破坏严重，从残存部分可看出：底部用青灰色沟纹砖（图一四七），一顺一丁砌制，其上为顺丁混砌一层。共计残留五层券砖。墓底用青砖纵横平铺。室残高0.41～0.69米。

二、葬具葬式

棺　床　位于墓室内的北部，砖砌，仅残存西侧两层壁砖，南北宽0.62米，东西尺寸不详，残高0.1米。碎烧骨屑散落于整个墓室内。

三、随葬器物

M31因墓室破坏严重，随葬器物多已不在原位。经清理，出土器物18件，其中陶器13件，瓷器4件，石器1件。除石器发现于墓道填土中之外，其余器物分别放置于墓室内的东、西两侧。

（一）陶器

12件。器形有执壶、罐、盆、器盖、釜、鏊子、熨斗、碗、小灯碗、剪等，皆泥质灰陶。轮制，火候高。

罐　2件。

M31：10（同M31：9），直口，口径略大，平沿，圆唇，束颈，鼓腹弧收，小平底，器形不规整。口沿及外壁皆饰红彩，已剥落。口径10.2、腹径11.6、底径5.2、高13.3厘米（图一四八，1；图版七九，1）。

执 壶 1件。

M31：8，喇叭口，短束颈，腹微鼓斜收，扁圆柄接于口腹处，假短流，小平底。器表饰一层红彩衣，已剥落。口径8.4、腹径8.4、底径5、高13.7厘米（图一四八，2；图版七九，2）。

小灯碗 1件。

M31：14，敞口，浅弧腹，小平略上凹，口部一侧捏制小流，内底饰圆涡纹。口径10.6、底径4.4、高3.5厘米（图一四八，3；图版七九，3）。

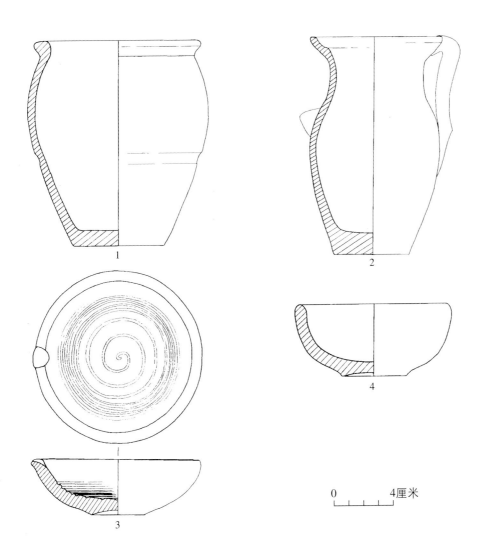

0　　　　　4厘米

图一四八　M31出土陶器

1. 罐（M31：10同M31：9）　2. 执壶（M31：8）

3. 小灯碗（M31：14）　4. 碗（M31：16）

1. 罐 (M31：10同M31：9)

2. 执壶 (M31：8)

3. 小灯碗 (M31：14)

4. 碗 (M31：16)

图七九　M31出土陶器

碗　1件。

M31：16，敛口，厚唇，浅曲腹，收底，小平底略上凹。内壁饰红彩。口径10.8、底径4.8、通高4.4厘米（图一四八，4；图版七九，4）。

三足盆　1件。

M31：5，侈口，双唇，深曲腹，大平底，下附三锥形足。内壁饰一层红彩。口径14.2、盆高5.1、通高7厘米（图一四九，1；图版八〇，1）。

剪　1件。

M31：11，捏制，"O"形把，双股弹压式，剪身前窄后宽，正面刻划出刀线，尖部略上扬。剪身通体饰红彩。通长14.4、厚0.8～1.8厘米（图一四九，2；图版八〇，2）。

盆 1件。

M31：13，敞口，双唇，弧腹壁，小平底略上凹。内壁饰红彩。口径14.7、底径6.2、高4.8厘米（图一四九，3；图版八〇，3）。

三足釜 1件。

M31：3，直口，厚唇，上腹呈筒状，釜中沿外展，下腹斜收，小平底，下附三锥形足。口外饰凹弦纹，涂红彩，已剥落。口径9、腹径12.7、通高8.2厘米（图一四九，4；图版八〇，4）。

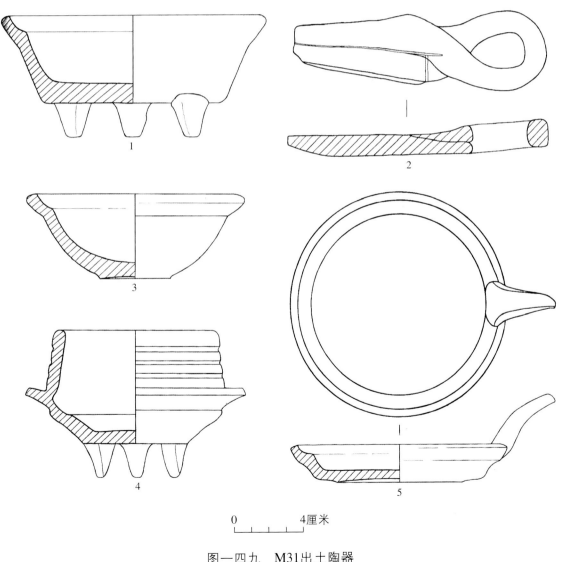

0   4厘米

图一四九　M31出土陶器

1. 三足盆（M31：5）　2. 剪（M31：11）　3. 盆（M31：13）　4. 三足釜（M31：3）　5. 熨斗（M31：12）

1. 三足盆 (M31：5)

2. 剪 (M31：11)

3. 盆 (M31：13)

4. 三足釜 (M31：3)

5. 熨斗 (M31：12)

图版八〇　M31出土陶器

熨斗　1件。

M31：12，侈口，双唇，浅腹折收，大平底略上凹，口部一侧有短扁柄。内壁饰红彩。口径12.8、底径6.8、通高5厘米（图一四九，5；图版八〇，5）。

器盖　2件。

M31：7，圆形钮盖，钮顶凸起，盖沿略上翘，盖口内缩。盖径10.5、高4.9厘米（图一五〇，1；图版八一，1）。

M31：7-1，圆钮盖，钮顶凸起，盖身下部有凸棱，盖沿上翘，盖口内缩。器表饰红彩，已剥落。盖径10.5、高4.9厘米（图一五〇，2；图版八一，2）。

鏊 子 1件。

M31：6，平顶略下凹，下斜出三个扁方足，围顶一周凸起形成双腹。器表饰红彩。顶径8、高3.7厘米（图一五〇，3；图版八一，3）。

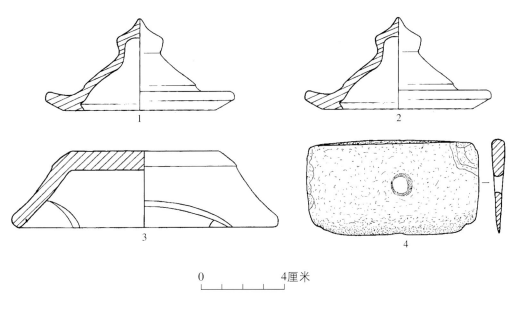

0   4厘米

图一五〇　M31出土器物

1.陶器盖（M31：7）　2.陶器盖（M31：7-1）　3.陶鏊子（M31：6）　4.石刀（M31：1）

1.陶器盖（M31：7）

2.陶器盖（M31：7-1）

3.陶鏊子（M31：6）

4.石刀（M31：1）

图版八一　M31出土器物

（二）石器

1件。

M31：1，青灰色砾石，平面呈长方形，中部穿孔，偏锋，刃部有使用疤痕。长9.4、宽5、厚0.65、孔径0.8厘米（图一五○，4；图版八一，4）。

（三）瓷器

4件。器形有碗、盘两种，皆轮制。

M31：2，敞口，浅腹，弧收，圈足，挖足过肩，足口外敛内撇。内底残留四个条形支垫痕且涂朱，外底乳突。白胎，胎薄质细，胎质中夹杂有黑色斑点，胎底施一层化妆土。内外施白釉，挖足内未施釉，釉层厚薄不均匀，釉色莹润光泽。口径9.5、底径3、高3.6厘米（图一五一，1；图版八二，1）。

M31：15，敞口，浅曲腹，圈足，挖足过肩，内底为圆乳钉状，且残留四个条形支垫痕，外底乳突，足口外敛内敞。白胎，胎薄质细密，胎质中夹杂有黑色斑点，胎底施一层化妆土。通体施白釉，釉层厚薄不均匀，釉色黯淡无光泽，微泛黄。口径13.6、底径4.5、高4.2厘米（图一五一，2；图版八二，2）。

M31：17，敞口，浅曲腹，圈足，挖足过肩，内底为乳钉状，外底略乳突，足口外敛内敞。白胎，胎薄质细，胎质中夹杂有黑色斑点。内外施白釉，釉层厚薄不均匀，釉色黯淡无光泽，微泛黄。口径13.6、底径4.5、高4.4厘米（图一五一，3；图版八二，3）。

M31：4，敞口，平沿，尖圆唇，浅曲腹，圈足，挖足过肩，足口外敛内撇，内底略凹，且残留四个长条形支垫痕。白胎，胎厚质细密、坚实，胎质中夹杂有黑色斑点，胎底施一层化妆土。挂白釉，内满釉，外壁施釉不及底，釉层厚薄不均匀有气泡。口径17.8、底径5.8、高3.3厘米（图一五一，4；图版八二，4）。

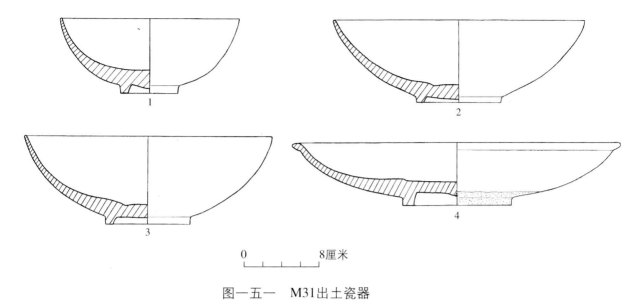

图一五一　M31出土瓷器

1. 碗 (M31∶2)　2. 碗 (M31∶15)
3. 碗 (M31∶17)　4. 盘 (M31∶4)

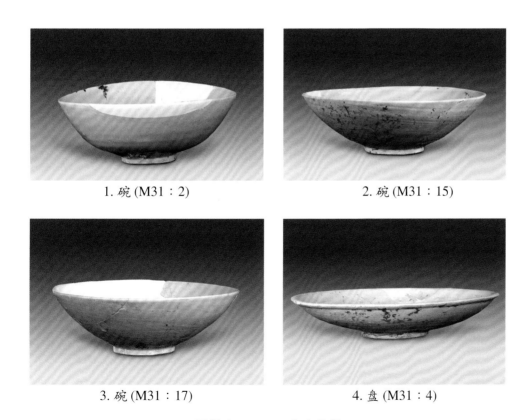

1. 碗 (M31∶2)　　2. 碗 (M31∶15)

3. 碗 (M31∶17)　　4. 盘 (M31∶4)

图版八二　M31出土瓷器

第三章
墓葬综述

龙泉务墓地位于一处南北长约500米，东西宽约230米，呈西北高东南低的狭长阶梯状台地上。一、二期总计发掘面积约11万平方米，较为全面的揭露了整个墓地。共清理墓葬126座，其中明清墓葬104座，简报已发表。余22座辽金墓葬虽然局部遭到破坏，但大多数墓葬内涵保存较为完整，使我们获得了一批重要的实物资料。龙泉务墓地的发现为辽金时期的考古学研究又增添了新的文化内涵。以下仅从墓葬形制、随葬品及组合关系、丧葬习俗等几个方面，对龙泉务墓地的基本文化面貌做一简要梳理。

第一节　墓葬形制

本次龙泉务墓地所发掘的22座辽金墓均是由墓道、墓门和墓室组成的圆形单室结构墓葬。墓顶部分均高出原地表，其中一部分墓葬在墓道南端设置祭台。虽然发现的墓葬均属"类屋式墓"，但我们根据墓葬整体形制结构和建筑材料的不同，可以将龙泉务墓地辽金时期墓葬分为两类：甲类为砖筑圆形单室墓葬，乙类为砖石混筑圆形单室墓葬（表一）。

表一　北京龙泉务辽金墓葬形制类型统计表

形制类型		墓葬编号	备　注
类屋式墓	砖室墓	M1、M2、M3、M4、M5、M9、M16、M17、M22、M25、M31	M1、M4、M9、M16、M22带有祭台
	砖石混筑墓	M11、M19、M20、M21、M23、M24、M26、M27、M28、M29、M30	M23、M28带有祭台
共　计		共计22座，其中带祭台共7座	

一、墓葬分类

第一类 砖筑墓，11座。分别是M1、M2、M3、M4、M5、M9、M16、M17、M22、M25、M31（其中M3、M5、M31破坏较严重）。依其墓道、墓室的结构变化可分为二型。

A型 2座。由阶梯状墓道、天井、仿古式墓门组成。依据墓室内壁砖的垒砌方法变化分二式。

Ⅰ式 1座。周壁用沟纹砖叠压错缝平砌，每层内收，壁顶呈犬牙状，如M17。

Ⅱ式 1座。墓门、墓室残缺，墓室残留部分用沟纹砖一顺一丁叠压垒砌，如M31。

B型 9座。由阶梯状墓道、墓门、墓室组成。依其墓门及墓室的券筑方法的变化分三亚型。

Ba型 1座。仿古式墓门，墓室内砌筑仿古式斗拱，周壁用沟纹砖一顺一丁叠压垒砌，如M1。

Bb型 2座。拱形券门，依据墓室的垒砌方法变化分二式。

Ⅰ式 1座。墓室周壁用沟纹砖叠压错缝平砌，每层内收直至墓顶，呈犬牙状，如M16。

Ⅱ式 1座。墓室周壁用沟纹砖一顺一丁叠压错缝垒砌，向内稍斜，起券部位以上用砖叠压错缝平砌券筑，顶壁呈犬牙状。墓门内外用砖、石双层封门，如M22。

Bc型 6座。仿古式墓门，墓室周壁用沟纹砖一顺一丁叠压错缝垒砌，起券用砖叠压错缝券筑，如M2、M3、M4、M5、M9、M25。

第二类 砖、石混筑墓葬，11座。分别是M11、M19、M20、M21、M23、M24、M26、M27、M28、M29、M30。每座墓葬均由墓道、仿古式墓门和砖石混筑墓室组成。其墓室的构筑方法为：周壁用不规则形石块叠压垒砌，起券部位以上用沟纹砖叠压错缝券筑。依据墓道的变化可分为二型。

A型 4座。墓道均为竖穴式，如M26、M27、M28、M30。

B型 7座。墓道均为阶梯式，如M11、M19、M20、M21、M23、M24、M29。

二、封土

龙泉务墓地的类屋式墓，皆是先挖一个墓道和一个大竖穴圆坑，然后在坑内用砖或砖石砌建墓室。从考古发现可知，这些墓葬均属半地穴式建筑，即墓室壁面起券部位以下埋在地下，券顶部分则露出地面形成坟丘。而从发掘后的实际情况得知，该批墓葬均未发现有封土迹坟丘，但是在墓地M16、M21的墓室开口处发现环绕墓口摆砌不规则形石块一周，它的作用可能是为了保护墓冢，而其他墓葬却未见此迹象。因没有确凿的证据来证明此点，从而无法考究。鉴于此种情况，我们只能略加推断未见封土的原因如下：A.经过近千年的雨水冲刷、农耕原因，封土被破坏。B.据龙泉务村民介绍，20世纪50年代、70年代因政府的建设需要，该地村民曾在此进行过两次土地平整。

三、墓葬用料

砖筑或砖石混筑墓，是龙泉务墓地的主要墓葬形制。墓道以阶梯式为主，次为竖穴式。墓葬用料以沟纹砖和石块为主，虽然用砖建墓和用石块建墓在一定程度上反映了两者之间的贫富差异。同时墓砖也可以作为断代的依据，以往在北京地区所发掘的辽金时期砖石墓时，如果墓葬内未见随葬品或者未发现记载有确切纪年资料时，通常是以墓葬内券砖纹饰（饰沟纹）的多少为依据来推断墓葬的相对年代。如：饰5～9道沟纹砖的墓葬推断为金代时期；饰9～13道沟纹砖的墓葬则推断为辽代时期。我们应该注意的是这种说法存有不妥之处。

龙泉务墓地此次发掘的墓葬，除少部分为砖石混砌外，其余均为砖砌单室墓。砌筑墓葬的用石就地取材，没有经过加工修整，分青、黄两种石质，与龙泉务村周围山冈上的石质完全相同；墓葬券砖皆为青灰色，模制，火候高，砖上纹饰以粗沟纹为主，细绳纹砖和素面砖次之。如：中期墓葬M17、M27内用砖规格为38.5厘米×18厘米×5厘米、37.8厘米×18厘米×5厘米和（38～38.5）厘米×18.5厘米×（5～5.5）厘米不等，砖上饰多道细绳纹或者七道、六道粗沟纹等；晚期墓葬M9、M29内用砖规格为37厘米×15厘米×6厘米、37厘米×18.3厘米×5厘米、34.3厘米×16厘米×5厘米和（31～35）厘米×17厘米×（5～5.5）厘米等，砖上饰六道、七道和五道粗沟纹。青云店早期辽墓内出土的沟纹砖规格与龙泉务墓地用砖规格基本相同，只是砖上饰9～13道细沟纹；2006年在丰台区云冈发掘的BFYM1、2005～2006年在密云大唐庄发掘的BMDTM15等墓葬内用砖规格和纹饰与该墓地墓葬券砖相同；金代时期墓葬，如：2005～2006年在密云大唐庄发掘的BMDTM8等几座墓葬及金代帝陵陵园内出土的沟纹砖等，要比辽代时期墓葬用砖规格略小1～2厘米，砖上纹饰仅有五道而已（图一五二）。据此，我们初步认为：砖上饰9～13道或以上细沟纹的墓葬应为辽代早期墓葬；饰六道、七道和多道沟纹砖并存的墓葬应为辽中晚期墓葬；饰五道粗沟纹的应为辽末和金代时期墓葬。

通过以上对墓葬的分类、封土及墓葬材料的分析可知，此次发掘的龙泉务辽金墓葬皆为类屋式墓，基本以小型墓葬为主（表二），除05MLM1室内装饰有简单的斗拱外，其余墓葬内均无装饰，部分墓葬仅饰以简单的门楼，而且墓葬多以砖块与石块混砌而成。在一定程度上反映了用砖建墓和用砖石建墓者之间的贫富差异。总的来说，就墓葬形制而言，它与北京先农坛辽墓[①]、丰台路口辽墓[②]、

① 北京市文物管理处马希桂：《北京先农坛辽墓》，《考古》1977年11期。
② 北京市文物研究所王清林、王策、朱志刚、周宇：《丰台路口南出土辽墓清理简报》，《北京文博》2002年2期。

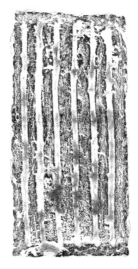

M17（辽代中期）　　　　　M27（辽代早期）　　　　　云冈M1（辽代晚期）

大唐庄M15（辽代晚期）　　　M19（辽末金初）　　　　大唐庄M8（金代）

0　　4厘米

图一五二　辽金墓砖对比图

辽中京西城外的古墓葬①、大兴马直温夫妻合葬墓②、赤峰郊区发现的辽墓（大窝铺辽墓）③、河北宣化辽墓（张世本M3）④、内蒙古商都县前海子村辽墓⑤、辽宁朝阳木头城子辽代壁画墓⑥、辽代常遵化出土围棋子⑦、河北宣化辽姜承义墓⑧、

---

① 内蒙古自治区文物工作队李逸友：《辽中京西城外的古墓葬》，《文物》1961年9期。
② 北京市文物工作队李先得：《北京市大兴县辽代马直温夫妻合葬墓》，《文物》1980年12期。
③ 赤峰市博物馆项春松：《赤峰郊区发现的辽墓》，《北方文物》1991年3期。
④ 河北省文物研究所：《宣化辽墓》第三章《张世本墓—M3》，文物出版社，2001年。
⑤ 富占军：《内蒙古商都县前海子村辽墓》，《北方文物》1990年2期。
⑥ 辽宁省文物研究所张克举、孙国平：《辽宁朝阳木头城子辽代壁画墓》，《北方文物》1995年2期。
⑦ 朝阳市博物馆刘桂馨：《辽常尊化墓出土围棋子》，《文物》1997年11期。
⑧ 张家口市文管所陶宗冶、李维、孙鹏：《河北宣化辽姜承义墓》，《北方文物》1991年4期。

项目 墓号	墓道			墓室		墓口 距地表	方向	备注
	长	宽	深	直径	深			
M1	1	0.95～1.62	1.29	1.4	1.34	0.68	185°	
M2	1.36	1.5	1.87～1.9	2.4～2.5	1.5	0.5	210°	
M3	1.31	1.38～1.74	1.5	2.53～2.68	1.5	0.34	180°	
M4	0.94	0.6～1.2	1.21	1.86～1.96	1.37	0.65	190°	
M5	1.63	2.2	2.2	2.84	2.2	0.35	185°	
M9	0.7	0.9～1.4	0.95	1.5～1.66	0.97～1.17	0.66	185°	
M11	0.9	1.1～1.28	1	2.18	0.7～0.76	0.3	190°	
M16	1.08	0.86～1.08	1.4	1.2～1.4	1.34～1.38	0.6	212°	
M17	2.5	0.76	2.56	2.28	2.56	0.9	185°	
M19	0.8	1.2	1.7	1.58	1.35～1.54	0.75	195°	
M20	1.5	1.4	1.85	1.56～1.7	1.81	0.8	200°	
M21	1.26	0.4～0.91	1.4	1.72～1.8	1.08～1.4	0.6	210°	
M22	1.32	0.92	1.4	1.5～1.61	1.19～1.33	0.53～0.7	202°	
M23	1.04	0.76～1.26	1.76	1.68～1.86	2	0.8	190°	
M24	1.15	0.9～1.06	1.5	1.81～2.01	0.6～1.54	1	210°	
M25	1.95	0.56～1.2	1.55	1.36～1.64	1.83	0.6	203°	
M26	0.97	1.24～1.42	1.19	1.53～1.82	1.14	0.6	197°	
M27	0.9	1.21～1.65	0.84	1.58～1.84	0.2～0.84	0.54	195°	
M28	1.11	0.64～1.1	1.09	1.19～1.5	1.27～1.33	0.31～0.37	190°	
M29	2.82	0.76～1.04	2.4	2.02～2.34	2.02～2.14	0.6	203°	
M30	1.07	0.96～1.2	1.32	1.61～1.75	1.14～1.2	0.6	197°	
M31	1.45	0.6～0.76	1.51	1.9～2.18	0.41～0.69	0.6	190°	

北京昌平陈庄辽墓[①]、内蒙古翁牛特旗辽代广德墓[②]、北京大兴青云店辽墓[③]、北京郊区辽墓发掘简报[④]、辽韩佚墓[⑤]、北京顺义安辛庄辽墓[⑥]、辽宁赵氏族墓[⑦]、河北涿鹿县辽代壁画墓[⑧]、大同郊区五座辽代壁画墓[⑨]等墓葬形式基本相同，但是没有以上墓葬券筑规范。

① 昌平县文物管理所周景城、王殿华、邢军：《北京昌平陈庄辽墓清理简报》，《文物》1993年2期。
② 项春松：《内蒙古翁牛特旗辽代广德公墓》，《北方文物》1989年4期。
③ 北京市文物研究所王清林、朱志刚、李华、王燕玲：《北京大兴青云店辽墓》，《考古》1980年12期。
④ 苏天均：《北京郊区辽墓发掘简报》，《考古》1959年2期。
⑤ 北京市文物工作队黄秀纯、傅公钺：《辽韩佚墓发掘报告》，《考古学报》1984年3期。
⑥ 北京市文物研究所王武钰：《北京顺义安辛庄辽墓发掘简报》，《考古》1992年6期。
⑦ 邓宝学、孙国平、李宁锋：《辽宁朝阳辽代赵氏族墓》，《文物》1983年9期。
⑧ 张家口地区博物馆刘建忠、贺勇：《河北涿鹿县辽代壁画墓发掘简报》，《考古》1987年3期。
⑨ 山西省文物管理委员会边成修：《山西大同郊区五座辽代壁画墓》，《考古》1960年10期。

北京地区以往发现的类屋式墓是华北地区的传统墓葬形制，大多以圆形为主，多室墓较少。就墓葬形制而言，纵观其他地区，一般早期形制单一，多以小型方形墓为主，结构简单，单室居多，室内基本没有装饰；中、晚期以后，墓葬形制趋于多样化，结构也较复杂，常见圆形和复杂的六角形、八角形砖筑单室墓。大型墓以多室为主，并且室内开始有装饰，构筑工艺也较讲究，砖、木、石混合的仿木结构手法被运用于墓葬的修建，斗拱普遍出现，墓室内装饰已脱离纯装饰的习俗，而成为墓主人生前的生活写照。

四、葬俗葬式

龙泉务辽金墓地发掘的22座类屋式墓，除M3、M5、M11三座墓葬被盗扰严重外，其余墓葬保存基本完整。在这批墓葬中，不但在墓道南端和墓室内用砖或砖石砌筑祭台。同时墓室内大多都设置棺床，有的墓葬在棺床上还砌制砖棺，还有少部分墓葬仅见砖棺。火烧过的碎骨屑分别葬置于棺床上或者砖棺内。

1. 祭台墓葬

根据发掘情况可知，龙泉务辽金墓地发现了一批带有祭台的墓葬，如M1、M4、M9、M16、M22、M23、M28。该批墓葬的祭台均设置于墓道的南端，与墓葬开口皆在同一层位，分砖砌或砖石混砌两种。另外，个别墓葬在墓室内也设置有祭台。

祭台是作为后代凭吊与祭拜先祖时摆放、贡献物品的承载体，同时这也是丧葬习俗的一种表现形式。但此次出现的祭台与这一时期的一些大型墓葬相比，又有所不同。在一些大型契丹族墓和汉人贵族墓中，祭台往往设置于墓室内，与棺床相连，台面略高于棺床而稍短。比较常见的为砖砌，少见的还有木制、石制供台等。如库伦旗一号墓[1]，马直温夫妻合葬墓[2]、辽陈国公主驸马合葬墓[3]、温多尔敖瑞山辽墓[4]等为砖砌；如辽韩佚墓[5]、耶律羽之墓[6]等为木制及石制等。这种在墓室内砌置祭台的做法在本墓地M1、M2内也有发现，只是台面低于棺床而已。

祭台的发现与确认，在北京地区实属首例，而在其他地区也并不多见。此种形式的出现，为研究辽金时期的丧葬习俗又补充了新的实物资料。

2. 棺床与砖棺

龙泉务墓地的类屋式墓，墓室内基本都修筑棺床，部分墓葬还在棺床上砌置砖棺，个别墓葬内仅砌置砖棺不见棺床。砌置棺床的墓葬有M1、M2、M4、

① 吉林省博物馆哲里木盟文化局：《吉林哲里木盟库伦旗1号墓发掘简报》，《文物》1973年8期。
② 北京市文物工作队李先得：《北京市大兴县辽代马直温夫妻合葬墓》，《文物》1980年12期。
③ 内蒙古文物考古研究所：《辽陈国公主驸马合葬墓发掘简报》，《文物》1987年11期。
④ 赤峰市博物馆考古队、阿鲁科尔沁旗文物管理所：《赤峰市阿鲁科尔沁旗多尔敖瑞山辽墓清理简报》，《文物》1993年3期。
⑤ 北京市文物工作队黄秀纯、傅公钺：《辽韩佚墓发掘报告》，《考古学报》1984年3期。
⑥ 内蒙古考古研究所、赤峰市博物馆、阿鲁科尔沁旗文物管理所：《辽耶律羽之墓发掘简报》，《文物》1996年1期。

M9、M17、M21、M22、M24、M26、M30、M31共11座墓葬；棺床上砌制砖棺的有M16、M19、M20、M23、M25、M29共六座墓葬；砌筑砖棺的墓葬有M2、M27两座。火烧过的碎骨屑均葬置在棺床上或砖棺内。无论是砌置棺床、棺床上同时砌置砖棺，还是仅砌置砖棺。它们的性质与作用是完全相同的，仅仅是摆放尸体与骨屑的一个处所。同时，由此现象也可反映出各墓主人之间的贫富差异。

火葬是龙泉务墓地的主要特点之一。辽代火葬大体可分为两种情况，首先是契丹族本身固有的火葬习俗。契丹族在原始阶段信奉萨满、巫神，它的早期火葬与拜日崇火有密切的关系。据《北史》记载的契丹人习俗："父母死而悲哭者，以为不壮。但以其尸置于山树之上，经三年后，乃收其骨而焚之。"如：双井沟辽代火葬墓[①]、商家沟赵氏墓[②]等。可见原契丹人的火葬和萨满教关系密切而与佛教并无关联。纯粹按佛教葬法的契丹人火葬墓至今发现的并不多。据此可知，契丹族一般不采用佛教的火葬，而是维系本民族固有的丧葬习俗，在以往发掘的中上层辽代贵族墓葬中，很少见到火葬的痕迹。如朝阳前窗户辽墓[③]等墓葬的发掘就表明了墓主人是信奉萨满教的。而佛教的火葬方式在契丹族的下层也很少被采用，此种实例截至目前发现的不多。

再者是受佛教传播影响而盛行的火葬，一般多见于汉民族聚集地，主要围绕着五京及建有佛寺和传播佛教的地方。这些地方普遍发现有汉族信仰者的火葬墓，他们崇信佛教，死后火葬，特别是燕云地区汉人火葬墓发现的比较多。据史料记载佛教自两汉时期由大月氏国传入汉地，当时仅是在上层社会小范围内传播。到了辽代佛教早已在广大民众之中根深蒂固，并且佛教在当时被奉为国教。辽道宗时，府、州、县无不建立佛寺，广渡僧尼，按照佛教仪轨埋葬成为一种时尚。如《六聘山天开寺忏悔人坟塔记》所载："噫！古之葬者弗封树，虑其伤心，若掩骼埋胔之类，欲人之弗得见也。而后世朴散，转加乎文，遂有贵贱、丘圹、高厚之制。及佛教来，又变其饰终归全之道，皆从火化。"[④]河北宣化张世卿墓[⑤]等就是实例。

由此可以看出，辽代流行的火葬，主要是佛教僧侣、汉民族中的信徒包括当时的一些高层官吏。他们虔诚信仰，死后依西天"茶毗礼"葬式，焚后入葬。据此，龙泉务墓地的火葬墓均属于该种葬俗。

① 中国科学院考古研究所内蒙古工作队：《内蒙古昭盟巴林左旗双井沟辽火葬墓》，《考古》1963年10期。
② 邓宝学、孙国平、李宇峰：《辽宁朝阳辽赵氏族墓》，《文物》1983年9期。
③ 靳枫毅：《辽宁朝阳前窗户村辽墓》，《文物》1980年12期。
④ 转引阎凤梧主编：《全辽金文》505页辽王鼎《六聘山天开寺忏悔上人坟塔记》，山西古籍出版社，2002年。
⑤ 河北省文物研究所：《宣化辽墓：1974~1993年考古发掘报告》，文物出版社，2001年。

第二节　出土器物

龙泉务辽金墓地内大部分墓葬没有被盗，一批有明确器物组合的随葬品的出土，使我们获得了重要的考古实物资料。随葬品从器物种类来看，有陶器、瓷器、铜钱、石器等。出土器物300余件，以陶器为主，次为瓷器和铜钱，百分比为陶器类占71%，瓷器类占21%，铜钱占8%（表三）。其中随葬纯瓷器的墓葬有

表三　北京龙泉务墓葬出土器物分类统计表

种类 墓号	陶器	瓷器		铜钱	石器	总计
		白釉	茶末（黑）釉			
M1		14		7		21
M2		9		4		13
M4		1		3		4
M9		10		1		11
M16	21	1				22
M17	6	13				19
M19	96	12	1	7		116
M20	7	2	1			10
M21	24					24
M22	29	5				34
M23	9		1			10
M24	24	1				25
M25		1				1
M26	8	4		2		14
M27	11	2	1	1		15
M28	9	1				10
M29	26	1				27
M30	14	2	1	8		25
M31	13	4			1	18
总计	297	83	5	33	1	419

注：共出土遗物419件，其中陶器297件，占总数的71%；瓷器88件，占总数的21%；铜钱33枚，占总数的8%。

5座，随葬纯陶器的有1座，陶瓷器共存的墓葬有13座。从该批墓葬随葬器物组合上来看，缺乏辽代契丹族墓葬常见的随葬器物组合，取而代之的主要是实用瓷器和成组的罐、盆、执壶、釜、碗、剪等陶制明器（表四），这与辽代南京地区为汉民族生活的主要区域的地理及时代特征相吻合。另外鸡腿瓶、重唇罐一类具有契丹特色的器物也有所发现。同时辽代陶、瓷器虽然受唐、宋时期器形的影响，但是在烧制工艺方面，器形和装饰却形成了区域性的独特风格。就此，我们对墓地出土器物试做初步分类概述。

一、器物类型分析

（一）陶器

器形有执壶、罐、碗、盆、鏊子、釜、瓿、熨斗、勺、小灯碗、箕、钵、剪、魁、匜等。

执壶　6件。

皆泥质灰陶，手轮兼并，火候高。根据器形可分为二型。

A型　1件。M19∶10，敞口，平沿，短束颈，圆鼓腹斜收，扁曲把接于口腹处，假短流，平底。

B型　5件。分二式。

Ⅰ式　1件。M26∶9，侈口，长颈，圆肩，深腹微鼓直收，平底略变形，扁曲把接于口腹处，假短流。器表饰一层红朱，已剥落。

Ⅱ式　4件。M22∶17、M24∶17、M29∶21、M31∶8，喇叭口，短束颈，深腹微鼓，腹径最大径，曲收，扁圆把接于口腹处，假短流，平底。器表饰一层红彩，已剥落。

罐　60件。

皆泥质灰陶，手轮兼并，火候高低各异。根据器形可分为六型。

A型　51件。依据口腹的变化可分为四个亚型。

Aa型　5件。依据其变化可分为三式。

Ⅰ式　1件。M22∶14，直口微敛，平沿，圆唇，深腹微鼓斜收，小平底，器身饰凹弦纹。

Ⅱ式　3件。M22∶13、M22∶22、M22∶26，直口，平沿，尖唇，束颈，鼓腹深曲收，小平底。其中M22∶13、M22∶26器表饰红彩，已剥落。

Ⅲ式　1件。M22∶11，直口微敞，平沿，方圆唇，缩颈，通体作卵形，长腹，内壁饰凸弦纹，小平底。

Ab型　44件。依据口腹的变化可分为三式。

Ⅰ式　6件。M27∶1、M27∶2、M27∶3、M30∶12、M30∶13、M30∶14、

表四 北京龙泉务辽金瓷器墓葬主要随葬品组合关系简表

墓号	瓷器 罐	瓷器 碗	瓷器 盘	瓷器 杯	瓷器 碟	瓷器 鸡腿瓶	瓷器 盖托	陶器 罐	陶器 平底釜	陶器 三足釜	陶器 平底盆	陶器 三足盆	陶器 三足盘	陶器 錾子	陶器 熨斗	陶器 甑	陶器 执壶	陶器 匜	陶器 勺	陶器 小灯碗	陶器 钵	陶器 剪	陶器 箕	陶器 单耳魁	陶器 器盖	铜钱	其他
M1	6	3	2				1																			7	白瓷器盖2件
M2		1	7		1																					4	
M4	4		3		1																					3	
M5		2	1																								均残，不可复原
M9	1	1	8		1																					1	
M16		1						7	1		4	1			1	1				2	1	1			1		
M17	4	5	3					1	1		2				1	1					1		1				白瓷瓶1件，陶碗1件
M19	4	5	3		1	1		4	1		2		1	1	1	1	1		1	1					2	7	陶围棋子85枚
M20	1					1		1				1	1		1	1		1			1				1		
M21								6	1	1	5		1		1	1				1	1				5		
M22		3	2					5	1	1	2		1		1	2	1			2	1			1	11		

221

（续表）

类型\\墓号	瓷器							陶器																			铜钱	其他
	罐	碗	盘	杯	碟	鸡腿瓶	盏托	罐	平底釜	三足釜	平底盆	三足盆	三足盘	鏊子	熨斗	甑	执壶	匜	勺	小灯碗	钵	剪	箅	单耳魁	器盖		
M23						1					3	1			1					1	1	1			1		
M24					1			3	1		9			1		1	1		1	1	1	1	1		3		
M25		1																									
M26		2	1	1				3			2	1				1	1			1						2	
M27		2						4	1		1	1		1	1										1	1	圜底鉢1件
M28		1	1					2	1		3	1		1	1						1	1					
M29		1						7		1	4	1	1					1	1	2	1				2		
M30	1	1	1					4				1		1					1	2	1	1				8	
M31		3	1					2		1	1	1		1			1			1		1			2		石刀1件、陶碗1件

直口，口径略大，平沿，圆唇，束颈，鼓肩，最大径在肩部靠上，腹斜收，小平底。腹部皆涂红彩（其中M30：12、M30：13、M30：14三件器物腹部涂红彩饰成四组双圈纹），已剥落。器形不规整，制作粗糙。

Ⅱ式　10件。M16：10、M16：13、M24：11、M24：12、M26：10、M26：11、M27：15、M28：3、M28：4、M31：9，直口，口径略大，平沿，圆唇，束颈，溜肩，鼓腹弧收，最大径在肩部略靠上，小平底。其中M28：3器身饰红彩，M16：13、M24：11为尖唇。

Ⅲ式　28件。M16：2、M16：3、M16：5、M16：7、M16：8、M16：11、M21：15、M21：16、M21：18、M21：19、M21：20、M24：13、M29：1、M29：9、M29：12、M29：23、M29：24、M29：25、M29：26、M31：10；其他8件M16：11、M16：8、M21：15、M21：16、M21：18、M21：20、M24：11、M24：13已残，不能复原，直口，口径略小，束颈，溜肩，腹微鼓斜收，最大径在肩部略靠下，小平底。其中M16：2、M16：5器表饰红彩，M16：2腹部饰有细弦纹。

Ac型　2件。大口，平沿，束颈，深腹曲收，小平底。依据口腹的变化可分为二式。

Ⅰ式　1件。M21：8，尖唇，颈略束，腹部饰细弦纹。

Ⅱ式　1件。M24：21，圆唇，束颈，腹部饰凹弦纹。

B型　2件。泥质灰陶，手轮兼并，火候高。依据器形的口腹变化可分为二式。

Ⅰ式　1件。M17：19，平口，矮领，圆腹、腹弧收，小平底。泥质灰陶，火候高，轮制。

Ⅱ式　1件。M19：17，直口，平沿，尖唇，束颈，溜肩，圆腹斜收，小平底。泥质灰陶，火候高，轮制。

C型　盘口罐，1件。M1：14，盘口外侈，束颈，鼓肩，腹斜收，小平底，下腹刮胎，器表有火烧痕迹。夹砂灰陶，轮制，火候高。

D型　重唇罐，1件。M19：15，敞口，重唇，内有倒棱，束颈，腹微鼓，斜收，小平底，颈下饰一周凹弦纹。泥质灰陶，胎薄，火候高，轮制。

E型　三足罐，2件。根据器形可分为二式。

Ⅰ式　1件。M30：2，敞口，平沿，圆唇，束颈，深鼓腹，小平底。器身饰凹弦纹，下腹与地处黏贴三锥形足。器身饰红彩。泥质灰陶，火候高，手轮兼并。

Ⅱ式　1件。M20：2，敞口，平沿，尖圆唇，束颈，圆鼓腹，上腹处饰三周凹弦纹，下腹黏贴三兽形足，小平底有轮痕。泥质灰陶，火候高，手轮兼并。

F型　单耳罐，3件。土黄色胎，夹砂，火候高，手轮兼并。依据口腹及耳的变化可分为三式。

Ⅰ式　1件。M26：7，敞口内敛，束颈，捏塑桥形耳黏贴于口腹处，鼓腹曲收，小平底。器身有火烧痕迹。

Ⅱ式　1件。M19：22，敞口内敛，束颈，捏塑桥形耳黏贴于口腹处，鼓腹斜收，小平底。器身有火烧痕迹。

Ⅲ式 1件。M1∶15，盘口，束颈，鼓腹斜收，颈腹处饰宽扁形单耳呈"S"状，小平底。

碗 2件。

泥质灰陶。火候高，轮制。依据器形可分为二式。

Ⅰ式 1件。M17∶16，敞口，浅曲腹，小平底。

Ⅱ式 1件。M31∶16，口微敛，浅曲腹，小平底略收，内壁饰一层红彩。

盆 46件。

泥质灰陶，火候高，轮制或手轮兼并。根据器形可分为卷沿盆、折沿盆、双唇盆、三足盆四个类型。

A型 卷沿盆，1件。M26∶13，侈口，卷沿，唇下垂，深斜腹大平底。沿下有穿孔，腹部饰六周细弦纹，内壁饰一周细弦纹。

B型 折沿盆，23件。依据器形的变化可分为四个亚型。

Ba型 5件。M16∶6、M16∶12、M21∶9、M24∶4、M24∶7，敞口，短折沿，方唇，浅腹曲收，小平底。

Bb型 6件。依据腹部的变化可分为二式。

Ⅰ式 5件。M19∶8、M21∶10、M22∶7、M23∶3、M23∶6，形制相同，大小不一。侈口，平沿，浅腹斜收，小平底。

Ⅱ式 1件。M23∶10，侈口，平沿，浅曲腹，腹微下垂，小平底。

Bc型 4件。依据口腹的变化分为三式。

Ⅰ式 2件。M16∶19、M24∶1，侈口，平沿，沿上饰两周凹弦纹，肩部有凸棱，斜直腹，小平底。

Ⅱ式 1件。M28∶2，侈口，沿略斜折，沿上饰两周凹弦纹，肩部有凸棱，斜曲腹，小平底。

Ⅲ式 1件。M22∶20，侈口，平沿，沿上饰三周凹弦纹，斜直腹，小平底。

Bd型 13件。依据腹部的变化可分为二式。

Ⅰ式 3件。M16∶18、M21∶1、M24∶15，侈口，平折沿，肩部有一凸棱，斜直腹，小平底。

Ⅱ式 10件。M21∶13、M24∶5、M24∶9、M24∶20、M26∶6、M28∶5、M28∶9、M29∶4、M29∶10、M29∶11，侈口，平折沿，肩部有一凸棱，曲腹，小平底。

C型 双唇盆，7件。分为三式。

Ⅰ式 3件。M24∶2、M24∶18、M27∶14，侈口，双唇，斜收，小平底。其中M27∶14内壁饰一层红彩。

Ⅱ式 3件。M21∶12、M29∶8、M31∶13，侈口，双唇，沿稍斜，浅腹曲

收，小平底，内壁饰红彩。

Ⅲ式　1件。M19：16，侈口，双唇，沿稍斜，浅腹弧收，饼形底。

D型　三足盆，10件。分为四式。

Ⅰ式　1件。M26：8，敞口，平沿，沿上饰两周凹弦纹，方唇，肩部有凸棱，浅曲腹，平底，底部黏贴三锥形足，内壁饰红彩。

Ⅱ式　2件。M27：7、M28：6，敞口，平沿稍斜，沿上饰两周凹弦纹，方唇，浅弧腹，平底，底部黏贴三锥形足，内壁饰红彩。

Ⅲ式　2件。M20：3、M23：8，侈口，双唇，折沿，浅斜腹，大平底，底部黏贴三兽形足，

Ⅳ式　5件。M16：14、M21：14、M29：3、M30：9、M31：5，大小不一。敞口，双唇，折沿，曲腹略深，平底，底部黏贴三锥形足，内壁涂红彩。其中M21：14底部刻划一"米"字符号。

三足盘　3件。

泥质灰陶，火候高，手轮兼并。依据口腹的变化可分为三式。

Ⅰ式　1件。M29：15，敞口，宽平沿，沿上饰三道凹槽，方圆唇，浅曲腹，平底，底部黏贴三锥形足。

Ⅱ式　1件。M22：18，侈口，平沿，沿上饰三周凹弦纹，圆唇，浅斜腹，平底，底部黏贴三锥形足。

Ⅲ式　1件。M21：2，侈口，双唇，腹微束，折收，平底，底部黏贴三锥形足，内壁饰红彩。

鏊子　7件。

泥质灰陶，火候高，手轮兼并。根据器形可分为三型。

A型　1件M20：6，圆形平顶，腹部折收，下出三个扁方足，足口外折形成厚唇，中空。

B型　3件。分为二式。

Ⅰ式　1件。M30：4，顶平，下斜出三个扁方足，足口外折形成厚唇，中空，器表涂红彩。

Ⅱ式　2件。M27：6、M28：7，顶平，下斜出三个扁方足，足口外折形成厚唇，中空，围顶一周凹弦纹。器表饰红彩。

C型　3件。分为二式。

Ⅰ式　1件。M24：14，顶平略下凹，下斜出三个扁方足，中空。器表涂一层红彩。

Ⅱ式　2件。M29：20、M31：6，顶平略下凹，围顶一周凸起形成双腹，下斜出三个扁方足，中空，器表饰红彩。

釜　13件。

泥质灰陶，火候高，手轮兼并。根据器形可分为平底釜和三足釜。

A型　平底釜，9件。依据器形的变化可分为二亚型。

Aa型　1件。M17：4，缩口，鼓腹，腹中沿外展，下腹弧收，小平底。

Ab型　8件。依据器形下腹的变化分为四式。

Ⅰ式　4件。M20：5、M24：19、M27：11、M30：7，缩口，鼓腹，腹中沿外展，下腹内收，小平底。上腹饰凹弦纹。M24：19、M27：11、M30：7饰红彩。

Ⅱ式　2件。M16：15、M21：5，缩口，鼓腹，腹中沿外展，下腹曲收，小平底。上腹饰凹弦纹，饰红彩。

Ⅲ式　1件。M22：25－1，缩口，鼓腹，腹中沿外展稍上斜，下腹斜收，小平底。上腹饰凹弦纹。

Ⅳ式　1件。M29：19，缩口，鼓腹，腹中沿外展，下腹折收，小平底。上腹饰凹弦纹，饰红彩。

B型　三足釜，4件。依据器形的变化可分为四式。

Ⅰ式　1件。M31：3，直口，厚唇，釜中沿外展，腹斜收，小平底，下黏贴三锥形足。口外饰凹弦纹，饰红彩。火候低。

Ⅱ式　1件。M29：2，直口，方唇，腹中沿外展稍上斜，腹折收，小平底，下黏贴三锥形足。口外饰凹弦纹。火候高。

Ⅲ式　1件。M21：6，直口，厚唇，釜中沿外展稍上斜，圜腹，小平底，下黏贴三锥形足。口外饰凹弦纹，饰红彩。火候高。

Ⅳ式　1件。M22：25，敞口，厚圆唇，束腰，腹中沿外展稍上斜，腹斜收，小平底，下黏贴三锥形足。火候高。

甑　10件。

泥质灰陶，火候高，手轮兼并。依据器形的口腹变化可分为二型。

A型　1件。M17：5，敞口，浅斜腹，底空。

B型　9件。依据器形的腹部变化分为二亚型。

Ba型　4件。依据器形腹部的变化分二式。

Ⅰ式　2件。M20：4、M22：24，敞口，平沿，浅斜腹，底空。

Ⅱ式　2件。M27：8、M29：18，敞口，平沿，浅弧腹，底空。

Bb型　5件。依据器形腹部的变化分三式。

Ⅰ式　1件。M30：6，敞口，平沿，肩部有凸棱，浅腹曲收，底空。

Ⅱ式　3件。M16：15－1、M22：27、M24：13，敞口，平沿，肩部有一凸棱，腹斜收，底空。

Ⅲ式　1件。M21：7，敞口，平沿，沿上饰一周凹弦纹，肩部有凸棱，腹斜收，底空。

熨斗 8件。

泥质灰陶，手轮兼并，火候高低不一。依据腹部的变化可分为三式。

Ⅰ式　4件。M23：2、M27：13、M29：14、M30：17，侈口，双唇，浅束腹，小平底，一侧扁柄黏贴与口腹处。其中M29：14、M30：17内壁涂红彩，M27：13内外壁饰红彩。

Ⅱ式　3件。M16：16、M21：11、M31：12，侈口，双唇，浅腹折收，一侧扁柄黏贴于口腹处，小平底。其中M21：11内外饰红彩，M31：12内壁饰红彩。

Ⅲ式　1件。M22：21，侈口，双唇，浅腹斜收，一侧圆柄黏贴于口腹处，大平底。

勺 3件。

泥质灰陶，火候高，手轮兼并。依据器形的口腹、柄的变化分为二式。

Ⅰ式　2件。M24：6、M30：5，平口，浅腹弧收，小平底，一侧有小流，边有上翘短圆柄。器身饰红彩。

Ⅱ式　1件。M19：8，直口微敞，浅腹弧收，小平底，一侧有小流，边有扁柄。

小灯碗 14件。

泥质灰陶，火候高，轮制，唇厚薄不一。依据器形口腹及内壁纹饰的变化可分为三式。

Ⅰ式　3件。M26：5、M30：3、M30：18，平口，浅弧腹，小平底，一侧有短流，内饰旋涡纹。

Ⅱ式　10件。M16：4、M16：20、M19：25、M21：4、M22：19、M23：7、M24：3、M29：7、M29：16、M31：14，唇厚薄不一，大小不等。敞口，斜弧腹，小平底，一侧有短流，内饰圆涡纹。其中M21：4内壁饰红彩。

Ⅲ式　1件。M22：28，敞口，浅曲腹，小平底，一侧有小流，边有柄已残。

箕 2件。

泥质灰陶，火候高，手轮兼并。器形相同，大小不一。M17：1、M24：16，平面作梯形，箕口外敞略弧，余三边凸起内饰柳编纹，底部两端上翘。

钵　10件。

皆泥质灰陶，火候高低不等，手轮兼并。依据器形可分为平口和双唇两个类型。

A型　2件。依据器形的口腹变化分为二式。

Ⅰ式　1件。M17：8，平口，斜直腹，平底，内壁饰篦点纹。

Ⅱ式　1件。M24：8，平口微敞，沿外撇，沿上饰两周凹弦纹，深斜腹，平底，内壁饰篦点纹。

B型　8件。分为四式。

Ⅰ式　4件。M21：3、M28：8、M29：6、M30：8，侈口，双唇，束腰，圜腹，小平底。

Ⅱ式　1件。M16：9，侈口，双唇，束腰，腹斜收，平底。

Ⅲ式　2件。M20：8、M23：5，侈口，方唇，束腰，垂腹，大平底。

Ⅳ式　1件。M22：12，侈口，双唇，斜弧腹，小平底。

剪　7件。

用泥条捏塑而成，泥质灰陶，火候高。依据器形可分为"8"字形和"O"形柄两个类型。

A型　3件。分二式。

Ⅰ式　2件。M28：10、M30：16，双股弹簧式"8"字形柄，剪身前窄后宽，刻划刀线。剪身涂红彩。

Ⅱ式　1件。M23：4，双股按压式"8"字形柄，剪身前窄后宽，刻划刀线。

B型　4件。分二式。

Ⅰ式　1件。M24：10，"O"形柄，双股按压，剪身前窄后宽，刻划刀线，尖部内卷，剪身涂红彩。

Ⅱ式　3件。M16：17、M29：13、M31：11，"O"形柄，双股按压，剪身前窄后宽，刻划刀线。其中M31：11剪身涂红彩。

匜　1件。

泥质灰陶，轮制，火候低。M29：17，敛口，厚唇，浅弧腹，小平底，口部一侧有短流。内壁涂红彩。

魁　1件。

泥质灰陶，手轮兼并，火候高。M22：9，平口内敛，斜曲腹，小平底。口腹处黏贴以捏塑形龙首状单耳，上饰乳钉。

器 盖 44件。

泥质灰陶，轮制，火候高。皆为帽形，根据器形可分为珠钮盖、圆钮盖、柱钮盖三个类型。

A型 珠形钮，14件。依据器形钮顶的变化分为二亚型。

Aa型 大珠钮盖，8件。M26：10－1、M26：11－1、M27：1－1、M27：2－1、M27：9、M30：12－1、M30：13－1、M30：14－1，珠形钮，钮顶凸起，盖沿翘起，盖口内缩。其中M26：11－1、M30：12－1、M30：13－1器表饰红彩。

Ab型 小珠钮盖，6件。依据帽沿及盖口的变化分为二式。

Ⅰ式 4件。M19：19、M19：26、M20：9、M23：9，珠形钮，钮顶凸起，宽平沿，盖口内缩。

Ⅱ式 2件。M29：22、M29：25－1，珠形钮，钮顶凸起，盖沿翘起，盖口外敞。

B型 圆钮盖，21件。依据盖口的变化分为三式。

Ⅰ式 1件。M29：12－1，圆形钮，钮顶凸起，盖沿上翘，盖口内敞。

Ⅱ式 18件。M16：3－1、M16：9－1、M16：10－1、M16：13－1、M16：21、M21：17、M21：21、M21：22、M21：24、M22：3、M22：4、M22：31、M24：23、M24：24、M24：25、M29：22－1、M29：23－1、M31：7，圆形钮，钮顶凸起，盖沿上翘，盖口内缩。其中M16：3－1、M16：10－1、M16：13－1、M16：21、M21：23、M22：3、M24：12－1、M24：23、M31：7器表饰红彩。

Ⅲ式 2件。M23：5－1、M31：2－1，圆钮盖，钮顶凸起，盖身下部有凸棱，盖沿上翘，盖口内缩。器表饰红彩。

C型 柱形钮，9件。分二式。

Ⅰ式 1件。M22：16，柱形平钮，钮顶凸起边缘外展，整体似伞状，盖沿上翘，盖口内折。

Ⅱ式 8件。M22：5、M22：6、M22：8、M22：13－1、M22：29、M22：32、M22：33、M22：34，柱形平钮，钮顶凸起，盖沿上翘，盖口内折。

（二）瓷器

器形有罐、碗、碟、盘、杯、盏托、瓶、圈底器等。

罐 15件。

按器形可分为折肩罐、高领罐、鼓腹罐、鼓肩罐和双系罐五个类型。

A型 折肩罐，5件。依据腹部的变化可分四式。

Ⅰ式 1件。M17：3，直口，短颈，折肩，腹弧收，圈足，颈部饰两周凹弦纹，腹壁剔刻三层莲瓣纹。白胎厚重，洁白，细密坚硬，内外施牙白釉，足无釉。

Ⅱ式　2件。M19：6、M20：7，直口，短颈，折肩，深腹微曲，下腹折收，矮圈足。白胎厚重，质粗，内壁无釉，外壁施白釉不到底，釉色泛青。

Ⅲ式　1件。M19：9，直口微敞，短颈，深斜腹，下腹折弧收，圈足外撇。白胎略薄，洁白，细密坚硬，内无釉，外施白釉微泛黄，圈足无釉。

Ⅳ式　1件。M1：5，直口微敞，折肩直腹，下腹折收，圈足里墙外撇。内外施白釉，圈足无釉。

B型　高领罐，1件。M17：2，敞口内敛，高领，球形腹，圈足，足口里墙外撇，足底乳突，白胎厚重，质粗，内满釉，外施釉不及底，釉色呈青灰色。

C型　鼓腹罐，2件。依据器形颈、腹的变化可分二式。

Ⅰ式　1件。M17：9，直口，短颈，颈部饰两周凹弦纹，鼓腹，腹部饰六道瓜棱形，宽圈足外撇。白胎厚重，质粗，内壁局部无釉，外施釉不到底，豆青色釉，器表有细小裂纹。

Ⅱ式　1件。M17：18，直口，短颈，鼓腹，圈足，足口里墙略外撇。白胎，胎厚质粗，内壁饰凸弦纹无釉，外壁施釉不到底，釉呈豆青色，腹壁有细小裂纹。

D型　鼓肩罐，5件。依据肩部的变化可分为二亚型。

Da型　3件。依据器形口、腹及釉色的变化可分为三式。

Ⅰ式　1件。M30：11，直口，短颈，溜肩，腹略弧收，圈足外撇。白胎，胎薄质细密，挂黑釉，内无釉，外满釉，器表形成窑变。

Ⅱ式　1件。M1：12，直口，短颈，溜肩，腹斜收，圈足。白胎，质细密坚硬，内壁无釉饰细线纹，外壁挂白釉不到底，肩下饰一周凹弦纹。

Ⅲ式　1件。M1：14，盘口内敛，束颈，溜肩腹斜收，小平底。灰白色胎，质粗，腹部有刮胎痕，素胎烧。

Db型　2件。依据口部的变化可分二式。

Ⅰ式　1件。M1：9，直口，短颈，丰肩腹斜收，圈足外撇，足底乳突。白胎，质细坚硬，内壁无釉饰凹弦纹，外壁施白釉，圈足无釉。

Ⅱ式　1件。M1：6，敞口，卷沿，束颈，丰肩腹曲收，圈足外撇，外底乳突。白胎，胎略厚，质细坚硬，内壁无釉，外壁施白釉不到底。

E型　双系罐，2件。依据肩部的变化可分二式。

Ⅰ式　1件。M19：21，小口，短颈，溜肩，口肩处饰双系，鼓腹下收，圈足。灰白胎，胎略厚，质粗，挂白釉不到底。

Ⅱ式　1件。M19：23，直口，圆唇，短颈，折肩，口肩处施对称双系，腹曲收，圈足足口外壁有刮胎痕，里墙微撇，足底乳突。灰白色胎，胎厚质粗，施青褐色釉，内满釉，外施釉不到底。

碗　26件。

根据器形可分为曲腹碗、花式口、唇口碗、折沿碗、敛口碗和弧壁碗六个类型。

A型　曲腹碗，6件。敞口，曲腹，圈足。依据器形足部的变化可分四式。

Ⅰ式　1件。M17：16，宽圈足，足口里墙略外撇，内满白釉，外施釉不到底，白瓷胎。

Ⅱ式　2件。M17：12、M17：14，矮圈足略宽，内外底较平，深曲腹，器表有轮制器物时的泥条盘胎痕。白胎细腻，白釉，色泽亮，外壁施釉不到底。

Ⅲ式　2件。M31：15、M31：17，浅圈足，足壁稍薄，内底为小圆乳钉状，内外满白釉，釉色呈淡黄色，白瓷胎。

Ⅳ式　1件。M22：10，矮圈足，足壁较薄，圈足略外撇，满白釉，釉色暗灰，内底有涩圈。白胎较轻。

B型　花式口，3件。口沿外侈，圈足。依据器形口足的变化可分三式。

Ⅰ式　1件。M19：24，六出荷叶形口，微外撇，腹壁微曲，圈足，足口微外撇。满白釉，微泛黄。白胎略粗。

Ⅱ式　1件。M17：7，口作四个"V"型缺口，外侈，深斜腹，璧形底，足口旋刮。灰白胎，质粗。内满白釉，外施釉不到底，釉色呈青灰色。

Ⅲ式　1件。M26：1，平口略外敞饰五个"V"型缺口，深腹略弧，圈足，足口外撇，挖足过肩，满白釉，挖足内无釉。白胎细腻。

C型　唇口碗，7件。侈口，唇沿，依据器形腹部的变化可分四式。

Ⅰ式　3件。M25：1、M26：3、M27：4，浅腹，内底为圆形乳钉状，矮圈足，足口里墙外撇。白胎细腻，施白釉，釉亮。

Ⅱ式　1件。M19：11，深腹，腹底微折，足口外敛内撇。白胎略粗，内满白釉，外施釉不到底，釉色微泛淡黄。

Ⅲ式　1件。M19：4，深腹，矮圈足略大，足口外敛内敞。白胎略粗，内满白釉，外壁上部施白釉，下部施酱釉，足底口无釉。

Ⅳ式　2件。M2：10、M9：10，深腹，小矮圈足，挖足过肩，足口里墙外撇。白胎略粗，满白釉，挖足内无釉。其中M9：10腹部饰四周细弦纹。

D型　折沿碗，2件。折沿，侈口，深腹，矮圈足。依据器形口足的变化可分二式。

Ⅰ式　1件。M30：10，平折沿，尖圆唇，璧形足，内底有五个圆形支垫痕。青灰胎，质较粗，内满白釉，外施釉不到底，釉色泛黄。

Ⅱ式　1件。M22：15，斜折沿，圆唇，内底略凹，矮圈足，足口外撇，挖足过肩。白胎，质稍粗，内满白釉，外施釉不到底。

E型　敛口腕，2件。敛口，深腹，小圈足。依据器形足底的变化可分二式。

Ⅰ式　1件。M22：23，敛口，深腹，小圈足略高，内底略凹，残留五个长条形支垫痕，足口里墙外撇，挖足过肩。白胎，胎厚质略粗，挂白釉，挖足内无釉。

Ⅱ式　1件。M1：2，敛口，深腹，内底较平，小圈足略高，挖足过肩，足口略外撇，外底心乳突。白胎，胎厚质细，挂白釉，挖足内无釉。

F型　弧壁碗，6件。根据器形可分三式。

Ⅰ式　2件。M17：13、M27：10，敞口，深腹略弧，壁形底。白胎略厚细腻，施白釉，外壁施釉不及底。其中M27：10胎厚质粗，施酱釉。

Ⅱ式　2件。M25：1、M31：2，敞口，浅腹弧收，小圈足，挖足过肩，足口里墙外撇，其中M31：2外底有乳突。白胎较薄，胎细腻，满白釉。

Ⅲ式　2件。M19：13、M19：14，敞口，浅腹下弧收，小圈足，足口略外撇，内底较平，外底略乳突。白胎较薄细腻，满白釉，釉亮。

碟　9件。

依据器形口腹足的变化可分为斜腹、曲腹碟两个类型。

A型　1件。M20：10，侈口，浅斜腹，壁形足。白胎，胎厚质粗，施白釉微泛青，内满釉，外施釉不到底。

B型　8件。依据器形口足的变化分为二式。

Ⅰ式　1件。M1：4，侈口，唇沿外展，浅曲腹，小圈足，内底为圆乳钉状，外底乳突。白胎，胎薄质细密坚实，白釉泛灰。

Ⅱ式　7件。M1：11、M2：8、M4：1、M9：2、M16：1、M29：5、M24：22。侈口，唇沿，浅曲腹，小圈足，内底均为圆乳钉状。白胎，胎薄质细密、坚实。其中M1：11、M24：22足口旋刮，白釉；M4：1、M2：8足外撇，施白釉泛青灰，外施釉不及底；M9：2足口里墙外撇，施白釉泛青灰，外施釉不到底；M16：1足口外敛内撇且无釉，其余均施白釉；M29：5挖足过肩，挖足内无釉，余施白釉。

盘　28件。

根据器形分为曲腹盘、折腹盘、折沿盘、弧腹盘四个类型。

A型　曲腹盘，13件。依据器形口、腹、足部的变化可分两个亚型。

Aa型　1件。M17：11，侈口，深曲腹，圈足，坦底。白胎，质粗胎厚，坚实。内满釉，外施釉不到底，白釉泛青灰。

Ab型　12件。唇沿，曲腹，圈足。依据器形的腹、足变化可分二式。

Ⅰ式　5件。M1：3、M2：2、M19：5、M9：9、M19：12，侈口唇沿，深曲腹，大圈足（分圈足外撇与足口里墙外撇两种），足壁略厚。白胎，体形较大，胎厚质略粗，挂白釉，内满釉外施釉不到底，釉色呈牙白、泛灰、淡黄三种。

Ⅱ式　7件。M2：3、M2：6、M9：3、M9：4、M9：5、M9：6、M9：8，侈口，唇沿，浅曲腹，小圈足，足口里墙略外撇，足壁较薄。白胎，体形较小，质细胎薄，坚硬，挂白釉，挖足内无釉。

B型　折腹盘，10件。侈口，折腹，圈足，依据器形口部的变化分二亚型。

Ba型　4件。花式口，依据口腹的变化可分三式。

Ⅰ式　1件。M30：1，五瓣花式口，浅腹，内外壁折收，矮圈足外撇，外底较平，挖足过肩。白胎，胎薄质细密、坚实，施白釉，挖足内无釉。

Ⅱ式　1件。M1：1，口作五个"V"形缺口，浅折腹，坦底，矮圈足，挖足过肩。灰白胎，胎薄质细密，白釉微泛灰，内满釉，外施釉不到底。

Ⅲ式　2件。M22：1、M22：2，口作六个"V"形缺口，浅折腹，小圈足外撇，内底略凹，挖足过肩，外底平坦。白胎细腻，质坚硬，牙白釉，内满釉，挖足内无釉。

Bb型　6件。M2：4、M2：5、M2：7、M2：9、M9：7、M9：11，侈口外展，浅折腹，圈足，坦底，足口里墙略外撇。白胎，胎薄，质细密，满白釉。

C型　折沿盘，2件。依据腹、足的变化分二式。

Ⅰ式　1件。M31：4，平折沿，尖圆唇，浅曲腹，小圈足，外底较平，挖足过肩，足口里墙略外撇。白胎，胎略厚，质细密，施白釉，内满釉，外施釉不到底。

Ⅱ式　1件。M19：1，侈口，平折沿，浅折腹，小矮圈足，坦底，挖足过肩。白胎，胎薄质细密、坚实，施白釉，内满釉，外施釉不到底。

D型　弧壁盘，3件。分二式。

Ⅰ式　2件。M17：10、M17：15，敞口，浅腹弧收，矮圈足，坦底。白胎，胎薄质细密、坚实，施白釉，内满釉，外施釉不到底。

Ⅱ式　1件。M26：4，五瓣花式口，浅腹，弧收，内壁折收，矮圈足外撇，挖足过肩。白胎，胎薄质细密、坚实，施白釉。

杯　1件。

M26：2，直口，平沿，重唇，弧壁下垂，圈足外撇，挖足过肩。白胎，胎略厚，质细密坚实，内外满白釉，挖足内无釉。

瓶　4件。

根据器形可分为长颈瓶、鸡腿瓶两个类型。

A型　长颈瓶，1件。M17：17，小口微敞，长颈微束，深腹斜收，矮圈足，足口削刮。白胎，胎厚质粗，白釉泛青灰，施釉不到底。

B型　鸡腿瓶，3件。依据腹部的变化分二式。

Ⅰ式　2件。M19：20，M20：1，小芒口，尖唇，短束颈，器身修长，下腹直收，平底略外展。黄白色缸胎，质呈青灰色，通体施青褐色釉，底无釉。

Ⅱ式　1件。M23：1，小芒口内敛，唇下垂，短束颈，器身修长，下腹斜收，小平底。灰白色缸胎，质呈青灰色，通体施茶叶末釉，底无釉。

盏托　1件。

M1：8，盏身作罐状，平口，圆唇，小鼓腹。托呈盘状，高圈足，足底乳突。

白胎，胎略厚，质细腻，内外挂白釉泛青，釉层厚薄不均匀，挖足内未施釉。

器盖 4件。

根据器形可分为塔式钮盖、宝珠式钮盖、僧帽式钮盖三个类型。

A型 塔式钮盖，1件。M1：12－1，盖面呈伞状，宽平盖沿，沿面内侧饰一周凸棱，子口略外展。白胎，质细密，盖面以上施牙白釉，余无釉。

B型 宝珠式钮盖，1件。M1：9－1，盖面隆起，宽平盖沿，子口垂立。白胎质细密，盖面以上施酱釉，余无釉。

C型 僧帽式钮，2件。分二式。

Ⅰ式 1件。M1：7，盖面凸起，宽沿略上翘，子口垂立。白胎质细密，盖沿以上施白釉，余无釉。

Ⅱ式 1件。M1：10，盖面隆起，有钮座，宽平沿，子口垂立。白胎质细密，盖沿以上施白釉，余无釉。

圜底器 1件。

M27：12，敞口，浅弧腹，圜底，内底较平坦。白胎，胎略厚，质稍粗坚实，内满釉，外施釉不到底，白釉淡黄。

（三）石器

石刀 1件。M31：1，青灰色砾石，平面呈长方形，中部穿孔，偏锋，刃部有使用疤痕。

（四）铜钱

墓地内出土钱币，共计33枚，保存较好，以宋代钱币为主，其次为唐代钱币，未发现辽金钱币。

唐代钱币为"开元通宝"5枚。

宋代铜钱皆为北宋时期钱币，有宋元通宝、至道元宝、咸平元宝、祥符通宝、祥符元宝、天禧通宝、天圣元宝、景祐元宝、皇宋通宝、至和元宝、嘉祐通宝、熙宁元宝、元丰通宝、元祐通宝、绍圣元宝、元符通宝几个类别，共计26枚（表五）。

从出土钱币来看，仅见唐宋钱币，未发现辽金钱币。据史料记载辽代早期没有自己铸造的钱币，辽建国初期使用汉唐钱币，在辽世宗时期始铸钱币，但质地较差，且数量较少。公元1004年辽与北宋王朝签订了"澶渊之盟"，宋朝每年向辽国进贡金银布帛等，同时两地的贸易往来，使大批的北宋钱币进入辽境。并且北京作为当时的辽南京，属汉人密结聚集地，同时汉人有随葬早期货币的习惯，所以墓葬内随葬唐宋钱币就不足为奇了。况且铜钱的出土，也为我们推测墓地的时代提供了上限依据。

表五　北京龙泉务辽代墓葬出土铜钱统计表

编号	名称	规制	书法	读法	重量(克)	外廓径(厘米)	备注
M1:13-1	宋元通宝	小平钱	隶书	顺读	3.4	2.5	
M1:13-2	嘉祐通宝	小平钱	真书	顺读	5.2	2.6	
M1:13-3	元符通宝	小平钱	行书	旋读	3.2	2.4	
M1:13-4	祥符通宝	小平钱	真书	旋读	4.4	2.6	
M1:13-5	天禧通宝	小平钱	真书	旋读	4.3	2.5	2枚
M1:13-6	元祐通宝	小平钱	篆楷两体	旋读	3.6	2.4	
M2:1-1	元丰通宝	小平钱	行书	旋读	4	2.5	
M2:1-2	绍圣元宝	小平钱	隶书	旋读	3.5	2.5	
M2:1-3	熙宁元宝	小平钱	真书	旋读	3.7	2.5	
M2:1-4	天圣元宝	小平钱	真书	旋读	3.4	2.5	
M4:1-1	宋元通宝	小平钱	隶书	顺读	4.5	2.5	
M4:1-2	至和元宝	小平钱	真书	旋读	3.2	2.4	
M4:1-3	天圣元宝	小平钱	篆楷两体	旋读	3	2.5	
M9:1	开元通宝	小平钱	隶书	顺读	2.7	2.5	
M19:3-1	开元通宝	小平钱	隶书	顺读	3.7	2.45	
M19:3-2	祥符通宝	小平钱	行书	旋读	3.6	2.35	
M19:3-3	天圣元宝	小平钱	真书	旋读	3.2	2.5	
M19:3-4	至和元宝	小平钱	篆书	旋读	2.4~3.2	2.4	2枚
M19:3-5	嘉祐通宝	小平钱	真书	顺读	3.6	2.35	
M19:3-6	熙宁元宝	小平钱	真书	旋读	3.1	2.35	
M26:12-1	开元通宝	小平钱	隶书	顺读	3.7	2.3	
M26:12-2	皇宋通宝	小平钱	真书	顺读	3.4	2.5	
M27:5	祥符元宝	小平钱	真书	旋读	3.7	2.6	
M30:15-1	开元通宝	小平钱	隶书	顺读	4.5	2.45	背穿下侧一俯月
M30:15-2	开元通宝	小平钱	隶书	顺读	3	2.4	背穿上侧一仰月
M30:15-3	至道元宝	小平钱	草书	旋读	4.1	2.5	
M30:15-4	咸平元宝	小平钱	真书	旋读	3.2	2.5	
M30:15-5	天禧通宝	小平钱	真书	旋读	3.1	2.5	
M30:15-6	景祐元宝	小平钱	真书	旋读	3.4	2.45	
M30:15-7	皇宋通宝	小平钱	篆书	顺读	3.7	2.42	
M30:15-8	嘉祐通宝	小平钱	篆楷两体	顺读	4.3	2.5	

二、瓷器的窑口归属

北京龙泉务辽金墓葬的发掘，墓葬内出土了一批辽金时期的瓷器，主要为白瓷，装饰以素面为主，从出土器物的形制、釉色、烧制方法上看，应属辽白瓷类，但是它与辽地同时期其他窑址、墓葬和塔基内所出的定窑瓷器区别很大。就其归属，我们做以下推论（除去花纹）：

（1）龙泉务墓地出土瓷器可分为细白瓷和粗白瓷，其特点为：瓷胎洁白而坚硬，白中泛黄，由于瓷土中含杂质较多，则白胎中微带黑色斑点；施釉不均匀，少量器物不规整，莹润程度不高，有呈牙白或白中微闪土黄、青灰等色，部分器物胎底上还施有化妆土，致使一些器物釉面上留有凸起的小颗粒和气泡，而且全器挂半釉（除小件器物外）；在烧制方法上，从出土器物看，内底、足底、口沿均残留有支钉痕（3～5个不等），说明器物是采用叠烧法、套烧法、单件装烧法、对口成组摞烧法烧制而成的。

（2）北京房山磁家务窑址和密云小水峪窑址出土瓷器分析：磁家务窑址器物特征为：辽代早期皆平底、宽足，中晚期多圈足，釉色分白釉、黑釉、青白釉、青黄釉、酱釉、均釉等。以青釉居多。胎质粗劣，一般不施化妆土，器外挂半釉，器物内底一般都有明显支痕，均叠烧；金代时期已由支钉叠烧改进为涩圈叠烧，并且还见有覆烧现象（个别器物芒口）。小水峪窑址主要烧白瓷，兼烧青釉瓷、褐釉瓷等。施釉和烧制方法与门头沟龙泉务的烧制方法相同，但细瓷类不如龙泉务窑器物胎质烧结坚致、细腻、洁白，粗胎多含杂质，砂性较大，不施化妆土，并且有生烧现象[①]。

以上两处窑址烧制的瓷器，在北京地区同时期墓葬内暂时还未发现，我们仅以采集到的标本为准。

（3）辽代赤峰瓦岗窑址除烧制单色釉和三彩釉陶外，主要烧制白瓷，烧制时置于匣钵内覆烧而成。装饰以光素较多。该窑址瓷器精粗不一，胎质较粗，而精者则纯白细腻，施釉前不饰化妆土，瓷化程度甚高。但白瓷釉色不够稳定，以微带黄色的数量较多，也有白垩色或白中透青，釉层一般较薄，釉色不均匀，光洁明亮，冷硬感强，而温润不足，有的釉面有冰裂纹，大多芒口。往往瓷器上常带有"官"字款。同时民用瓷器施釉前胎底皆施化妆土[②]。

（4）定窑瓷器：瓷胎大部分较薄，质细白或微带灰色，质坚实，火候高，釉色多白里略闪青黄或青灰，纯的极少，同时早期器物胎底常常施以化妆土。由于烧制技术不断的提高，烧制方法不同，器物在造型特征方面也有所不同。如：三岔形支钉的烧法，碗为平底，碗内中心往往有三个支钉烧痕；漏斗状匣钵装烧法，碗形浅，器壁直斜，壁形底，足宽而矮；支圈仰烧法生产的碗，体高，器口

---

① 赵光林：《近几年北京发现的几处古代窑址》，《中国古代窑址调查发掘报告集》，文物出版社，1984年。

② 参见冯永谦：《赤峰瓦岗要村辽代瓷窑址的考古新发现》，《中国古代窑址调查发掘报告集》，文物出版社，1984年。洲杰：《赤峰瓦岗窑村辽代瓷窑调查记》，《考古》1973年4期。

外撇，口沿外部留有带状宽边，圈足满釉；支圈覆烧法的器物，胎薄体轻，口沿无釉，圈足窄矮，施满釉。到了金代改为叠烧法，器物粗糙，胎厚体重，圈足宽而高，碗心留有涩圈①。同时北京地区与其他地区辽墓如北京郊区辽墓②、近几年来北京发现的几座辽墓③、义县清河门辽墓④、北京南郊赵德均墓⑤、内蒙古辽尚暐墓⑥、辽陈国公主驸马墓⑦、吉林哲里木盟库伦旗1号墓⑧和顺义县辽净光舍利塔基⑨等文化遗存内出土的部分瓷器大多为定窑烧制。

就此而言，龙泉务墓地内出土的瓷器均属于定窑系产品，除M22内一件曲腹小碗（内底带有涩圈）不是龙泉务瓷窑烧造以外，其余瓷器均与龙泉务瓷窑遗址⑩所出土的器物在质地、釉色、烧制方法和器形上完全相同，因此我们推断该批瓷器为龙泉务瓷窑遗址烧造。

① 参阅李炳辉、毕南海：《论定窑烧瓷工艺的发展与历史分期》，《文物》1987年12期。河北省文化局文物工作队林洪：《河北曲阳县涧磁村定窑遗址调查与试掘》，《考古》1965年8期。
② 苏天均：《北京郊区辽墓发掘简报》，《考古》1959年2期。
③ 北京市文物管理处：《近几年来北京发现的几座辽墓》，《考古》1972年3期。
④ 李文信：《义县清河门辽墓发掘报告》，《考古学报》1959年第8册。
⑤ 北京市文物工作队：《北京南郊赵德均墓发掘简报》，《考古》1962年5期。
⑥ 郑隆：《昭乌达盟辽尚暐符墓清理简报》，《文物》1961年9期。
⑦ 内蒙古文物考古研究所：《辽陈国公主驸马合葬墓发掘简报》，《文物》1987年11期。
⑧ 吉林省博物馆哲里木盟文化局：《吉林哲里木盟库伦旗1号墓发掘简报》，《文物》1973年8期。
⑨ 北京市文物工作队：《顺义县辽净光舍利塔基发掘简报》，《文物》1964年8期。
⑩ 北京市文物研究所：《北京龙泉务窑发掘报告》，文物出版社，2002年。北京市文物研究所2005年龙泉务瓷窑遗址发掘报告正在整理中。

第四章

分期与年代

根据发掘可知，龙泉务辽金墓地的文化面貌总体上属于辽代中晚期～金初时期文化遗存。由于墓葬中没有出土任何有文字纪年的资料，墓葬内出土的钱币仅能提供该墓葬的上限依据，而墓地的确切年代，则需要通过考古类型学的比较分析来进一步决定。为此，我们结合所发掘的现有墓葬资料及北京地区和其他地区出土有纪年文字资料的墓葬及遗址，对此次发掘的墓葬年代进行初步推断。

龙泉务墓地发掘的22座辽金墓葬，均为南北向排列，大多分布集中，整齐有序，可能为一个村落或几个家族的墓地，而这种墓葬形制皆为汉文化的表现。据此，我们以墓葬的分布及排列顺序将墓地划分为四个小区，其中M11因被严重盗扰而且比较孤单，所以暂不列入分区内。

Ⅰ区　位于墓地的南部，有6座墓葬，分别为M1、M2、M3、M4、M5、M9；

Ⅱ区　位于墓地的中部，有7座墓葬，分别是M25、M26、M27、M28、M29、M30、M31；

Ⅲ区　位于墓地的北部，有5座墓葬，分别为M17、M19、M20、M23、M24；

Ⅳ区　位于墓地的北部偏西，有3座墓葬，分别是M16、M21、M22。

下面以每区为单位，按时代的早晚逐一对各墓葬的年代进行推断。

第一节　墓葬年代与文化性质

一、墓葬年代

1. Ⅰ区

Ⅰ区有墓葬6座，为M9、M3、M4、M5、M2、M1，分布较集中，排列有规律。

M9随葬品以瓷器为主，器形有碗、盘、碟、铜钱。其中C型Ⅳ式碗M9：10、Bb型折腹盘M9：7、M9：11，唇口曲腹盘Ab型Ⅰ式M9：9，Ⅱ式M9：8、M9：4、M9：3、M9：5、M9：6等瓷器形制与龙泉务瓷窑遗址第三期文化及

05T0703G19②内器形完全相同。而龙泉务瓷窑遗址与05T0703G19②皆为辽代晚期文化遗存。据此，我们初步推断M9应为辽代晚期墓葬。

M4随葬品为白瓷碟、铜钱。出土的B型Ⅱ式白瓷碟同类器在本区M9内也有出土，同时出土的铜钱最晚为北宋仁宗时期（公元1054年）铸造，相当于辽圣宗时期，那么它的年代要略晚于辽圣宗时期或与其相当，据此我们初步认为该墓应为辽代晚期墓葬。

M3、M5已被盗扰。其中M3内未见随葬器物残片，在扰土中仅见青灰色沟纹砖残块；而M5内发现的白瓷盘残片与M1、M2、M9内出土的Ab型Ⅰ、Ⅱ式曲腹盘相同。也就是说这两座墓葬的年代大体与其他几座墓葬年代相当，也应为辽代晚期墓葬。

M2随葬品以瓷器为主，器形有碗、盘、碟、铜钱。瓷器均挂白釉。该墓内出土的C型Ⅳ式深腹唇口碗M2：10与北京龙泉务瓷窑遗址第三期Ⅵ型1式T19H21：9及2005年所发掘的瓷窑遗址中①同类器相同；Ab型Ⅱ式唇口曲腹盘M2：2、M2：3、M2：6与M1：3器形相同；Bb型折腹盘M2：4、M2：5、M2：7、M2：9与2006年发掘的密云大唐庄古墓群辽代墓葬M15②内同类器相似。也就是说M2与密云大唐庄M15为同时期墓葬。而大唐庄M15内出土墓志记载为辽太康八年（公元1083年），同时结合墓内出土铜钱"绍圣元宝"为公元1094年铸造，因此M2要略晚于它。所以我们初步推断该墓年代应为辽代晚期靠后比较合适。

M1随葬品以瓷器为主，器形有罐、碗、盘、盏托、器盖、铜钱六个类型。瓷器除两件为素胎烧造外，其余均挂白釉。该墓内出土的A型Ⅳ式折肩罐M1：5与北京龙泉务窑址第三期内才出现的Ⅲ型1式罐G6③：8及2005年发掘的G19③内出土同类器③相同，同时与龙泉务瓷窑遗址第四期文化Ⅲ型1式T11④：8④同类器相似；Da型Ⅱ式罐M1：12、Db型Ⅰ式罐M1：9与北京龙泉务瓷窑遗址第三期Ⅰ型4式T19H21：42、T19H21：41同类器相同⑤；F型Ⅲ式单耳罐M1：15与河北宣化张世卿墓⑥出土的同类器相似；E型Ⅱ式敛口碗M1：2与2005年发掘的T0902H87：18、T0603G19内器形相同⑦；Ab型Ⅰ式M1：3唇口曲腹盘与龙泉务瓷窑第三期Ⅰ型4式G6③：40以及2005年发掘的H20、H6⑧内同类器相同；Ba型

---

① 北京市文物研究所：《北京龙泉务窑发掘报告》206页第三期文化图六八：5，文物出版社，2002年。北京市文物研究所2005年瓷窑遗址发掘报告正在整理中。

② 北京市文物研究所2006年发掘的大唐庄古墓群报告正在整理中。

③ 北京市文物研究所：《北京龙泉务窑发掘报告》236页第三期文化图七八：5，文物出版社，2002年。北京市文物研究所2005年瓷窑遗址发掘报告正在整理中。

④ 北京市文物研究所：《北京龙泉务窑发掘报告》355页第四期文化图一二三：1，文物出版社，2002年。

⑤ 北京市文物研究所2005年龙泉务瓷窑遗址发掘报告正在整理中。

⑥ 河北省文物研究所：《宣化辽墓：1974～1993年考古发掘报告》216页，文物出版社，2001年。

⑦ 北京市文物研究所2005年发掘的瓷窑遗址报告正在整理中。

⑧ 北京市文物研究所：《北京龙泉务窑发掘报告》224页第三期文化图七三：11，文物出版社，2002年。北京市文物研究所2005年发掘的瓷窑遗址报告正在整理之中。

Ⅱ式花式口盘M1：1与龙泉务瓷窑遗址第三期文化内Ⅲ型5式T19H21：84[①]器形如出一辙；白瓷盏托M1：8与北京马直温夫妻合葬墓内同类器相似[②]。而龙泉务瓷窑遗址第四期为辽末金初时期文化；北京马直温合葬墓墓志记载为辽天庆三年（公元1113年）下葬；宣化张世卿墓墓志记载为辽天庆六年（公元1116年）下葬。再结合出土铜钱的上限为北宋哲宗（公元1098年）时期铸造的元符通宝，即辽道宗寿昌年间。因此我们初步将该墓的年代定为辽末金初时期。

根据以上的对比分析，再结合瓷器的使用时限等因素，该区内六座墓葬的器物组合主要以碗、盘、碟为主，应属于辽重熙～辽天庆时期。同时这几座墓葬分布集中，排列有规律，可能为一家族墓地，但是这几座墓葬并没出土有类似于墓志记载的实物资料。我们仅以排列顺序略加推敲，M9位于该组墓葬的最北端；M3位于其下；M4又位于M3右下方；M5位于M4的下方与M2、M1左右并列。以汉人的墓葬习惯，北为上，最上辈分最长，以此类推越向下辈分越低。M5、M2、M1应为平辈，但是依墓葬形制与随葬器物的多寡，以及M1的位置稍向上错，可知该墓的墓主人身份或应略高于其他两座墓葬，而且他的辈分最低。

2. Ⅱ区

Ⅱ区有墓葬7座，为M27、M28、M30、M26、M25、M29、M31，分布不集中，较凌乱。

M27随葬器物以陶器为主，器形有罐、碗、盆、釜、甑、三足器、熨斗、器盖、铜钱几种。Ab型Ⅰ式罐M27：1、M27：2、M27：3、M27：15同类器形仅见于丰台路口南辽墓[③]和该墓地M28、M30几座墓葬内；C型Ⅰ式唇口曲腹碗M27：4与龙泉务窑址2005T0703G19④[④]内同类器相同；F型Ⅰ式弧壁碗M27：10的器形流行于辽代中期，而酱色釉器形则出现于辽中早期[⑤]；Aa型Ⅰ式大珠钮盖M27：9常见于辽中期墓[⑥]内，并且仅见于北京地区墓葬。B型Ⅱ式陶鏊子M27：6，制作稍粗糙、笨重，与辽韩佚墓[⑦]内器形相同，而晚期墓葬内出土的陶鏊子则精致小巧，足口不外折，如宣化张匡正墓[⑧]。因此它可能要早于宣化张匡正墓。根据器形的对比，以及出土铜钱"祥符元宝"为北宋真宗时期铸造，相当于辽圣宗统和时期。那么它的年代要略晚于辽圣宗时期或与其时代相当。所以我们初步推断M27为辽代中期墓葬。

① 北京市文物研究所：《北京龙泉务窑发掘报告》220页第三期文化图七二：9，文物出版社，2002年。
② 北京市文物研究所张先得：《北京市大兴县辽代马直温夫妻合葬墓》，《文物》1980年12期。
③ 北京市文物研究所王清林、王朱、周宇：《丰台南路口辽墓清理简报》，《北京文博》2002年2期。
④ 北京市文物研究所2005年龙泉务瓷窑遗址发掘报告正在整理中。
⑤ 梁淑琴：《辽瓷的类型与分期》38页图三：8，《北方文物》1994年3期。
⑥ 北京市文物研究所王清林、朱志刚、李华、周宇、王燕玲：《北京大兴青云店辽墓发掘简报》，《考古》2004年2期。北京市文物研究所王清林、王朱、周宇：《丰台南路口辽墓清理简报》，《北京文博》2002年2期。
⑦ 北京市文物工作队黄秀纯、傅公钺：《辽韩佚墓发掘报告》，《考古学报》1984年3期。
⑧ 河北省文物研究所：《宣化辽墓：1974～1993年考古发掘报告》43页图三一：5，文物出版社，2001年。

M28也以陶器为主，器形有罐、碗、盆、鏊子、钵、剪。其中罐、鏊子、小瓷碗、三足盆、器盖等陶瓷器形制与M27基本相同。另外A型Ⅰ式陶剪M28：10与宣化张匡正墓[①]出土陶剪形制相同，Bc型Ⅱ式盆M28：2与常遵化墓[②]内器形相似。同时它的位置排列于M27的下方。据此可知该座墓葬的年代略晚于M27，就此我们初步推断M28应为辽中期后段的这个时期。

　　M30随葬品以陶器为主，器形有罐、瓷碗、盆、钵、勺、熨斗、鏊子、釜、甑、三足盆、小灯碗、剪、盘、铜钱8枚。其中罐、钵、鏊子、甑、剪、釜、甑等陶器形制与M28相同。D型Ⅰ式碗M30：10与大横沟辽墓[③]、龙泉务窑第三期前段Ⅰ型2式T8[⑤]：23[④]器形相同；Ba型Ⅰ式折腹盘M30：1与龙泉务窑址第二期文化T31[⑥]：60[⑤]器形相同；A型Ⅰ式小灯碗M30：3、M30：18与宣化张匡正墓[⑥]器形相似；D型Ⅳ式三足盆M30：9与宣化张文藻墓[⑦]器形相似；E型Ⅰ式三足罐M30：2与宣化张世本墓[⑧]器形相似；Da型Ⅰ式罐M30：11与龙泉务窑址第三期Ⅰ型4式T19H21：42[⑨]器形相同。同时出土的"嘉祐通宝"为北宋仁宗（公元1056年）时期铸造，那么它的时代要略晚于辽道宗清宁时期或与其时代相当。虽然M30内出土器物大部分为辽中期流行的器形，但也发现有辽晚期器形，所以我们初步推断M30为辽代晚期靠前段的合葬墓比较适宜。

　　M26出土器物有执壶、罐、盘、杯、盆、三足盆、小灯碗、小瓷碗、铜钱1枚。B型Ⅰ式执壶M26：9与彭庄一号辽墓[⑩]器物形制相同；A型Ⅱ式罐M26：10、M26：11与M27、M28、M30内器物形制相同；B型Ⅲ式碗M26：1与辽韩佚墓[⑪]器物形制相似；瓷杯M26：2与龙泉务窑址第三期Ⅱ型2式T19H21：20以及05T1004H6、05T0403H197、05T0703G19[⑫]等遗迹内器物形制相同；D型Ⅱ式盘M26：4与龙泉务窑址05T1003[⑤]H20[⑬]内器物相同；D型Ⅳ式三足盆M26：8、A型Ⅰ式小灯碗M26：5

① 河北省文物研究所：《宣化辽墓：1974～1993年考古发掘报告》45页，文物出版社，2001年。
② 朝阳市博物馆刘桂馨：《辽代常遵化墓出土的围棋子》，《文物》1997年11期。
③ 敖汉旗文物管理所：《内蒙古敖汉旗沙子沟、大横沟辽墓》，《考古》1987年10期。
④ 北京市文物研究所：《北京龙泉务窑发掘报告》第三期文化211页图六九：3，文物出版社，2002年。
⑤ 北京市文物研究所：《北京龙泉务窑发掘报告》第二期文化134页图三七：4，文物出版社，2002年。
⑥ 河北省文物研究所：《宣化辽墓：1974～1993年考古发掘报告》45页图三二，文物出版社，2001年。
⑦ 河北省文物研究所：《宣化辽墓：1974～1993年考古发掘报告》102页图七八：3，文物出版社，2001年。
⑧ 河北省文物研究所：《宣化辽墓：1974～1993年考古发掘报告》144页图一一五：3，文物出版社，2001年。
⑨ 北京市文物研究所：《北京龙泉务窑发掘报告》第三期文化134页图七八：10，文物出版社，2002年。
⑩ 苏天均：《北京郊区辽墓发掘简报》，《考古》1959年2期。
⑪ 北京市文物工作队黄秀纯、傅公钺：《辽韩佚墓发掘报告》，《考古学报》1984年3期。
⑫ 北京市文物研究所：《北京龙泉务窑发掘报告》255页图八五：4，文物出版社，2002年。北京市文物研究所2005年发掘的龙泉务瓷窑遗址报告正在整理中。
⑬ 北京市文物研究所2005年龙泉务瓷窑遗址发掘报告正在整理中。

与宣化M10张匡正墓(M10)^①同类型器物相似。结合出土的"皇宋通宝"为北宋仁宗宝元（公元1038年）时期铸造的，相当于辽兴宗重熙时期，由此可知M26的年代应晚于该时期或与其相当，因此我们把该墓初步定为辽代晚期似比较稳妥。

M25内仅出土C型Ⅰ式小瓷碗1件，器形与M27、M26内同类器相同。而且M25位于M26的下方，那么它的时代应晚于M26或与其年代相当。所以我们初步推断M25为辽代晚期墓葬。

M29内随葬品以陶器为主，器形有执壶、罐、盆、三足盆、三足盘、釜、三足釜、錾子、剪、熨斗、小灯碗、钵、小瓷碗等几个类型。Ab型Ⅲ式罐M29：9、M29：12、M29：23、M29：24、M29：25、M29：26、M29：1在其他地区并未发现，仅见于龙泉务墓地，它要比M27、M28、M26、M30内同类器制作规范、精致小巧，有可能略晚于以上四座墓葬；B型Ⅱ式执壶M29：21与M30内器物制相同，同时与宣化张文藻墓（M7）^②内器物形制相似，但也有不同之处（颈和流）；C型Ⅱ式錾子M29：20与M31、M24内器物形制相同；D型Ⅳ式三足盆同类型器物在M16、M21、M31、M30也有出土；Ba型Ⅱ式剪M29：13与M16、M31、M23内器物形制相同；C型Ⅱ式盆M29：8与M21、M31内器物形制相同，而且也仅见于宣化张匡正墓^③；B型Ⅱ式三足釜M29：2、A型Ⅱ式小灯碗M29：7、M29：16与宣化张世本墓^④出土器物相似；釜、平底盆类器物在龙泉务墓地其他墓葬内均有出土。根据器物形制的对比，我们初步推断M29为辽代末期墓葬。

M31内已被盗扰，清理出随葬器物18件，皆以陶器为主，器形有执壶、罐、碗、盘、盆、三足釜、三足盆、剪、錾子、熨斗、小灯碗、器盖、石刀。B型Ⅱ式执壶M31：8、C型Ⅱ式盆M31：13、Ab型Ⅱ式罐M31：10、C型Ⅱ式錾子M31：6、D型Ⅳ式三足盆M31：5、A型Ⅱ式小灯碗M31：14、B型Ⅱ式剪M31：11、B型Ⅲ式器盖M31：7与M29内器物形制完全相同；A型Ⅲ式碗M31：15、M31：17与北京龙泉务窑址05T0703G19②、05T0403H197^⑤内器物形制相同。墓葬内大部分器物与辽代末期墓葬M29内器形相同，同时05T0703G19②层堆积与05T0403H197为辽代晚期遗存，并且C型Ⅰ式折沿盘M31：4与马直温墓^⑥器物形制相似，而马直温墓墓志记载"辽天庆三年五月葬于燕京析津县"。据此，M31与M29应为同时期墓葬，即辽代末期。

根据以上各墓葬的年代推断以及器物横向对比发现，该区内七座墓葬器物组合以执壶、罐、盆、三足器、剪、陶錾子、甑等为主(除M25外)，应属于辽中晚

① 河北省文物研究所：《宣化辽墓：1974～1993年考古发掘报告》M10，文物出版社，2001年。
② 河北省文物研究所：《宣化辽墓：1974～1993年考古发掘报告》102页M7：1，文物出版社，2001年。
③ 河北省文物研究所：《宣化辽墓：1974～1993年考古发掘报告》43页M10：8，文物出版社，2001年。
④ 河北省文物研究所：《宣化辽墓：1974～1993年考古发掘报告》150页M3：4，文物出版社，2001年。
⑤ 北京市文物研究所2005年龙泉务瓷窑遗址发掘报告正在整理中。
⑥ 北京市文物工作队张先得：《北京市大兴县辽代马直温夫妻合葬墓》，《文物》1980年12期。

期的汉人墓葬特征。同时这几座墓葬分布不集中，排列无规律，我们初步推测，该区应为当时的公共墓地。

3．Ⅲ区

Ⅲ区有墓葬5座。M17随葬品以瓷器为主，次之为陶器。器形有罐、碗、盘、瓶、甑、箕等。A型Ⅰ式罐M17：3与龙泉务窑第一期文化Ⅰ型1式T6⑦：7、商家沟1号墓①同类器如出一辙；B型高领罐M17：2与龙泉务窑二期文化Ⅰ型2式罐T43F2：45②器形相同；C型Ⅰ式瓜棱罐M17：9与辽耶律羽之墓③、北京龙泉务窑第二期文化T37H33：45④同类器相同；C型Ⅱ式罐M17：18、A型Ⅰ式曲腹碗M17：16、A型Ⅱ式深腹碗M17：12、M17：14与北京龙泉务窑第一期文化Ⅳ型1式T7⑦：102、Ⅰ型1式T7⑦：48同类器相同⑤；B型Ⅱ式花式口碗M17：7与北京龙泉务窑第二期文化Ⅰ型4式T31⑥：28同类器相同⑥；Aa型曲腹盘M17：11与龙泉务窑第一期文化Ⅲ型2式T7⑦：43同类器相同⑦；D型Ⅰ式盘M17：10、M17：15与北京龙泉务窑址Ⅰ型1式T31⑥：60⑧同类器相同。随葬的陶器均为明器，B型Ⅰ式饼形足圆腹罐M17：19与Aa型饼形足陶釜M17：4属于辽早期器物范畴之列；A型Ⅰ式浅曲腹平底碗同类器在青云店辽墓⑨内也有发现。经过对比，墓葬内除发现辽早期器物外，其余器物均为辽中期常见器形，据此我们初步推断该墓的年代为辽代中期墓葬。

M20内随葬器物以陶器为主，次之为瓷器，器形有罐、盆、釜、甑、碟、鏊子等。E型Ⅱ式兽足形三足罐M20：2同类器在北京郊区辽墓⑩内有出土；A型陶鏊子M20：6在其他地区并没有发现，同类器形仅发现于辽韩佚墓⑪内；D型Ⅲ式三足盆M20：3与丰台路口辽墓⑫内器形相同；Ab型Ⅰ式陶釜M20：5同类器在龙泉务墓地M27、M30内均有出土，而且与辽韩佚墓⑬内器形相同；A型Ⅱ式折

① 北京市文物研究所：《北京龙泉务窑发掘报告》103页图二九：1，文物出版社，2002年。邓宝学、孙国平、李宇峰：《辽宁朝阳赵氏族墓》，《文物》1983年9期。
② 北京市文物研究所：《北京龙泉务窑发掘报告》103页图四四：8，文物出版社，2002年。
③ 内蒙古考古研究所、赤峰市博物馆、阿鲁科尔沁旗文物管理所：《辽耶律羽之墓发掘简报》25页图五二，《文物》1996年1期。
④ 北京市文物研究所：《北京龙泉务窑发掘报告》142页图四四：5，文物出版社，2002年。
⑤ 北京市文物研究所：《北京龙泉务窑发掘报告》85页图二三：4、图二三：9，文物出版社，2002年。
⑥ 北京市文物研究所：《北京龙泉务窑发掘报告》121页图三七：98，文物出版社，2002年。
⑦ 北京市文物研究所：《北京龙泉务窑发掘报告》99页图二八：8，文物出版社，2002年。
⑧ 北京市文物研究所：《北京龙泉务窑发掘报告》135页图四一：7，文物出版社，2002年。
⑨ 北京市文物研究所王清林、朱志刚、李华、周宇、王燕玲：《北京大兴青云店辽墓》24页图六：5，《考古》2004年2期。
⑩ 苏天均：《北京郊区辽墓发掘简报》91页图四，《考古》1959年2期。
⑪ 北京市文物工作队黄秀纯、傅公钺：《辽韩佚墓发掘报告》，《考古学报》1984年3期。
⑫ 北京市文物研究所王清林、王朱、周宇：《丰台路口南辽墓清理简报》，《北京文博》2002年2期。
⑬ 北京市文物工作队黄秀纯、傅公钺：《辽韩佚墓发掘报告》，《考古学报》1984年3期。

肩罐M20：7与龙泉务窑址第二期文化①内同类器相似；A型瓷碟M20：10同类器在2005年发掘的龙泉务窑址②内发现较多；B型Ⅰ式鸡腿瓶M20：1同类器在辽陈国公主驸马合葬墓、义县清河门辽墓、前海子村辽墓、龙泉务窑址2005T0603④G19③内均有发现；同时出土的亚腰型陶钵B型Ⅲ式陶钵M20：8在其他地区还未发现，仅见于该地区。通过墓葬内出土器物的横向对比，我们初步推断该墓为辽中期墓葬（公元983～1055年）比较稳妥。

M23内随葬器物基本以陶明器为主，仅有一件为实用器物。器形有盆、三足盆、熨斗、钵、剪、鸡腿瓶等。Ba型Ⅰ式盆M23：3、M23：6、Ⅱ式M23：10、D型Ⅲ式三足盆M23：8、B型Ⅲ式钵M23：5与M20内出土器物相同；A型Ⅱ式剪M23：4的形制介于M28、M27与M31、M16、M29、M24之间；而出土的B型Ⅱ式鸡腿瓶从形制上看要晚于M20内同类器。据此，我们初步推断该墓年代应为辽晚期靠前比较合适。

M24内随葬器物以陶器为主，器形有执壶、罐、盆、釜、瓶、錾子、剪、钵、勺、箕、瓷碟等。Ab型Ⅱ式罐M24：11、M24：12同类器仅发现于丰台路口南辽墓④以及M26、M27、M28、M30四座墓葬内，与其他地区所出土的同类型器物有一定的区别（见表六）；Ac型Ⅱ式罐M24：21与墓地M21：8器形制相同；B型Ⅱ式执壶与M29、M31内器物形制相同。而且墓葬内出土器物早晚差异明显，据此，我们初步推断M24应为辽代晚期的合葬墓。

M19内随葬器物为陶瓷器共存，器形有罐、碗、盘、盆、勺、器盖、围棋子、铜钱等。E型Ⅰ式双系罐M19：21与龙泉务窑址第二期文化T26⑥：4⑤器形相同；E型Ⅱ式双系罐M19：23同类器在北京斋堂辽壁画墓⑥内也有发现；B型Ⅰ式花式口小碗M19：24与龙泉务窑址第三期文化G6③：21⑦器形相同；A型Ⅱ式折肩罐M19：6同类器形在龙泉务墓地M20：7内也有出土；Ab型Ⅰ式唇口曲腹盘M19：5与M1、M2、M9内同类器相同；D型重唇罐M19：15同类型器物在顺义安辛庄辽墓、辽宁朝阳市辽刘承嗣族墓内均有发现⑧；B型Ⅰ式鸡腿瓶M19：20与该

① 北京市文物研究所：《北京龙泉务窑发掘报告》236页图七八，文物出版社，2002年。北京市文物研究所2005年龙泉务瓷窑遗址发掘报告正在整理中。
② 北京市文物研究所2005年龙泉务瓷窑遗址发掘报告正在整理中。
③ 内蒙古考古研究所：《辽陈国公主驸马合葬墓发掘简报》，《文物》1987年11期。东北博物馆李文信：《义县清河门辽墓发掘报告》，《考古学报》第八册。富占军：《内蒙古商都县前海子村辽墓》，《北方文物》1990年2期。北京市文物研究所2005年龙泉务瓷窑遗址发掘报告正在整理中。
④ 北京市文物研究所王清林、王朱、周宇：《丰台路口南辽墓清理简报》，《北京文博》2002年2期。
⑤ 北京市文物研究所：《北京龙泉务窑发掘报告》141页图四四：12，文物出版社，2002年。
⑥ 北京市文物事业管理局、门头沟区文化办公室发掘小组鲁琪、赵福生：《北京市斋堂辽壁画墓发掘简报》，《文物》1980年7期。
⑦ 北京市文物研究所：《北京龙泉务窑发掘报告》195页图六四：6，文物出版社，2002年。
⑧ 北京市文物研究所、顺义县文物管理所王武钰、祁庆国：《北京顺义安辛庄辽墓发掘简报》，《文物》1992年6期。王成生：《辽宁朝阳市辽刘承嗣族墓》，《考古》1987年2期。

墓地M20内同类器相似；围棋子M19：2在龙泉务窑址[1]内均有出土；A型Ⅱ式小灯碗M19：25与昌平陈庄辽墓内[2]器形相似；Ba型Ⅰ式M19：18、C型Ⅲ式盆M19：16及A型Ⅱ式勺M19：8在宣化辽墓[3]内均有出土；B型Ⅱ式罐M19：17与北京通县金墓内[4]同类器相同；C型Ⅱ式折沿盘M19：1与龙泉务窑址第四期文化Ⅰ型1式T5④：7、北京先农坛金墓[5]内出土器形相同。出土的铜钱最晚为北宋神宗年间（公元1068年）铸造的"熙宁元宝"，即辽道宗咸雍年间。通过对比可知，M19内随葬品以罐、碗、盘、盆、鸡腿瓶的组合形式，常见于辽汉人墓葬[6]，而出土的器物含有辽中期、晚期、金代遗物，同时铜钱的出土使它的上限不早于辽道宗咸雍年间（公元1068年）因此我们初步推断该墓为辽代晚期与金代时期的合葬墓。值得注意的是该墓内出土的D型重唇罐M19：15还遗留有契丹早期文化[7]器形的特征。此种器形的出现，我们认为应是契丹早期文化与汉文化之间的交流与融合。

4.Ⅳ区

Ⅳ区有墓葬3座。M16以陶器为主，器形有罐、小瓷碗、盆、三足盆、钵、釜、甑、剪、熨斗、小灯碗、器盖。Ab型Ⅱ式罐M16：10、M16：13与M27、M28、M30内器物形制相同；Ab型Ⅲ式罐M16：2、M16：3、M16：5、M16：7、M16：11、M16：8与M29、M31内器物形制相同；釜、甑、三足盆、剪、熨斗、盆、钵与M24、M29、M31等墓葬内器物制相同，其中Ba型陶盆M16：6、M16：12与辽韩佚墓、辽臧知进墓[8]器物形制相同；Ⅱ型B式小瓷碟M16：1与M1、M2、M9、M29内器物形制相同。虽然墓葬内出土器物有早有晚，我们以最晚器物为准，所以将M16的年代初步推断为辽代末期。同时根据墓葬内随葬器物的早晚差异，我们推断该座墓葬应为夫妻合葬墓。

M22随葬品以陶器为主，其次为瓷器，器形有执壶、罐、碗、盆、钵、釜、甑、盘、熨斗、三足釜、勺、三足盆等几个类型。Aa型Ⅰ式罐M22：14、Ⅱ式罐M22：13、M22：22、M22：26不见于墓地内其他墓葬，同时在其他地区辽金

① 北京市文物研究所：《北京龙泉务窑发掘报告》296页图一〇二：8，文物出版社，2002年。北京市文物研究所2005年龙泉务瓷窑遗址发掘报告正在整理中。
② 昌平县文物管理所周景城、王殿华、邢军：《北京昌平陈庄辽墓清理简报》74页图二二，《文物》1993年3期。
③ 河北省文物研究所：《宣化辽墓：1974~1993年考古发掘报告》内"称其为匝"，文物出版社，2001年。
④ 北京市文物管理处马希桂：《北京先农坛金墓》，《考古》1977年11期。
⑤ 北京市文物研究所：《北京龙泉务窑发掘报告》300页图一二一：10，文物出版社，2002年。北京市文物管理处马希桂：《北京先农坛金墓》，《考古》1977年11期。
⑥ 梁淑琴：《辽瓷的类型与分期》，《北方文物》1994年3期。
⑦ 黑龙江省考古研究所赵虹光：《黑龙江省牡丹江桦林石场沟墓地》，《北方文物》1991年4期。
⑧ 北京市文物工作队黄秀纯、傅公钺：《辽韩佚墓发掘报告》，《考古学报》1984年3期。张家口地区文管所、涿鹿县文管所：《河北涿鹿谭庄辽臧知进墓》35页图七：5，《文物春秋》1990年3期。

墓葬中也并不多见，该器物形制与北京发现的几座唐墓[①]内出土的器形相似；B型Ⅱ式执壶M22：17与M24、M29、M31内器物形制相同，但无饰小流；陶魁M22：9与宣化张世本墓[②]同类型器物相似；A型Ⅲ式熨斗M22：21由墓地内常见的浅折腹演变为浅斜腹；B型Ⅳ式钵M22：12由墓地内常见的束腹演变为斜弧腹；B型Ⅳ式三足釜M22：25与通县金代墓葬[③]器物形制相似；A型Ⅳ式小瓷碗M22：10内底为涩圈形制的器物特征见辽金其他窑址[④]，而龙泉务窑址未见此种烧制方法与器形；D型Ⅱ式碗M22：15与北京龙泉务窑址第三期、第四期内均有发现；B型Ⅲ式盘M22：1、M22：2与龙泉务窑址第四期Ⅲ型2式T11④：5[⑤]形制相同；E型Ⅰ式碗M22：23与龙泉务窑址第四期T36④：65[⑥]形制相同。M22内出土器物有早有晚，最晚为金代时期，那么可以肯定该墓为合葬墓，它跨越辽金两个时代，要晚于M16、M21。

M21内随葬器物皆为陶质明器，器形有罐、盆、三足盆、三足盘、釜、瓶、钵、小灯碗等。该墓内器物形制在墓地其他晚期墓葬内均有发现，从出土器形上看它要早于同区的M22，略晚于M16或与其时代相当，故推断M21为辽代末期墓葬。

该区内三座墓葬排列整齐，有规律，似为家族墓地。从出土器物形制与墓葬排列可以看出，M16位于M21与M22的上方，而M21与M22并列于下方。以汉人的丧葬习俗，M16位于上端，那么它的辈分要略高于其他两座墓葬。M21与M22应为平辈，但M21在西侧而且紧靠山脚，它的辈分可能略高一点。

二、墓地文化性质

北京龙泉务辽金墓地中墓葬规模都不大，皆为类屋式墓，建筑材料为砖筑和砖石混筑两种。砖筑墓葬一般用料主要为青灰色沟纹砖券筑，个别墓葬也掺杂了一些早期的细绳纹砖；砖石混筑墓的起券部位以下均用不规则形石块砌制，石块都未经专门打制，仅用自然石块垒砌，与墓地西侧山冈上的石质相同，起券部分用砖，多以残砖券制。

龙泉务墓地，墓室内基本无装饰，大部分墓葬都饰以简单的仿木结构门楼。虽然部分墓葬被破坏或塌陷，就墓葬形制而言，墓地以M1、M17最为华丽高大，其中M1内还设置有简单的斗拱。这些情况可能与墓主人的经济条件和社会地位有关系。

① 北京市文物工作队马希桂：《北京发现的几座唐墓》，《考古》1980年6期。
② 河北省文物研究所：《宣化辽墓：1974～1993年考古发掘报告》152页M3：3，文物出版社，2001年。
③ 北京市文物管理处刘精义、张先得：《北京市通县金代墓葬发掘简报》10页图三：3，《文物》1977年11期。
④ 李辉柄、毕南海：《论定窑烧瓷工艺的发展与历史分期》，《文物》1987年12期。参阅赵光林：《近几年北京发现的几处古代窑址》之金代瓷器特征，《中国古代窑址调查发掘报告集》，文物出版社，1984年。
⑤ 北京市文物研究所：《北京龙泉务窑发掘报告》347页图一二〇：3，文物出版社，2002年。
⑥ 北京市文物研究所：《北京龙泉务窑发掘报告》345页图一一九：4，文物出版社，2002年。

龙泉务墓地，墓葬内出土随葬品以陶质明器和实用瓷器为主，数量不一，个别墓葬还出土数量（1~8枚）不等的铜钱，部分实用瓷器上还残留叠烧或套烧时的支钉痕迹和同类器的残片。

从墓葬排列、形制、规模、随葬品数量和质量等多方面因素的比较，我们初步确定这是一处辽代中晚期的汉人平民墓地或家族墓地。同时也表现出各墓之间存在的贫富差异，但是差别不大。

第二节　器物类型分期

上节对墓地内各墓葬年代的初步推断可知，此次发掘的22座墓葬皆属辽代中晚期~金初时期的汉人平民墓葬。而从出土器物上看，大多为合葬墓，早晚期器物混合使用比例偏重。虽然个别墓葬的下限已超出辽代纪年（如M1、M19、M22），但葬制与随葬器物基本属于辽代时期范畴。据此，我们把墓地内陶瓷器的发展分为四期：第一期太祖至景宗时期（公元916~983年）为早期；第二期圣宗至兴宗时期（公元983~1055年）为中期；第三期道宗至天祚帝时期（公元1055~1025年）为晚期；第四期天祚帝（公元1125年）以后为金代时期。下面我们以墓地内辽代常见陶瓷器等器形的自身特点为基础，同北京地区及其他地区同时期或年代相接近的纪年墓葬及遗址内出土器形为线索，试对墓地出土器物的早晚变化进行分析。

一、陶器

1. 执壶

执壶由早到晚的特征为：

早期器形为敞口，短束颈，扁曲把，圆肩鼓腹斜收，小平底。如M19：10与青云店辽墓[①]内出土器物相似，但龙泉务墓地M19内器形要略晚于青云店辽墓内同类器。

中期器形为敞口，短束颈，扁圆把，圆肩微鼓，深腹直收，小平底。如M26：9与彭庄一号辽墓[②]内出土器物相似。

晚期器形为敞口，束颈，扁圆把，鼓腹斜收，小平底。如M29：21、M31与

---

① 北京市文物研究所王清林、朱志刚、李华、周宇、王艳玲：《北京大兴青云店辽墓》，《考古》2004年2期。
② 苏天均：《北京郊区辽墓发掘简报》，《考古》1959年2期。

张世卿墓[1]内出土器物相似。

由此可见，A型流行于辽代早期；B型Ⅰ式流行于辽代中期；B型Ⅱ式流行于辽代晚期。早中期器物的腹部最大径在肩部，而晚期器物的腹部最大径位于肩部靠下。同时早中期器物要比晚期器物高大，而且柄把离颈部越来越近，器身渐瘦（表六）。

2. 罐

罐分鼓腹罐、桶状罐、单耳罐，我们主要以鼓腹罐进行排比，而桶状罐、单耳罐则根据墓葬内其他器物的早晚进行比对。其由早到晚的特征为：

早期器形高大，直口，口径较大，唇有圆唇、尖唇之分，束颈，深鼓腹，腹最大径在肩部，斜收，小平底。如M22：14与北京市发现的几座唐墓[2]内器形相同。

中期器形略矮，烧制不规范。直口，口径略大，平沿，唇分尖唇和圆唇，束颈，鼓腹斜收，腹最大径在肩部，小平底。如M27：1、M28：4与丰台路口辽墓[3]、北京郊区辽墓[4]内器形相似。

晚期器形矮小，烧制规范、精致。直口，口径较小，平沿，圆唇或尖唇，束颈，腹微鼓斜收，腹最大径位于肩部略靠下，小平底。该种器形仅见于龙泉务墓地M29：24。

由此可见，Aa型Ⅰ式、Ⅱ式流行于辽代早期；Ab型Ⅰ式、Ⅱ式流行于辽代中期；Ab型Ⅲ式流行于辽代晚期。由早期尚有唐代遗风的高大器形演变为辽代晚期的矮小器形（表六）。

3. 盆

盆分为平底盆和三足盆，其由早到晚的变化特征为：

早期器形为敞口，方唇，浅斜腹，平底。如M24：4、M24：7与辽臧知进墓[5]内出土器物相似。

中期器形为：①敞口，侈沿，方圆唇，斜腹，大平底，黏贴三兽形足。如M20：3、M23：8与辽韩佚墓[6]内出土器物相似。②敞口，平沿外侈，浅斜腹，小平底。如M28：2与常遵化墓[7]内出土器物相似。

晚期器形为：①敞口，内折，双唇，中腹折收，小平底。如M29与宣化张匡正墓[8]内出土器物相似。②敞口，侈平沿，方圆唇，浅斜腹，小平底。如M24：20与宣化张世卿墓[9]内出土器物相似。③敞口，双唇，斜腹，小平底，下黏贴三锥形足，如M29：3与张文藻墓[10]内器形相似。

① 河北省文物研究所：《宣化辽墓：1974～1993年考古发掘报告》，文物出版社，2001年。
② 北京市文物工作队马希桂：《北京市发现的几座唐墓》，《考古》1980年6期。
③ 北京市文物研究所王清林、王朱、周宇：《丰台南路口辽墓清理简报》，《北京文博》2002年2期。
④ 苏天均：《北京郊区辽墓发掘简报》，《考古》1959年2期。
⑤ 张家口地区文管所、涿鹿县文管所：《河北涿鹿谭庄辽臧知进墓》，《文物春秋》1990年3期。
⑥ 北京市文物工作队黄秀纯、傅公钺：《辽韩佚墓发掘报告》，《考古学报》1984年3期。
⑦ 朝阳博物馆刘桂馨：《辽代常遵化墓出土的围棋子》，《文物》1997年11期。
⑧ 河北省文物研究所：《宣化辽墓：1974～1993年考古发掘报告》，文物出版社，2001年。
⑨ 河北省文物研究所：《宣化辽墓：1974～1993年考古发掘报告》，文物出版社，2001年。
⑩ 河北省文物研究所：《宣化辽墓：1974～1993年考古发掘报告》，文物出版社，2001年。

由此可见，A型流行于辽代早期；C型Ⅰ式盆（M27：14、M24：2、M24：18）、D型Ⅰ式、Ⅱ式、Ⅲ式三足盆（M27：7、M28：6、M20：3、M23：8）流行于辽代中期；Bc型Ⅰ式、Ⅱ式、C型Ⅱ式、Ⅲ式、D型Ⅳ式流行于辽代晚期（表六）。

4. 釜

釜分为平底釜和三足釜，其由早到晚的变化特征为：

中期器形高大，敛口，鼓腹，腹最大径在中部略靠上，小平底。如M20：5与辽韩佚墓[①]内出土器物相似。

晚期器形矮小：①敛口，鼓腹，腹最大径在中部，小平底。如M29：19、M21：5要晚于同类器形M20：5。②敛口，鼓腹，腹中沿外展，口外饰凸弦纹，下腹斜收小平底，黏贴三锥形足。如M29、M31与河北宣化张匡正[②]等墓内器形相似。

金代器形为直口，厚唇，上腹微束，中腹外展，下腹斜收，小平底黏贴三锥形足。如M22：25与通县金墓[③]内出土器物相似。

由此可见，Ab型Ⅰ式流行于辽代中期；Ab型Ⅱ式、Ⅲ式、Ⅳ式、B型Ⅰ式、Ⅱ式、Ⅲ式流行于辽代晚期；B型Ⅳ式流行于金代（表六）。

5. 鏊子

鏊子由早到晚的变化特征为：

早期器形为弧形顶，下斜出三个扁方足，足壁较直。见河北涿鹿谭庄辽臧知进墓[④]、北京青云店辽墓[⑤]内器形。

中期器形为平顶，下斜出三个扁方足，足口外折形成厚唇。部分器物围顶饰一周凹弦纹。如M20：6、M27：6、M30：4、M28：7与辽韩佚墓[⑥]、丰台路口辽墓[⑦]内出土器物相似。

晚期器形为平顶，下斜出三个扁方足。该器形仅见于本墓地，如M24：14、M31：6、M29：20等。

由此可见，A型、B型流行于辽代中期；C型流行于辽代晚期（表六）。

6. 钵

钵由早到晚的变化特征为：

早期器形为直口略外敞，深斜腹，圜平底，内饰压印蓖点纹。如M17：8、M24：8。

中期器形为侈口双唇，小平底。如M28：8、M30：8等与青云店辽墓[⑧]内出

① 北京市文物工作队黄秀纯、傅公钺：《辽韩佚墓发掘报告》，《考古学报》1984年3期。
② 河北省文物研究所：《宣化辽墓：1974～1993年考古发掘报告》，文物出版社，2001年。
③ 北京市文物管理处：《北京市通县金代墓葬发掘简报》，《文物》1977年11期。
④ 张家口地区文管所、涿鹿县文管所：《河北谭庄臧知进墓》，《文物春秋》1990年3期。
⑤ 北京市文物研究所王清林、朱志刚、李华、周宇、王艳玲：《北京大兴青云店辽墓》，《考古》2004年2期。
⑥ 北京市文物工作队黄秀纯、傅公钺：《辽韩佚墓发掘报告》，《考古学报》1984年3期。
⑦ 北京市文物研究所王清林、王朱、周宇：《丰台路口南辽墓清理简报》，《北京文博》2002年2期。
⑧ 北京市文物研究所王清林、朱志刚、李华、周宇、王艳玲：《北京大兴青云店辽墓》，《考古》2004年2期。

北京龙泉务辽金墓葬　发掘报告

表六　北京市门头沟龙泉务墓葬出土陶器分期表

器名　年代	陶罐	执壶	盆 平底盆	盆 三足盆	釜 平底釜	釜 三足釜	鏊子	钵	剪	器盖
辽早期	Aa型Ⅰ式 (M22：14)	A型 (M19：10)	A型 (河北迁安辽墓知进)				(河北迁安辽墓知进)	Aa型Ⅱ式 (M24：8)	北京大兴青云店	
辽中期	Ab型Ⅲ式 (M27：15)	B型Ⅰ式 (M26：9)	C型Ⅰ式 (M27：14)	D型Ⅲ式 (M20：3)	Aa型 (M17：4)		A型 (M20：6)	B型Ⅰ式 (M28：8)	A型Ⅳ式 (M28：10)	Aa型Ⅰ式 (M27：9)
辽晚期	Ab型Ⅲ式 (M29：24)	B型Ⅱ式 (M31：8)	Bd型Ⅱ式 (M29：4)	D型Ⅳ式 (M29：3)	Ab型Ⅳ式 (M29：19)	B型Ⅰ式 (M31：3)	C型Ⅱ式 (M31：6)	B型Ⅰ式 (M29：8)	B型Ⅱ式 (M29：13)	C型Ⅱ式 (M22：5)
金代						B型Ⅳ式 (M22：30)		B型Ⅳ式 (M22：12)		

土器形相似，而该器形在青云店辽墓内称为陶盆（M2：4）。

晚期器形为侈口，双唇，束腰，小平底。如M16：9、M23：5等，该型器物仅见于本墓地内墓葬。

由此可见，A型Ⅰ式、Ⅱ式流行于辽代早期，B型Ⅰ式流行于辽代中期，B型Ⅱ式、Ⅲ式流行于辽代晚期（表六）。

7.剪

剪由早到晚的特征为：

早期器形尚有唐代遗风，"8"字形柄，尖部分开。见青云店辽墓[①]。

中期与早期基本相同，而中期出土的陶剪尖部合拢，剪身正面刻划刀线。如M28：10、M30：16与丰台路口辽墓[②]内出土器物相似。

晚期器形为"O"形柄，剪身正面刻划刀线。如M24、M29等，该器形仅见于本墓地。

由此可见，A型Ⅰ式、Ⅱ式流行于辽代中期，B型Ⅰ式、Ⅱ式流行于辽代晚期（表六）。

二、瓷器

1.罐

罐，以折肩罐为主，基本特征为：

早期器形为直口，矮领，折肩，腹弧收，圈足略宽。如M17：3与商家沟1号墓[③]、北京龙泉务窑址第一期文化[④]内出土器物相同。

中期器形为直口，矮领，折肩，直壁微曲，下腹折收，圈足。如M19：6、M20：7与北京龙泉务瓷窑遗址第二期文化[⑤]内出土器物相似。

晚期器形为直口，矮领，折肩，斜直腹，下腹折收，圈足外撇。如M19：9与北京龙泉务瓷窑遗址第三期文化[⑥]内出土器物相似。

辽末金初的器形为直口微敞，矮领，折肩，深直腹，下腹折收，圈足里墙外撇。如M1：5与北京龙泉务瓷窑遗址第四期文化[⑦]内出土器物相似。

由此可见，A型Ⅰ式流行于辽代早期，A型Ⅱ式流行于辽代中期，A型Ⅲ式流行于辽代晚期，A型Ⅳ式流行于辽末金初时期（表七）。

2.碗

碗由早到晚的变化特征为：

---

① 北京市文物研究所王清林、朱志刚、李华、周宇、王艳玲：《北京大兴青云店辽墓》，《考古》2004年2期。

② 北京市文物研究所王清林、王朱、周宇：《丰台路口南辽墓清理简报》，《北京文博》2002年2期。

③ 邓宝学、孙国平、李宇峰：《辽宁朝阳辽赵氏族墓》，《文物》1983年9期。

④ 北京市文物研究所：《龙泉务窑发掘报告》，文物出版社，2002年。

⑤ 北京市文物研究所：《龙泉务窑发掘报告》，文物出版社，2002年。

⑥ 北京市文物研究所：《龙泉务窑发掘报告》，文物出版社，2002年。

⑦ 北京市文物研究所：《龙泉务窑发掘报告》，文物出版社，2002年。

北京龙泉务辽金墓葬

发掘报告

表七　北京龙泉务墓葬瓷器分期表

器名 \ 年代	辽早期	辽中期	辽晚期	金代
鸡腿瓶		B型I式 (M19:20)	B型II式 (M23:1)	
碟		A型 (M20:10)	B型I式 (M1:4)	
盘	Aa型 (M17:11)	Ba型 (M30:1)	Ab型I式 (M2:2)	C型II式 (M19:1)
碗	A型II式 (M17:12)	F型I式 (M27:10)	A型III式 (M31:17)	A型IV式 (M22:10)
罐	A型I式 (M17:3)	A型II式 (M19:6)	A型III式 (M19:9)	A型IV式 (M1:5)

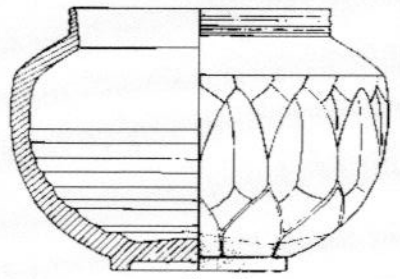

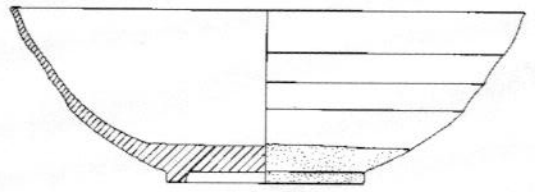

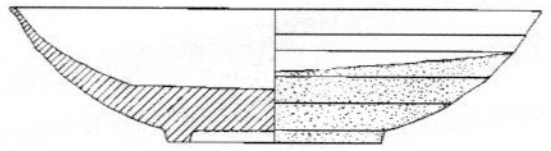

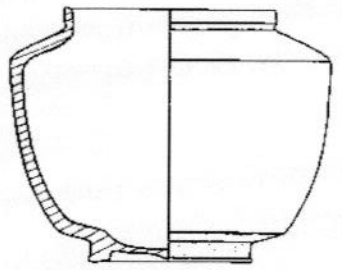

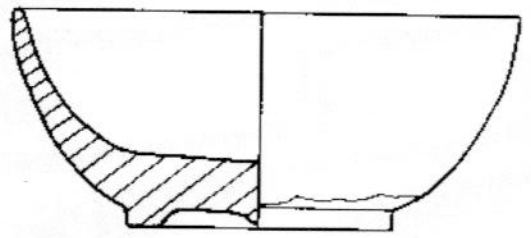

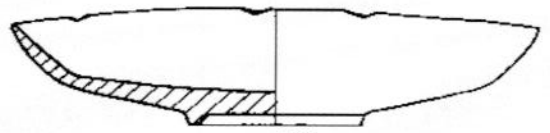

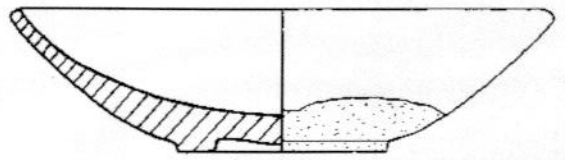

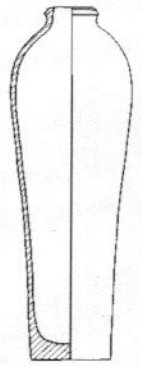

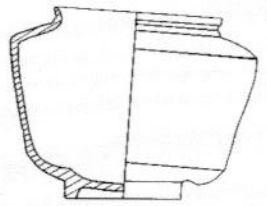

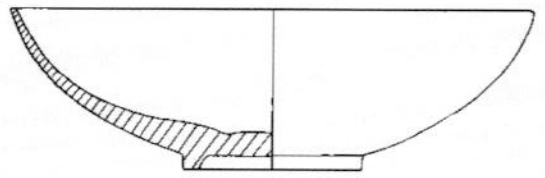

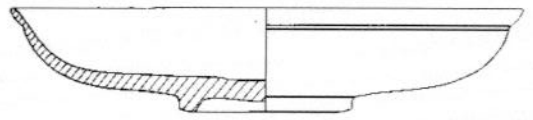

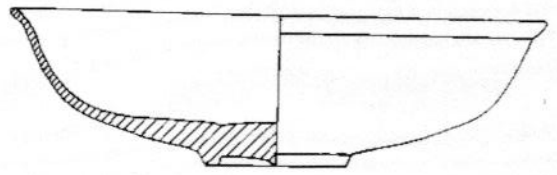

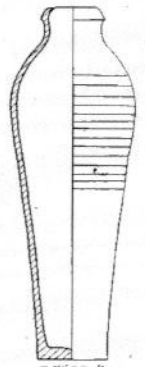

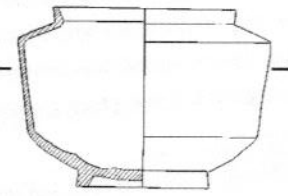

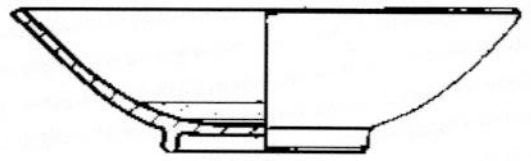

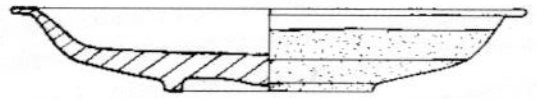

早期器形为敞口，斜壁，坦底，大圈足较矮。如M17：16、M19：24与北京龙泉务窑第一期文化[1]内同类器相似。

中期器形为敞口，唇沿，底稍平，内壁略弧收，圈足略变小。如M17：7、M27：14、M30：10与北京龙泉务窑第二期文化[2]内同类器相似。

晚期器形为敞口，唇口或敛口，内壁弧收，小圈足较高。如M31：15、M26：1、M19：11、M9：10、M22：23、M1：2、M25：1、M19：13与北京龙泉务窑05T0703G19、05T0403H197[3]内出土器物相同。

金代器形为敞口，浅腹曲收，小圈足略高，内底有涩圈。胎薄，体轻，质细密。如M22：10与定窑烧瓷工艺的发展与分期[4]，近几年北京发现的几处古窑址[5]内描述器形相同。

由此可见，A型Ⅰ式、B型Ⅰ式流行于辽代早期；A型Ⅱ式，B型Ⅱ式，C型Ⅰ式，D型Ⅰ式流行于辽代中期；A型Ⅲ式，B型Ⅲ式，C型Ⅱ式、Ⅲ式、Ⅳ式，D型Ⅱ式，E型Ⅰ式、Ⅱ式流行于辽代晚期；A型Ⅳ式流行于金代时期（表七）。

3. 盘

盘由早到晚的变化特征为：

早期器形为侈口，弧腹，坦底，宽圈足较矮，胎厚质粗，笨重。如M17：11与北京龙泉务窑第一期文化[6]内同类器相似。

中期器形为侈口，唇沿，曲腹，底略平，矮圈足。如M30：1、M17：10、M17：15与北京龙泉务窑第二期文化[7]内器形相同。

晚期器形为侈口，唇沿，浅曲腹，窄圈足较矮小，除小型折腹盘为坦底外，余器均内底弧收。如M1：3、M19：9、M9：8等与北京龙泉务窑址第三期文化[8]、05T1003H20、H6[9]内器形相同。

金代器形为敞口，平沿，浅折腹，矮圈足，挖足过肩。如M19：1与北京龙泉务窑第四期文化[10]、北京先农坛金墓[11]内器形相同。

由此可见，Aa型M17：11流行于辽代早期；Ba型Ⅰ式M30：1，D型Ⅰ式(M17：10、M17：15)流行于辽代中期；Ab型Ⅰ式、Ⅱ式，Ba型Ⅱ式，Bb型，D型Ⅱ式流行于辽代晚期；Ba型Ⅲ式（M22：1、M22：21），C型Ⅱ式M19：1流行

① 北京市文物研究所：《龙泉务窑发掘报告》，文物出版社，2002年。
② 北京市文物研究所：《龙泉务窑发掘报告》，文物出版社，2002年。
③ 北京市文物研究所2005年龙泉务瓷窑遗址发掘报告正在整理中。
④ 李辉柄、毕南海：《论定窑烧瓷工艺的发展与历史分期》，《文物》1987年12期。
⑤ 参阅赵光林：《近几年北京发现的几处古代窑址》，《中国古代窑址调查发掘报告集》，文物出版社，1984年。
⑥ 北京市文物研究所：《北京龙泉务窑发掘报告》，文物出版社，2002年。
⑦ 北京市文物研究所：《北京龙泉务窑发掘报告》，文物出版社，2002年。
⑧ 北京市文物研究所：《北京龙泉务窑发掘报告》，文物出版社，2002年。
⑨ 北京市文物研究所2005年龙泉务瓷窑遗址发掘报告正在整理中。
⑩ 北京市文物研究所：《北京龙泉务窑发掘报告》，文物出版社，2002年。
⑪ 北京市文物管理处马希桂：《北京先农坛金墓》，《考古》1977年11期。

于辽末金初时期（表七）。

4. 碟

碟由早到晚的变化特征为：

中期器形为敞口，浅斜腹，宽圈足较矮（壁形足）。如M20∶10与北京龙泉务窑址05T0603G19④[①]、青云店辽墓[②]内器形相同。

晚期器形为敞口，浅曲腹，内壁弧收，矮圈足，足壁较薄，内底呈圆乳钉状。如M1∶4、M9∶2、M29∶5与宣化张匡正墓、张文藻墓[③]内出土器形相似。

由此可见，A型流行于辽代中期；B型Ⅰ式、Ⅱ式流行于辽代晚期（表七）。

5. 瓶

瓶由早到晚的变化特征为：

中期器形为小芒口，尖唇，短束颈，器身修长，下腹直收，底外展，腹最大径在上部，缸胎。如M20∶1、M19∶20与辽陈国公主驸马墓[④]、辽韩佚墓[⑤]内器形相似。

晚期器形为小芒口内敛，唇下垂，短束颈，器身修长，下腹斜收较细。小平底，缸胎。腹最大径在器身中部偏上。如M23与宣化张世卿墓[⑥]、北京龙泉务窑05T0603G19②[⑦]内出土器形相似。

由此可见，B型Ⅰ式流行于辽代中期；B型Ⅱ式流行于辽代晚期（表七）。

第三节 结语

就此次北京龙泉务辽金墓地墓葬形制和随葬器物而言，墓主人的身份皆为辽地汉人（中原地区汉族）平民，其贫富差异不大，以组合形式出现的随葬品有陶器、瓷器、铜钱几个类型。龙泉务墓地的发掘为辽金时期墓葬的考古学研究提供了重要的资料。而且，经过此次发掘，我们对龙泉务墓地有以下几点认识：

（1）墓地皆为圆形砖筑和砖石混筑形制的类屋式墓葬；火葬成为龙泉务墓地的主要特点，因为是火葬，仅能分辨的合葬墓有M19、M22，其余墓葬从随葬品的数量和差异上可推测出亦有很大可能同为合葬墓。

（2）龙泉务墓地随葬品分陶质明器和实用瓷器两大类，陶质明器大多为辽

---

① 北京市文物研究所2005年龙泉务瓷窑遗址发掘报告正在整理中。
② 北京市文物研究所王清林、朱志刚、李华、周宇、王艳玲：《北京大兴青云店辽墓》，《考古》2004年2期。
③ 河北省文物研究所：《宣化辽墓：1974～1993年考古发掘报告》，文物出版社，2001年。
④ 内蒙古考古研究所：《辽陈国公主驸马合葬墓发掘简报》，《文物》1987年11期。
⑤ 北京市文物工作队黄秀纯、傅公钺：《辽韩佚墓发掘报告》，《考古学报》1984年3期。
⑥ 河北省文物研究所：《宣化辽墓：1974～1993年考古发掘报告》，文物出版社，2001年。
⑦ 北京市文物研究所2005年龙泉务瓷窑遗址发掘报告正在整理中。